KB101261

죽음 이야기

Shinomonogatari(Ge)

ⓒ NISIOISIN 2021
All rights reserved.
Original Japanese edition published by KODANSHA LTD.
Korean translation rights arranged with KODANSHA LTD.

이 책의 한국어판 저작권은 일본 講談社와의 독점 계약으로 (주)학산문화사에 있습니다.
저작권법에 의해 한국 내에서 보호를 받는 저작물이므로 불법 복제와 스캔 등을 이용한
무단 전재 및 유포 시 법적 제재를 받게 됨을 알려 드립니다.

는 (주)학산문화사가 일본 와 제휴하여 발행하는 소설 브랜드입니다.

죽음 이야기

死物語 下

니시오 이신

西尾維新

FAUST BOX

최종화 나데코 어라운드 7

최종화　나데코 어라운드

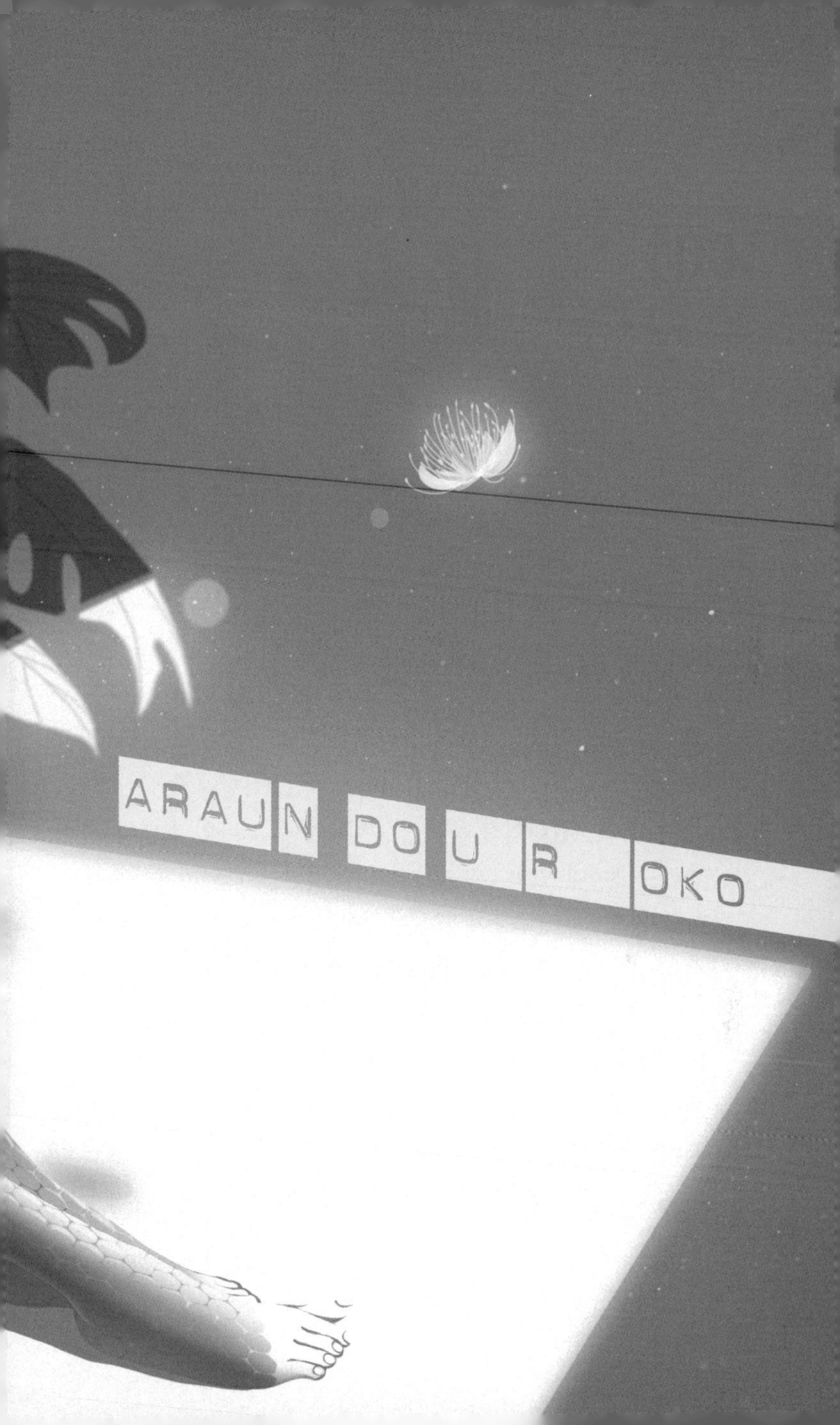
ARAUN DOU R OKO

001

센고쿠 나데코의 역사에 대해서 복습하죠. 이것이 마지막이니 우등생인 척하며. 이미 요만큼도 의외인 비화도 아닙니다만, 애초에 나데코는 이야기에서 주축이 되는 캐릭터가 아니었습니다. 말을 고르지 않고 하자면, 주역들을 보다 돋보이게 하기 위한 바이플레이어였습니다. 당연히 이 '바이플레이어'라는 표현은, 실제로는 엄청 말을 고르고 고른 것입니다. 무난한 표현도 이보다 더할 수 없습니다. 정말로 말을 고르지 않았을 경우에는 단역, 혹은 몹 캐릭터가 됩니다. 참으로 애정 없는 단어입니다만 슬프게도 사실입니다. '조연'이라고 말하면 거짓말이 됩니다.

슬픔을 참으며 조금 더 상세히 이야기하면, 직전에 등장한 칸바루 스루가라는 변태이자 운동선수이자 슈퍼 스타인 희대의 기인을 표현하는 데 있어, 말하자면 정상적인, 어떤 의미에서는 복잡하지 않은, 애매모호함과는 무연하고 피해자라는 측면밖에 지니지 않은, 인지적 부조화를 환기시키지 않는 창작상의 소녀가 이야기에 필요했다는 어쩔 수 없는 사정이 있었던 모양입니다. 센조가하라 히타기에 대한 하치쿠지 마요이의 스탠스라고도 말할 수 있습니다만, 아시다시피 하치쿠지의 경우에는 등장할 때부터 제대로 가해자로서의 측면이 그려져 있습니다. 요컨대 당초부터 복잡성을 띠며 아주 개성적이었습니다. 마구 깨물어 대고 있었습니다. 그것에 비해 나데코는 '얌전함'밖에 캐릭터의 개성이 없는 완전한 약캐였습니다. 2020년대의 시점에서 「나데코 스네이크」를 다시 읽어 보면, 이건 정말 등장하는 장면 직전 단계까지 이름 외에는 정해진 것이 없었던 게 아닐까 하고 의심하고 싶어질 정도로, 대충 만든 것이 의심되는 조형입니다. 진짜로 이름 외에는 어느 곳도 눈에 띌 만한 모난 곳이 없습니다. 굳이 말하자면 모난 게 아니라 끝으로 갈수록 줄어든다는 느낌이랄까요. 뻗어 있는 레일 위만 죽어라 달리다가 뻗어 버릴 것 같습니다.

결국 '피해자이며 가해자이기도 하다'라는 다른 히로인들과 달리, 나데코는 피해자라는 측면밖에 주어지지 않았기에, 이른바 캐릭터성이 아니라 인간미에 대해 깊이 분석하지 않았던 것이겠지요. 그 뒤에도 속편이나 단단편에서 새로운 모색을 하거나 마이너 체인지가 반복되었습니다만, 이거라고 딱 결정하지 못한 분위기를 부정할 수 없습니다.

그대로 표면 무대를 떠나 버려도 이상하지 않을 정도로 헤매고 다녔습니다만, 완만한 페이드아웃 노선의 형세가 바뀐 것은, 논할 것도 없이 애니메이션 때문입니다. 지금 와서는 벌써 10년 이상 지난 이야기이므로 현실감 있게 그 무렵의 시대성을 이야기하기는 조금 어렵습니다만 불가능을 가능하게 만들었다고 할 만큼 정말 말도 안 되는 수준으로, 깜짝 놀랄 정도로 대히트했습니다. 이 상황을 검토해 보면 원작에서 캐릭터에 대해 깊이 분석하지 않았기에 애니메이션에서 자유롭게 가지고 놀 수 있는 부분이 있었다는 점도 크겠지요. 약캐가 강해지다니, 무엇이 좋은 결과를 가져올지 알 수 없습니다. 어쨌든 일본이 자랑하는 재패니메이션의 파워를 뼈저리게 느꼈습니다.

실제로, 이것이 나데코의 목숨을 구했습니다.

이리하여 나데코는 어쩔 수 없이 은퇴하게 되는 일 없이, 자유 계약으로 방출되는 일도 없이, 오히려 어쩔 수 없이 깊이 분석 되게 됩니다. 여러분의 응원 덕분에 운영 측이 무거운 엉덩이를 들고 움직이기 시작했습니다. '되게 됩니다'라고 하면, 마치 깊 이 분석되고 싶지 않았다는 듯한 느낌이 배어 나옵니다만 실제 로 여기는 논의가 갈리는 부분이고, 좀 더 자세히 말하면 분열 이 생겨나는 부분으로 이후에 '인기가 심하게 변동하는 히로인' 이라고 불리는 한 가지 원인이 됩니다.

물론 아시겠습니다만, '심하게 변동한다'라든가 '기복이 있다' 라는 말을 들을 때는 대개 하향세일 때입니다.

가해자이기만 한 인간 따윈 없는 것처럼 피해자이기만 한 인 간도 없다는 이야기의 구조에 기초하여, 분석되는 것은 당연히 그때까지 이야기되지 않았던 나데코의 가해자로서의 측면이었 습니다. 그곳에 상상 이상의 어둠이 감춰져 있었던 것입니다.

마음의 어둠입니다.

결론만 말하면 그 아이는 내성적인 여자 중학생에서 산에 모 셔진 신이 되고, 쟁쟁한 주역들의 스타성으로도 그 드높은 정상 에서 끌어내릴 수 없게 되고 말았습니다. 캐릭터가 멋대로 움직 이는 것에도 정도가 있습니다.

사고를 쳐 버렸습니다.

이 사고는 치명상입니다.

이렇게 하여 사기꾼에게 의지할 수밖에 없었다는 무서운 이야기가 됩니다. 독으로 독을 억제한다. 산이 없어질 정도로 깊이 분석하며 파 들어간 결과, '만화가가 되고 싶다'라는 새로운 측면이 땅속에서 발굴되어서 어떻게든 정상에서는 내려올 수 있었습니다만, 나데코는 상처 하나 없이 말짱한 것은 아니었습니다.

치명상은 그리 간단히 낫지 않습니다.

게다가 사람으로 돌아왔다고 해서 문제가 전부 해결된 것도 아니었으므로 나데코는 학교에 갈 수 없게 되고 말았습니다. 요컨대 현실적으로는, 또는 사회적으로는 정말로 큰일인 것은 거기부터였습니다만, 그러나 어디까지나 출신이 바이플레이어이기에 그 이후의 파이널 시즌에서 나데코의 히키코모리 시대가 주체성을 띠고 이야기되는 일은 없었습니다. 다시 페이드아웃의 위기입니다.

창고에 들어가게 될지, 미궁에 빠지게 될지.

그렇게 되어, 아라라기 코요미의 졸업으로 이야기의 주축은 종막을 고했지만, 또다시 이야기되지 않았던 나데코의 그 이후가 오프 시즌이나 몬스터 시즌에서 틈을 봐 가며 조금씩 나오기 시작하는 흐름입니다.

참고로 페이드아웃의 위기를 어떻게 탈출했는가 하면, 본래 아라라기 코요미의 뒤를 잇는 모습으로 제2의 화자로서 가엔 이즈코의 제자가 되는 것은 그 사람의 둘째 여동생인 아라라기 츠키히가 될 예정이었습니다만 (오노노키가 일관되게 어시스턴트 역할을 맡고 있는 것은 그 잔재입니다) 츠키히의 성격이 너무 나빴던 탓에 나데코에게 차례가 돌아왔다는 뒷사정도 일단 참고 삼아 덧붙여 두기로 합니다.

츠키히가 있기에 나데코가 있다, 그 사실을 다시 한번 인증하고서.

오래 기다리셨습니다.

드디어 나데코의 이야기도 가경에 접어듭니다.

끝내.

그런 숙명이라고 말하면 그뿐이겠습니다만, 본래 이『죽음 이야기』는 서브타이틀의 변경으로도 아실 수 있다시피, 아라라기 코요미가 대학을 졸업한 상권 부분으로 충분히 완결되었다고 말해도 과언이 아님에도 불구하고, 이 하권에까지 손을 뻗어 주신 분께서는 진짜 호사가입니다. 안심하세요, 호화롭게도 출연시간도 한 권을 통째로 받았고, 애니메이션도 완결되었고, 심하게 변동하기는커녕 플랫라이너한 센고쿠 나데코를… 아니, 이런 저를, 지금도 여전히 쫓아와 주시는 여러분을 실망시킬 수는 없습니다.

그러면, 기대해 주세요.

『죽음 이야기』하권, 최종화, 나데코 어라운드.

인조이.

002

"헤~ 몰랐어. 이리오모테西表 섬은 타케토미竹富 섬이었구나!"

"그렇구나, 몰랐었어. 나는 네가 그렇게까지 바보인 줄은 몰랐어."

"정말 그렇군. 역시 중학교 정도는 나오지 않으면 사람은 이렇게 되어 버리는구나. 나도 아이를 키울 때에는 신경을 쓰도록 하지."

순서대로 저, 오노노키짱, 카이키 씨의 대사입니다. 카이키 씨의 대사에서 등교거부아인 저에 대한 약간의 모멸의식을 읽을 수 있습니다만, 그러나 현재 앉아 있는 비행기의 좌석 요금을 전부 이 사기꾼이 낸다는 것을 감안하면, 여기서 그 점을 지적하는 것은 이쪽이야말로 조금 분별력이 부족하다는 뜻이겠지요.

등교거부아에게도 분별력이 있다는 것을 보여 줘야만 합니다.

모든 등교거부아의 대표로서.

"어떤 사정의 등교거부아도 너에게 대표되고 싶지 않을 거다. 연애감정으로 이성을 잃고 신까지 맡았던 센고쿠 나데코 아가씨."

카이키 씨는 반성의 빛을 보이지 않습니다.

아가씨라고 불러 줘도 반응하기 곤란하네요.

들은 이야기로는, 이 사람도 확실히 대학교 중퇴였지요. 대학교 중퇴 쪽이 중학교 중퇴보다 격이 높다고 생각하는 걸까요?

저는 아직 중퇴는 하지 않았습니다만… 애초에 중학교는 중퇴할 수 없지요? 어지간히 나쁜 짓을 하지 않는 한… 하지 않았다고는 말할 수 없습니다만.

"중학생이 아니라 중퇴생 트리오라는 거네. 나도 참, 흥미로운 팀의 일원이 되어 버렸어."

"오노노키짱은 학교를 중퇴하지 않았잖아."

"나는 인생에서 중퇴한 좀비야."

그건 참.

월반 급의 엘리트였네요.

참고로 그 좀비는 현재, 좌석번호로 지정된 시트가 아니라 저의 무릎 위에 앉아 있습니다. 인형으로 말하자면 거대한 닷코짱 인형* 같은 느낌으로, 저의 몸통에 두 팔과 두 다리를 두르고 있습니다.

어째서 이런 코알라 같은 밀착을…?

오노노키짱이 저를 엄청 잘 따르는 것에는 이미 익숙해졌습니다만, 그러나 이렇게까지 열렬한 허그는 드문 일입니다.

애정을 느낍니다, 무표정한 동녀로부터의.

"신경 쓰지 마. 나는 지쳐 있는 거야, 더블헤더double header 때문에."

"더블헤더?"

※닷코짱 인형 : 1960년 출시되어 큰 인기를 끈 인형. 외형은 비닐 재질의 검은색 인형으로 원형의 팔로 가방이나 어깨 등에 매달 수 있는 디자인이다.

야구 용어였던가요?

잘 모릅니다, 야구는….

"그 뭐더라, 포수를 마누라라고 부르곤 하지?"

"이미 요즘엔 그렇게 안 부르게 됐어. 칸바루 스루가 외에는."

칸바루 씨는 그렇게 부르는구나….

그렇게 말할 것 같긴 하네~

"요컨대 연전이야. 2연전. 상권과 하권으로 상의하달上意下達이야. 비상시의 교통기관으로 남용되었거든. 정말이지 언니도 귀신 오빠도, 나를 프라이빗 제트 같은 걸로 착각하고 있어. 그래서 이렇게 대중교통의 비행기로 이동할 수 있는 건 아주 고마운 일이야."

카이키 오빠에게는 감사할 뿐이야, 라고 말하는 오노노키짱. 사기꾼에게 감사한다는 말 같은 걸 했다간 약점을 잡히게 됩니다만, 그러나 카이키 씨가 인형인 오노노키짱을 수하물로 취급하지 않고 제대로 좌석을 준비해 준 것에는 깜짝 놀랐습니다.

악기를 놓기 위해 좌석을 예약하는 음악가 같습니다.

그 좌석에 앉지 않고 저의 무릎에 앉아 있는 부분을 보면, 그 배려는 인형에게는 통하지 않았습니다만… 이 두 명의 관계성도 참….

"배려가 아니야. 소심자의 보신이다. 나는 카게누이나 아라라기와 달리 자신의 목숨이 아깝거든. 낙하산도 구명조끼도 없이 고도 수천 미터의 자유낙하에 도전할 배짱은 없다고."

그렇다기보다, 그럴 상황이 아닙니다.

우리의 목적지가 이리오모테 섬인 것은 첫머리의 발언으로 전해졌다고 생각합니다만 ('이리오모테 섬은 타케토미 섬이었구나' 발언의 어디가 멍청하고 진의가 어디에 있는지까지는 전해지기 어렵다고 생각하므로, 그쪽은 조금 더 나중에 설명합니다) 현재 이리오모테 섬으로 가는 직행편은 전 세계의 어느 공항에도 없습니다.

전 세계라고 말하는 것은 결코 과장된 표현이 아니라, 이리오모테 섬은 오키나와 본섬보다도 대만 쪽이 가까울 정도의 위치에 있습니다. 저는 그런 지리 조건도 몰랐었습니다.

그런 지정학地政學도.

그러나 그 대만에서 가는 직행편도 없습니다.

애초에 이리오모테 섬에는 공항이 없는 것입니다. 있는 것은 하늘의 항구가 아니라 배의 항구뿐입니다. 그러므로 플라이트는 가장 가까운 섬까지고, 그다음은 배편으로 가는 수밖에 없습니다… 그리고 그 가장 가까운 섬이란 어디일까요?

보통은 이시가키石垣 섬이겠지요.

배편이 출발하는 것은 (주로) 이시가키 섬이니까요…. 그러므로 우리들의 여행 경로는 우선 도쿄의 하네다 공항까지 전철로 이동하고, 거기에서 이시가키 섬까지 플라이트, 그리고 그다음은 배 여행이라는 것이 스탠더드한 환승 코스가 됩니다.

정규 여행사를 이용한다면 그렇게 되겠지요. 교통안내 애플리케이션으로도 그렇습니다.

그렇지만 역시나 카이키 씨의 동선은 뭔가 달라도 달랐습니다.

역시 범상한 방법은 쓰지 않습니다. 의외로 범법자의 방법도.

카이키 씨가 저와 오노노키짱 몫까지 멋대로 예약한 경로에는, 하네다 공항에서 일부러 나하那覇에서 갈아타고 이시가키 섬으로 향한다는 수수께끼의 트랜싯을 끼워 넣었습니다.

이시가키 섬까지는 직행편이 있는데도 불구하고 트랜싯?

해외여행의 LCC라고 하면, 한국이나 중국에서 환승해 유럽으로 향하면 요금이 훨씬 싸지거나 한다고 들었습니다만… 나하에서 갈아타면 이리오모테 섬까지의 가격이 싸지는 걸까요?

비행기에 어린이 요금이 있는지 여부는 모릅니다만 저나 오노노키짱의 몫도 지불하게 되면 그런 부분도 꼼꼼하게 처리해야 하는구나 하고, 그런 어른의 경제관념에 감탄한 저였습니다만, 사실은 그 반대였습니다.

소심자의 보신이 아니라 벼락부자의 사치였습니다.

"이시가키 섬으로 가는 직행편에는 퍼스트 클래스가 없었다."

카이키 씨는 그렇게 설명했습니다.

평소대로의 음침하고 불길한 말투로.

"그러니까 우선 나하까지 이동한다. 퍼스트 클래스로. 퍼스트 클래스 퍼스트다."

게다가 카이키 씨는 나하행 퍼스트 클래스를 대절했습니다….
저와 오노노키짱의 좌석뿐만 아니라 모든 좌석의 요금을 지불한 것입니다.

돈을 너무 헤프게 써!

"사기꾼이라서 인색할 것이라고 생각했는데, 오히려 호화롭게 살고 싶어 하는 타입이구나…. 그러고 보니 내가 신이었을 무렵에도 항상 비싼 술을 가지고 와 줬었네."

카이키 씨의 범행이력에 대해서 이런 식으로 공공연히 이야기할 수 있는 것도, 퍼스트 클래스를 대절했기 때문입니다.

완전히 왕족입니다.

"너의 음주 이력에 대해서도 공공연히 이야기해 버릴 거야, 15세. 오키나와라고 둘러대며 전통주를 마시지는 마."

"성인 연령은 내려간 거 아니었던가?"

"그건 조금 더 나중 이야기인 데다 15세까지 내려가지는 않고, 내려갔다고 해도 음주와 흡연은 여전히 20세부터야."

법률을 자세히 아는 시체 인형이네요.

주위가 일리걸illegal한 전문가들뿐이기 때문일까요…. 변호사로서의 스킬이 자연스럽게 몸에 배었는지도.

솜씨가 좋네요.

"그렇다고 해도 국내선에도 있구나, 퍼스트 클래스라는 거… 나는 모르는 것들뿐이야."

"오히려 국제선 쪽이 퍼스트 클래스가 모습을 감춰 가고 있어. 풀 플랫의 비즈니스 클래스가 보급되어 가고 있거든. 이야기가 나온 김에 '이리오모테 섬은 타케토미 섬이었구나' 발언에 대해서도 뜸 들이지 말고 얼른 해설해 두는 게 어때? 바보라는 건 이미 다 드러났지만, 센고쿠 나데코는 공부하는 바보라는 점을 보여 두면 아직 구원의 여지는 있어."

"아니야. 가이드북을 읽었던 거야, 나는. 예습해 둘까 해서.

나, 알다시피 비행기에 타는 것도 오키나와에 가는 것도 처음이니까."

하네다 공항까지 모노레일을 타고 간 것도 처음이었다고요. 모노레일, 멋져. 솔직히 말해서 여행으로서의 즐거움은 이미 충분히 만끽했다고 해도 과언이 아닙니다.

욕심을 말하면 도쿄 관광을 하고 싶었지요. 도쿄 타워는 창문 밖으로 보였습니다만.

"좋네, 그 자세는. 여행은 도중을 즐기는 것이라고, 나중에 만나면 귀신 오빠에게 알려 줘. 지름길로 쇼트 커트하는 것밖에 생각하지 않는 그 시간 단축파에게."

"나중에 만났을 때 해야만 하는 이야기가 그것일 리 없잖아?"

"그래서 센고쿠. 어째서 너는 이리오모테 섬을 타케토미 섬이라고 생각했지? 사도가佐渡 섬*은 쇼도小豆 섬이구나, 에 가까운 발언이었다고 나는 생각하는데."

두 사람 다 저를 바보 취급하고….

바보이니까 바보 취급해도 되는 것은 아니라고요, 2000년대의 컴플라이언스로는. 사도가 섬하고 쇼도 섬의 차이는 아무리 그래도 안다고요…. 세토 내해에 있는 것이 쇼도 섬입니다. 사도가 섬은… 사도가에 있겠죠? 사도가는… 규슈의 현이었던가요…?

※사도가 섬 : 사도가 섬, 혹은 사도 섬으로 불린다. 일본 니가타 현 북서쪽에 있는 섬으로 본토 4개의 섬을 제외하면 오키나와 다음으로 큰 섬이다.

"가이드북에 의하면 이리오모테 섬의 주소가 타케토미초竹富町였어. 그러면 정식으로는 타케토미 섬이겠구나 하고 생각하잖아. 그 왜, 유명한 이오 섬도 정식 발음은 '이오지마硫黃島'가 아니라 '이오토硫黃島'잖아?"

"시답잖은 잡학을 선보이기 시작했네. 어차피 만화로 배운 지식이지?"

나의 무릎 위에서 나의 지식의 원천을 알아맞히지 마세요….
다른 모든 좌석이, 그것도 퍼스트 클래스의 좌석이 비어 있는데 정말 어째서 이 아이는 내 무릎 위에….

가벼운 것도 아니거든요. 시체니까.

고깃덩이를 안고 있는 것이나 마찬가지입니다.

"그런 지식을 선보일 때는, 이오 섬의 역사에 대해서 제대로 이야기해."

"이오 섬의 역사를 이야기하는 건 중학생에게 어렵지 않아?"

그것이야말로 무거운 짐입니다.

그것도 중학생인 것에 더해 등교거부아라고요, 조금 전에 언급되었던 대로.

원래부터, 다니고 있었을 무렵에도 그리 성적이 좋은 아이가 아니었으니까요…. 성실하지도 않았습니다. 그 무렵에는 그 무렵대로 '어두운 아이는 성적이 좋다'라는 편견과 싸우고 있었습니다.

"이리오모테 섬의 정식 명칭은 이리오모테 섬이다."

그렇게 말한 카이키 씨는 전혀 밝아지지 않았습니다. 과거의 저 따위와 비교도 되지 않을 정도의 어두움… 게다가 지적知的입니다.

"이리오모테 섬을 포함한 여러 섬들이 합쳐져서 행정구역 '타케토미초'를 이루고 있다. 물론 타케토미 섬도 그 안에 포함되어 있지. 타케토미竹富 섬, 이리오모테西表 섬, 하테루마波照間 섬, 하토마鳩間 섬, 유부由布 섬, 쿠로黑 섬, 카미지上地 섬, 시모지下地 섬, 코하마小浜 섬이라는 아홉 개의 유인도有人島가 모여 '타케토미초'다."

"어라? 이시가키 섬은 안 들어가는 건가요?"

"이시가키 섬은 이시카키 시市다."

시였나요.

과연 공항이 있는 섬.

"공항이라면 일본 최서단인 요나구니与那国 섬에도 있어. 공항이 있으면 대도시라는 시각을 가져서는, 장래에 세계적으로 활약하기는 어렵겠네."

저의 장래 설계를 상당히 글로벌하게 인식해 주고 있네요, 이 친구는. 그건 정말, 기대된다기보다는 중책이란 느낌이 듭니다.

하지만 최서단이 요나구니 섬이었던가요?

아시다시피, 지리 수업을 (지금이나 옛날이나) 제대로 받지 않았으므로 확실하게 말할 수는 없습니다만, 아니었던 것 같은 기분이….

"오키노토리沖の鳥에 대해서 말하고 있는 건가? 그건 최남단의 무인도라고 할지… 섬일까? 내가 착지하면 가라앉아 버릴 것 같

아. 영해를 주장하기 위해서 콘크리트로 보강한 섬이니까."

"가, 가능한 거야, 그런 게?"

"그 이야기를 하자면 타케토미초에도 산호로 이루어진 섬이 있어. 어느 것일까요?"

퀴즈로 변했습니다.

그 이전에 콘크리트로 이루어진 섬과 산호로 이루어진 섬을 동렬로 취급한다는 것도 참으로 무기질적인 가치관입니다만… 물질적으로는 비슷한 것일까요. 어디 보자, 유부 섬일까요? 왠지 모르게.

"삐비~익. 바라던 답은 바라스ꜰꜰꜰꜰ 섬. 유부 섬은 물소를 타고 가는 섬이야. 유후인이 아니야. 사도가가 사가 현이 아닌 것처럼. 그런 것도 모르다니… 너, 오키나와에 대해서 아무것도 모르는데 오키나와에 가려고 하고 있구나."

찍소리도 할 수 없습니다만, 그걸 알면서도 핑계를 대자면 저는 거의 납치 같은 형태로 연행되고 있다고요. 이 일에 관해서는 저는 완전한 피해자입니다.

피해자라는 얼굴을 하게 해 주세요.

가엔 씨에게 소개받은 연립주택에, 조금 뜻밖의 귀향으로부터 돌아왔더니 사기꾼과 시체 인형이 매복하고 있었던 것입니다…. 호러라고요, 그 시추에이션. 눈썹이 휘날리게 서두른다는 말은 그야말로 이런 상황을 두고 하는 말입니다.

오기 씨에게 선물 받은 트렁크가 이렇게 빨리 도움이 될 줄이야…. 그러나 내용물을 바꾼다고 해도, 갈아입을 옷을 대충 쑤서 넣는 것이 고작이었습니다. 하다못해 준비할 시간이 하룻밤 정도라도 있었더라면 좀 더 넣어 왔을 거라고요, 트렁크가 아닌 머릿속에, 남국의 지식을.

…그렇지만 물소를 타고 간다니.

"한때는 무인도가 되었던 유부 섬을 부흥시키기 위한 어뮤즈먼트야. 섬에 남아 있던 노부부가 고안한 방법이야. 위대하지. 고개가 절로 숙여져. 참고로 그 부부의 성씨는 이리오모테야."

"패닉이라고, 성씨가 센고쿠千石인 나는. 센고쿠가 아니라 10분의 1인 햐쿠고쿠百石가 되어 버릴 것 같아. 이젠 차라리, 아홉 개의 섬을 이리오모테초로 해 버리면 되지 않을까?"

"마음에도 없는 소릴 하는구나, 너는. 그런 부분이 10분의 1로 쪼그라든 햐쿠고쿠란 거야. 그걸 듣고 타케토미초가 어떻게 생각하겠어. 뭐, 확실히 이리오모테 섬은 오키나와에서 두 번째로 큰 대표적인 섬이기는 하지만."

이시가키 섬이나 미야코宮古 섬 이상인가요.

마구마구 패닉이네요.

악어악어 패닉*입니다.

"악어는 없어. 말해 두겠는데."

"있을지 없을지는 내가 정하는 거잖아?"

"그럴 리가 있겠어? 무슨 권력자라도 돼, 네가?"

※악어악어 패닉(ワニワニパニック) : 1988년 일본 NAMCO사에서 만든 아케이드 게임. '두더지 잡기'처럼 공격해 오는 악어를 망치로 때려 점수를 얻는 방식으로 큰 인기를 얻어 다양한 파생상품도 나왔다.

"인권도 없잖아, 너에게는."

카이키 씨로부터의 취급이 너무 매몰차네요.

있다고요, 인권 정도는… 한 번, 인간을 그만두었었지만.

"야쿠屋久 섬…은."

"……."

"아니겠지, 오키나와 현이 아니지."

"의심스러운 녀석이네. 나데 공, 외딴섬 고시엔 대회를 관전하러 갔던 적이 있는 거 아니었어?"

부음성副音聲의 설정을 가져오지 마세요.

그쪽 이야기를 섞기 시작하면, DJ 나데코까지 있다고요.

"오키나와의 중학생은 쉬는 날이 하루 많아서* 부럽다고 말할 것 같아."

"그런 소릴 하겠어? 나를 그런 애라고 생각하고 있구나…. 나는 오히려 그런 배려 없는 말을 듣는 쪽이라고. 학교를 계속 쉬고 있으니까 즐겁겠다든가 하는 얘기."

원래는 8월 15일도 쉬어야 하겠지만요. 바다의 날을 만들고 있는 상황이 아니라. 저처럼 바다에 익숙하지 않은 지역의 주민이 보기에는 더욱 그렇습니다.

"그렇다면 진위를 묻기 위해 내가 오키나와 외딴섬 퀴즈를 조금 더 내 줄게. 두 번째 문제. 다음 중에서 오키나와 현에 속한

※쉬는 날이 하루 많아서 : 오키나와 현은 6월 23일을 위령의 날로 정해 오키나와 전투 희생자를 추모하며, 관공서와 학교 등은 공식적으로 휴일이다.

섬을 고르시오. ①아마미오奄美大 섬. ②오키노隱岐 섬. ③오키노에라부沖永良部 섬."

"답이 없잖아. 아무리 그래도 등교거부아를 너무 얕보는 거아냐? 놀리는 게 그렇게 꿀맛이야? 내가 오키나와 명물 아이스크림, 블루 실이냐고."

"①이라고 말하면 평생 아마미오 섬에 오지 말라고 놀릴 생각이었는데."

"②나 ③이라고 대답했을 때의 반응 버전에 흥미가 생기네요. 아마도 진짜 노리던 함정 문제는, 오키노에라부 섬입니다.

"그렇구나. 그렇게나 오키노에에 사랑을 느끼는구나."

"그런 말장난을 할 생각은 없어, 섬을 가지고."

"세 번째 문제. 케라마慶良間 제도는 실은 규슈 지방에 속한다. 참인가 거짓인가?"

"그러니까 너무 얕본다니까. 케라마 제도가 오키나와인 것은 알고 있어… 그 왜, 토카시키渡嘉敷 섬이 있는 곳이지?"

"삐비익~ 왜냐하면 오키나와 현이 애초에 규슈 지방에 속해 있으니까."

"등교거부아를 함정에 빠뜨려서 재미있어?"

"즐거움으로 말하면, 여행은 사전지식이 없는 쪽이 즐겁다고도 할 수 있지."

그렇게 카이키 씨의 중재가 들어왔습니다.

단순히 아이들이 시끄럽게 구는 것을 어른으로서 보고 있을 수 없었던 것인지도 모릅니다. 확실히 보고 있기 괴로운 대화였습니다.

"그리고 여행이란 지식이 아니라 체험을 원해야 해. 그러지 않으면 스마트폰 화면을 보는 걸로 충분하겠지."

자상하게 커버해 주는 코멘트 같기도 합니다만, 이 사람은 이런 식으로 사람의 마음을 파고들어서 '의외로 좋은 사람'인 척을 하고, 빈틈을 발견하면 속이려고 하니까 방심할 수 없습니다.

심술 퀴즈가 아닌 이런 수법에 걸려서, 저는 신의 자리에서 끌려 내려왔던 것입니다.

"오히려 이런 식으로 아무런 준비도 없이, 쇠뿔도 단김에 빼라는 듯이 곧바로 여행을 떠날 수 있는 것을 행운이라고 생각해야 해. 옛날에는 오키나와에 가려면 여권이 필요했었으니까."

"이거 봐, 또 속이려 하고 있어…. 오키나와에 갈 때 여권이 필요한 시대 따위, 있었을 리가 없잖아요."

"나데 공. 확실히 여행을 인조이하기 위해 지식이나 사전지식은 쓸데없을지도 모르지만, 상식이나 매너는 필요해."

오노노키짱이 무표정에 교과서를 읽는 듯한 어조로 고개를 휘휘 저으며 저에게 충고했습니다. 뭔가 실언이 있었던 걸까요?

"1972년에 일본에 반환될 때까지는 정말로 필요했어, 여권이."

"그랬어?"

아뇨, 1972년이란 말을 들으니 왠지 모르게 기억이 났습니다만… 정말로 그런 시대가? 전혀 실감이 나지 않습니다…. 그렇다면 확실히 이제부터 오키나와에 가려는 사람이 할 만한 발언이 아니었습니다. 쉬는 날이 많아서 부럽다고, 진짜로 말할 것 같은 느낌이 되어 버렸습니다.

맹렬한 반성이 필요합니다.

"하지만 방금 것은 카이키 씨도 안 좋지 않아? 내가 실언하게 만들 생각이 가득했잖아. 함정을 파 놓고, 나에게 바보 같은 소리를 일부러 하게 만들려고 했잖아. '평화 기념 공원'을 한자로 바로 써 보라고 말하는 것 같은 악의를 느껴."

"이것도 일종의 화술이다. 장래에 전문가를 목표로 한다면 참고하도록 해. 스스로 이야기하게 만들어서 함정에 빠뜨린다."

그 테크닉의 행선지는 전문가가 아니라 사기꾼이란 기분이 듭니다만… 저를 사기꾼 후계자로 삼지 말아 주세요.

화술이 아니라 사기술입니다.

"뭐하면 나의 유료 회원제 온라인 카페에 가입해라."

"카이키 씨, 유료 회원제 온라인 카페를 만들었어요? 운영하고 있어요?"

"그래. 사기꾼 지망의 유망한 젊은이가 많이 모이고 있어서, 그런 녀석들로부터 돈을 뜯어낸다는 선행을 하고 있지."

윤리관이 엉망진창이라고요.

거의 인터넷 사기입니다.

그런 더러운 돈으로 이 퍼스트 클래스의 요금이 지불되었다고 생각하면, 선불리 편하게 앉을 수 없습니다. 하물며 풀 플랫 따위. 엉덩이를 엉거주춤하게 드는 트레이닝에 전념하고 싶어집니다.

슬램덩크네요.

"사기꾼에 국한되지 않고, 범죄자는 어쩌다 큰돈을 벌어도 제대로 쓰지 못하고 세상을 뜨는 경우가 있다지. 설령 완전범죄로 증거를 남기지 않았어도 갑자기 큰돈을 헤프게 쓰면 의심을 살 수 있으니까. 의심받지 않기 위해서 낡아 빠진 연립주택에 살게 되면, 무엇을 위해서 돈을 버는지 알 수 없게 되겠네."

그것이 국내선 퍼스트 클래스 대절이라는 기행으로 나타난 것일까요…. 사기꾼에 국한되지 않는다고 말한다면, 범죄자에도 국한되지 않고 제대로 된 직업으로 번 돈이라도 (제가 염두에 두는 것은 만화가입니다만) 제대로 쓰지 않고 이상한 곳에 낭비를 하는 것도 흔히 듣는 이야기입니다.

돈의 올바른 사용법이란 무엇일까요. 돈을 쓰는 법에 대해서도 유소년기에 교육을 받는 게 좋다고는 합니다만….

"하지만 조금 전 오키노토리의 콘크리트 이야기 같은 걸 들으면, 정말 용케 반납받았네."

"실로 지도하는 보람이 있는, 소박한 발언이로군."

유료 회원제 온라인 카페의 주인이 음울한 어조로 이야기합니다. 음침하고 수상쩍은 사기꾼과 교과서 읽기 어조의 시체 인형, 그리고 소곤소곤 이야기하는 어두운 여자아이로 이루어진 세 명의 여행객이라는, 다시 봐도 분위기를 띄우기 어려운 멤버입니다.

장례식에 가는 걸까요?

그런 의미에서는 이 장례식에 휘말리는 희생자를 내지 않았던 만큼, 퍼스트 클래스를 대절한 카이키 씨의 기행은 실제로 정답이었는지도 모릅니다.

"이제부터 하는 너의 대사에는 전부 '등교거부아인 중학생의 발언입니다'라고, ※표시를 붙여 둬, 나데 공."

"그런 '개인의 감상입니다'라고 말하는 듯한… 그 주의사항에는 주의사항이 필요할 거야."

※라는 참고표가 필히 필수로 필요하다고요.

뭐, '※'를 '당구장 표시'라고 부르는 건, 실제로 당구장 간판을 보지 않으면 알 수 없습니다만… 문과계도 고생이네요.

저에게 잘 하는 과목은 없습니다.

못 하는 과목에 사족을 못 씁니다.

"그러네. 지리 따위, 칠레를 모르는 수준이겠지."

"아무리 그래도 칠레는 알아… 남미에 있는, 좌우로 긴 나라지?"

"상하좌우의 구별도 하지 못하다니, 나데 공은 우주공간에 살고 있구나."

"살고 있어. 지구에 살고 있어."

"칠리소스의 발상지지."

카이키 씨가 가만히 말했습니다만, 그것은 사기꾼의 거짓말이라기보다 아저씨 개그라는 기분도 듭니다… 다만, 조금 전의 일이 있으므로 반사신경으로 딴죽을 거는 것은 참기로 하지요.

어디에서 어떻게 사기를 당할지 알 수 없습니다.

긴장감이 가득합니다.

"너 같은 건 '삿포로札幌'를 한자로 못 쓰겠지."

"그 정도는 쓸 수 있다고 말하고 싶지만, 쓸 수 없을지도 몰라."

그리고 '하코다테函館'도 상당히 수상쩍습니다.

어쩌면 '토카치+勝' 정도밖에 쓸 수 없을지도 모릅니다.

"지금까지의 대화로 1승도 하지 못한 나데 공이, 한자로 10승
+勝만은 쓸 수 있다는 것도 아이러니네."

"아이러니도 뭣도 아냐. 그냥 험담이라고, 그거."

"어이쿠, 간신히 한 판 빼앗겼네. 뭐, 나데 공의 승률로는 있
을지도 모르지. 평생을 들이면 10승은 가능할지도."

저의 승률이 너무 낮습니다.

장래에는 어떨지 몰라도, 지금까지 15년간의 승률은 대충 그
런 정도일지도 모릅니다만….

"승률의 '률率'자는 쓸 수 있어?"

"그렇게 철저하게 한자 테스트를 받게 되면 나의 발언이 전부
히라가나가 되고 말 거야…. 그런 시기도 있었지만. 애초에 어
째서 홋카이도나 오키나와에는 읽기 어려운 지명이 많은 거야?"

"양파처럼 까도 까도 새로운 바보스러움이 나타나는구나, 너
는…. 여기를 대절하기를 정말 잘 했어. 하와이에서 와이키키만
관광하고 돌아오는 투어리스트냐, 너는."

많이 있죠, 그런 관광객.

제가 이 세상에 한 명밖에 없는 것처럼.

다섯 명 있었던가요?

"어느 쪽 지명이나 결코 읽기 어렵기만 한 건 아니야…. 하지
만 센고쿠의 무지하다기보다 무구한 발언은, 그렇기에 아픈 곳

을 찌르고 있다고 말할 수 없지도 않아.”

“무슨 소리인가요? 카이키 씨.”

“이것이 수학여행이었다면, 어른으로서 내가 너를 데리고 가야 할 곳은 슈리 성*이나 우포포이*였는지도 모른다는 교훈이다. 반환이라느니 국토라느니 영해라느니 해도, 그 척도는 동일하지도 않거니와 절대적이지도 않아. 그것을 아는 것이 배움이지.”

우포포이인가요…. 제가 평범하게 중학교에 다니고, 그대로 고등학교에 진학이라도 했다면 (가능했다면) 정말로 수학여행에서 갔을지도 모르는 민족 공생의 상징 공간이지요.

“참고표(※). 상권上巻과의 시계열을 조정하면, 우포포이는 아직 개관하지 않았어.”

오노노키짱이 수수께끼의 주석을 달았습니다.

필요필수인가요, 그 참고표(※)는?

그렇다면 지금이야말로 슈리 성으로 향해야 하는 국면 같다는 생각을 금할 수 없습니다만…. 유이 레일을 타고서. 모노레일을 타고 싶습니다. 그러나 어쨌든 길을 크게 벗어난 무법자 일직선인 제가 지금 끌려가고 있는 목적지는, 이리오모테 섬인 것입니다.

게다가 관광도 수학여행도 아닙니다.

※슈리 성 : 오키나와에 있는 옛 류큐 왕국의 왕성. 전쟁 당시 훼손된 성을 오랜 기간에 걸쳐 복원하였으나 2019년 화재로 주요 건물이 전소해 다시 복원 중이다.
※우포포이 : 홋카이도의 국립 아이누 민속 박물관. 홋카이도의 원주민인 아이누족과의 공생을 상징하는 공간으로 2020년 확장 리뉴얼 오픈하였다. 박물관과 공연장, 체험공간 등으로 이루어져 있다.

업무입니다.

예비지식도 없이 오키나와에 간다며 계속 야단맞고 있는 저입니다만, 그러나 만약 이 출장을 거부하면 15세의 저는 자취하는 집의 집세를 낼 수 없습니다.

가혹하다고요. 생활도 노동환경도.

등교거부아도 편한 것이 아닙니다.

그러나 이대로 무지의 집합체처럼 언급되는 것은 뜻밖이네요. 인터넷 시대가 찾아오기 이전에 확실히 있었던 한 세대 전의 무브먼트처럼, 페단틱pedantic한 지성을 흘끗 보여 두고 싶습니다. 오키나와 전토는 둘째 치고, 이리오모테 섬에 관해서.

"이리오모테 섬에는 이리오모테 산고양이가 있지, 아마도!"

"짜내고 짜낸 지성이 그것일 줄이야. 100년에 한 명 나올까 말까 한 대천재구나, 센고쿠."

마음 없는 대답을 하는 카이키 씨입니다.

생각해 보면 직속 선배인 가엔 씨에게 등교거부아를 돌보라는 말을 듣고 본의 아닌 여행을 하게 되었으니, 카이키 씨는 저나 오노노키짱보다 훨씬 위에 있는지도 모릅니다.

이 비행기보다도 고도高度일지도. 고고도高高度일지도.

무엇보다 카이키 씨는 근본을 따져 보면 저 때문에 가엔 씨와 절연 상태였고, 관계 회복을 위해서 억지로 한다는 느낌이니 마음속이 복잡하겠지요… 나 때문, 일까?

복잡현묘합니다.

어려운 것은, 그런 복잡현묘한 사정으로 저 같은 어린애의 배려를 받는 것도, 카이키 씨는 성인 남성으로서 결코 기쁘지 않겠지요. 여기서는 배려하지 않는다는 배려를 계속하는 것이, 어른에 대해 어린이가 취해야 할 태도라는 기분이 듭니다.

부디 저의 천의무봉함에 마음이 치유되어 주세요.

구舊 나데코라면 어떨지 몰라도 현現 나데코로는 이미 무리일지도 모릅니다만, 그래도 치유의 흔적 정도는 있겠지요.

"이리오모테 산고양이가 발견되었으니까 이리오모테 섬은 이리오모테 섬이구나! 타케토미 섬이 아니라!"

"지성을 짜내려고 한 결과, 바보스러움까지 짜내고 있어."

고양이만도 못한 바보인가.

교과서 읽기 어조라서 하는 이야기가 아니라, 오노노키쨩도 흥미가 없는 듯한 대답입니다. 먼저 소개해야 할 것의 순서가 뒤바뀌었습니다만, 오노노키쨩에게도 이것은 속죄의 여행입니다.

오노노키쨩의 큐트한 시체 얼굴을 덮은 오른쪽 눈의 안대를 봐 주세요. 불상사의 벌로 가엔 씨에게 한쪽 눈을 압수당한 것입니다.

2020년대, 레이와令和 시대의 페널티가 아닙니다.

"레이와… 는 뭐, 문제없을까. 상권과 시계열적으로는."

그렇게 중얼거리는 오노노키쨩.

타임 패트롤의 역할도 맡고 있는 걸까요, 이 죄인은.

역사를 바꾼 죄를 보상하고 있는 걸까요.

저보다도 드라마가 있네요.

"만약 이 임무를 성공시키면, 오노노키쨩은 한쪽 눈을 돌려받을 수 있는 거야?"

"맞아. 나의 시야는 나데 공에게 걸려 있어."

무거운 것을 걸고 있네요….

저 같은 사람에게.

잊곤 합니다만, 잊고 있는 것은 아닙니다만, 이렇게 말하는 저도 잘못을 속죄하는 중입니다…. 한창 속죄하는 중입니다. 어리석게도, 생각 없이 사람을 저주하고, 저주를 되돌려 받고, 마을의 신으로서 군림하고, 멋대로 행동한 끝에 좋아하는 사람을 말살하려고 했던 죄의 속죄를….

"그 점은 너무 깊이 생각하지 마. 나의 죄도 요츠기의 죄도 너의 죄도, 요약해 보면 아라라기 때문이나 마찬가지니까."

"그, 그건 지나치게 요약한 거 아닌가요…?"

줄인 게 아니라 졸인 수준이라고요.

"뭐냐, 감싸는 거냐? 그 남자를."

아뇨, 그게…. 감싸는 건 아닙니다만, 거기서 누군가의 탓으로 하고 있어서는 성장이 없으니까요. 그렇기에 가엔 씨는 우리를 오키나와로 보내는 것이겠지요. 여러 가지로 풋워크가 가벼운 그 사람이 직접 가는 게 아니라.

"흥. 가엔 선배의 팀 편성의 의도가 우리의 감형이라고 할까, 그 부분에 있다는 의견은 대충 맞겠지만, 그러나 그 중핵에 있는 이유는 또 다르겠지."

"? 무슨 소린가요? 그야, 저의 수업도 겸하고 있다고 생각하지만…."

"그것이야말로 부차적인 문제, 부부차적인 문제다. 너의 수업이라기엔 이 미션은 명백히 하이레벨이야…. 누구의 수업이라고 해도 그래. 아라운도洗人의 퇴치 따위, 원래는 일선 전문가가 할 일이야… 나 같은 아웃사이더나 요츠기 같은 이단의 괴이가 맡을 일이 아니지. 하물며 수습생인 루키의 임무라니."

그건 저도 그렇게 생각합니다…. 생각합니다만 솔직히 인간성은 둘째 치고, 프로 전문가로서의 카이키 씨를 의지하고 있는 만큼, 그것은 두려워지는 발언이었습니다.

프로가 저와 같은 소리를 하지 마세요.

이 상황에 와서 그런 약한 소리를 음침하게 내뱉어도… 이미 타 버렸다고요, 비행기에. 퍼스트 클래스에.

이래서는 사기라고요!

이렇게 되었으니, 억지로라도 장래의 불안으로부터 눈을 돌리고 이리오모테 산고양이 이야기로 돌아갈까요…. 귀여운 고양이 이야기를 하면 인간의 정신은 금방 차분해지니까요.

"하네카와 츠바사를 알고 있으면서 잘도 그런 소릴 할 수 있구나, 너는. 감탄이 나와."

감탄의 수준을 넘어 어이가 없는 듯한 카이키 씨입니다.

이 여행이 끝날 때까지, 카이키 씨에게서 진짜 웃음과 진짜 칭찬의 말을 듣고 싶습니다. 하트 워밍한 결말을 바랍니다.

그런 말을 들어도, 의외로 없다고요. 저와 하네카와 씨 사이의 접점.

낮을 가리는 제가 달급동*을 구사해서 도망쳐 버렸기 때문인 것도 있습니다만… 제대로 대화를 나눈 적조차, 사실은 한 번도 없지 않았던가요? 그래도 고양이의 괴이에 홀렸었다든가 하는 소문은 들은 적이 있습니다…. 그래서 달급동으로 도망친 것은 아닙니다만, 고양이귀 반장이라느니, 뭐라느니.

"모두가 그렇게 말할 정도로 굉장한 사람이었어? 대단하다는 소문이 퍼졌을 뿐이지, 사실은 열심히 노력하면 나도 어떻게든 이길 수 있는 정도 아니야?"

"모른다는 것은, 때로는 강함이기도 하지."

사기꾼의 입에서 격언이 나왔습니다.

사기꾼이 말하면, 보다 거짓말처럼 들리는 격언이지요. 저 같은 무지의 집합체가 말하는 것도 어지간하겠습니다만.

"나도 분수를 모르는 발언이라고는 생각하지만, 그러나 지금에 한해서는 든든하다고도 할 수 있어. 확실히 하네카와 츠바사는 굉장한 녀석이고 블랙 하네카와는 굉장한 괴이였지만, 이미지 정도로 능숙하게 처신하고 있지는 않았으니까. 그 큰 가슴과 같은 정도로 파워를 주체하지 못하고 있었어. 가만히 보면 그 녀석은 상당히 실패도 많이 하고 있었지. 귀신 오빠에게도 제대로 차였어."

그렇군요…. 제대로 차였다고 말해도, 저처럼 엉뚱하고 종잡을 수 없는 실연을 한 것은 아니겠습니다만, 분명히 '제대로'라

※달급동(達急動) : 일본 롯데의 카드형 식품 완구인 '빅쿠리맨' 시리즈에 등장하는 메인 캐릭터 야마토 왕자가 구사하는 초고속 이동 기술.

는 부분이 중요한 것이겠지요.

"아니, 아니. 좋은 승부야, 진짜로. 비련의 모습에 관해서는. 그렇게 생각하면 모든 것이 귀신 오빠의 책임이라는 난폭한 추론도 무시할 수만은 없어."

뒤집어 말하면 모든 것이 구 하트언더블레이드 탓이라고도 할 수 있겠지만. 그렇게 오노노키짱은 라이벌 유녀를 언급했습니다. 뭘까요, 상권을 돌아보며 하는 발언일까요…. 상권을 돌아보는 것 자체가, 시계열적으로는 아웃일 텐데.

타임 패트롤의 특권이군요.

"애초에 센고쿠. 이리오모테 산고양이는, 하네카와 츠바사 안에 자리잡고 있던 집고양이와는 종류가 달라. 이른바 길고양이다."

"길고양이라니? 산고양이가 아니라?"

"간단히 말하면 산고양이는 보호대상이지만, 그걸 길고양이라고 이름 붙이면 쫓아낼 수 있지."

간단히 말하지 말아 줬으면 하는 에피소드….

들개와 유기견의 차이와는, 느낌이 다르네요.

덮어 버리고 싶은 현실입니다.

"하지만 이리오모테 산고양이는 굳이 말하면 길고양이 아냐? 이리오모테 동물원에서 사육되고 있는 건 아니잖아?"

"애초에 이리오모테 동물원 같은 건 없어. 이리오모테 섬 자체가 천연의 동물왕국이니까. 섬의 9할이 정글이라고."

정글이 일본에 존재하는군요. 정글짐밖에 없다고 생각했었습니다.

"정글을 실제로 체험하면, 그 놀이기구에 정글짐이란 이름을 붙이는 건 역시나 이름이 아깝다는 생각이 들 거다, 센고쿠."

"뭔가요, 그 코멘트는… 겁주지 말아요, 카이키 씨. 정글을 실제로 체험할 리가 없잖아요? 조금 전에 딴죽을 건 것으로 예상하기로는, 이리오모테 산고양이가 있으니까 이리오모테 섬이 아니라, 이리오모테 섬의 이리오모테 산에 있는 고양이니까 이리오모테 산고양이죠?"

"괜찮은 소릴 했지만, 이리오모테 산도 없다."

야에야마八重山다, 라고 말하는 카이키 씨.

의외로 사람을 칭찬해서 발전시키는 타입일까요, 이분은…. 아니면 치켜세워 놓고 속이는 타입일까요.

야에야마….

그러고 보니 야에야마 제도諸島라는 구분도 있는 듯하네요. 가이드북을 숙독… 즉, 대충 훑어본 것에 의하면,

"애초에 구분하는 장소가 다르다. 이리오모테의 산고양이니까 이리오모테 산고양이다. 전 세계에서 이리오모테 섬에서만 서식하는 궁극의 고유종. 집고양이도 길고양이도 들고양이도 아닌, 산고양이다."

"? 그러니까 산에 있는 들고양이가 산고양이잖아요? 하네카와 씨의 고양이와 어떻게 다른 건가요?"

"가르치는 보람이 있는 학생이군, 정말로. 비행 중인 비행기 안에서 말도 안 되는 야외 수업이야. 이래 봬도 나는 옛날에 교

사를 지망하고 있었으니까."

지적할 것도 없는 헛소리를.

교사를 지망해서 사기꾼이 되다니, '사'가 둘 다 들어가는 직업이라도 하늘과 땅 차이라고요.

"카이키 오빠는 우수한 가정교사에게 교육을 받았었으니까. 교사로는 적합하지 않아도 가정교사에는 적합할지도 몰라. 산에 있는 들고양이가 산고양이가 아니라, 산고양이이니까 산에 있는 거야, 나데 공. 이 부분은 뭐, 닭이 먼저인가 달걀이 먼저인가 하는 네이밍 싸움이지만…. 고양이와 산고양이는 다른 생물이라고 생각하는 편이 좋아. 블랙 하네카와의 예를 들 것도 없이, 인간과 공생하고 있다고 말해야 할 들고양이나 길고양이와는 달리, 산고양이는 완전한 야생동물이야."

겉모습도 생태도, 굳이 말하면 호랑이나 표범에 가까워.

그렇게 오노노키짱은 말했습니다.

교과서를 읽는 듯하면서도 엄한 어조로.

"산고양이라고 하면… 마늘 고양이가 산고양이였던가?"

"마늘이 아니라 마눌manul이야. 그 이야기를 하자면 덩치는 비슷할지도 모르겠네."

그쪽도 멸종 위기종이지, 라고 말하고서 오노노키짱은 말을 이었습니다.

"하네카와 츠바사는 그 뒤에 호랑이도 낳았지만, 그것은 동물원의 호랑이였지. 하네카와 츠바사에게 사육되고 있었어…. 그것에 비하면 이리오모테 산고양이는 이리오모테 섬 생태계의 정점이야. 누구에게도 따르지 않고, 무엇에게도 겁먹지 않아. 천적은 없어."

이미지와 조금 다르네요.

고양이라고 해서 귀여울 것이라 단정하고 있었습니다… 야생인가요. 섬의 9할이 정글이라고 한다면 그야 그렇겠습니다만… 지역 한정형 백수의 왕이란 이야기입니다.

좋은 의미에서, 문자 그대로 산의 대장이네요.

"멸종 위기종이니까 보호되고 있다는 인상이 강했는데, 정점이야?"

"엄밀히 말하면, 정점은 자동차겠네."

산고양이의 천적은 인류다.

그렇게 말하는 카이키 씨.

어떻게 봐도 동물을 좋아하는 것 같지는 않은 사람이고, 그 말에는 망설임이 없었습니다.

"로드킬이라는 거지. 그래서 이리오모테 섬에는 산고양이용 터널이 설치되어 있어."

"마, 많이 대접받고 있지 않나요?"

캣도어라고 할까요, 고양이 전용 현관 같은 느낌인가요? 그건 집고양이의 경우이겠습니다만… 쓸데없는 참견입니다만, 그래서는 야생으로 돌아갈 수 없는 게 아닌지?

"공원에서 비둘기에게 먹이를 주는 것과는 달라. 들고양이의 보호와도 다르고. 보호하지 않으면 멸종해 버리니까…. 100마리 정도밖에 없다니까? 뭐, 확실히 네가 말하는 대로 고양이라서 보호되고 있다는 측면은 부정할 수 없어. 동양의 갈라파고스라고도 불리는 이리오모테 섬에는 그 밖에도 천연기념물과 희귀 생물이 산더미처럼 많은데, 이리오모테 산고양이의 지명도가 압도적이니까."

가장 강하고 가장 유명하니까 가장 보호되고 있다는 것은, 시니컬하게 생각하지 않을 수 없네요. 유사시에는 가장 남획되는 입장에 있다는 사정도 물론 있겠습니다만.

"그러면 이리오모테 산고양이와 만나면, 다정하게 쓰다듬어 줘야겠네."

"절대 하지 마라, 센고쿠. 이건 거짓말이 아냐. 바보 취급하며 하는 말도 아니야. 진짜로 하는 충고다."

"보호고 뭐고, 만나면 인간 따윈 잡아먹혀 버릴지도 몰라."

"그, 그런 거야? 천적 아니야?"

"자동차에 타고 있다면 그렇지…. 인간 같은 하등생물은, 일대일의 맨손으로는 집고양이도 이길 수 없잖아."

뜻밖에 시체 인형에게 생물로서 무시당해 버렸습니다만, 하지만 그것은 맞는 말이지요. 일대일의 맨손이라고 해도, 야생의 짐승에게는 발톱이 있으니까요

인간에게도 손톱은 있습니다만, 그것은 바짝 깎기 위해 있는 것이나 다를 바 없는 손톱이니까요.

그러나 이기고 지는 것과 잡아먹고 잡아먹히는 것은 다른 이야기가 아닌지….

"그런 이야기는 상권에서 신나게 하고 있으니까 되풀이하지는

말자."

오노노키짱은 배려하는 모습을 보였습니다. 상권의 사정을 모르는 저에 대한 배려는 아닙니다만… 타임 패러독스적인 정보의 비대칭성에 완전히 농락당하고 있네요.

"너 같은 건 야자 게에게도 이길 수 없을 거다. 어차피 손가락이 잘리는 결말이겠지. 애초에 천연기념물과 싸운다니, 말도 안 되는 얘기야. 만약 잡아먹힐 상황에 처하면 얌전히 잡아먹혀 줘라."

카이키 씨가 병적인 애묘가 같은 말을 했습니다. 애완동물을 싫어하는 것처럼 보였는데, 설마 하던 고양이파?

저도 딱히 기르고 싶다는 정도는 아니라고 해도 고양이를 싫어하는 것은 아닙니다만, 그렇다고 해서 잡아먹혀도 좋다고 생각하지는 않는다고요.

"잡아먹고 싶을 정도로 귀여운 고양이라도?"

"송곳니가 있는 시점에서 무서워."

고양이는 송곳니는 고사하고, 혀조차도 사냥감의 살을 발라 먹기 위해 까칠까칠하다고 들었으니까요.

오노노키짱의 장난에 제가 그렇게 대답하자,

"송곳니도 있고 혀도 갈라져 있는 뱀인 네가 그렇게 말하는 건가. 걱정하지 않아도 멸종 위기종인 만큼 사람과 마주치는 일 자체가 거의 없어. 이리오모테 섬에 살고 있어도 좀처럼 만날 수 없는 환상생물이야. 그런 의미에서는 괴이보다도 레어하지."

그렇게 카이키 씨는 말했습니다.

그렇군요… 흡혈귀도 멸종 위기종이라는 말을 들었습니다만.

"그 이야기도 상권이었습니다."

"NG 워드가 너무 많은 거 아냐? 나중에 나온 하권 쪽이 힘들다고. 남은 재료로 도시락을 만드는 것 같은 실력 테스트를 받고 있잖아. …흡혈귀라고 하면, 이리오모테 섬의 독자적인 박쥐 같은 것이라도 있었던가?"

"실제로 있고, 그 이야기를 하자면 뱀인 네가 기뻐할 만한 반시뱀도 있어."

그야 있겠지요. 지역에 따라서는 그 독사, 붙잡으면 한 마리당 3천 엔을 받을 수 있지요. 부업의 찬스라고 선동당했습니다.

"그런 섬이니까, 아라운도 우로코… 씨는, 아지트를 설치한 거야? 반시뱀을 모시는 전문가이려나."

"간신히 건설적인 의문문을 입 밖에 내 줬구나, 센고쿠."

그렇게 말하는 카이키 씨.

카이키 씨의 말이 있었기에 나온 의문문이지만요…. 오노노키짱은 뱀 사냥의 명인이라고 말해 주지만, 제가 우리 동네의 산에서 잡고 있던 것은 독사가 아니었으니까요.

"그렇지만 그 부분은 어려워. 아라운도는 뱀술사이기는 하지만, 그러나 반드시 사용하는 뱀을 반시뱀으로 한정하지는 않으니까. 살무사도 코브라도 부리고, 독사가 아니어도 사역하고 있어. 확실히 말하면 '어째서 아라운도가 이리오모테 섬에 본진을 짓고 있는가?'를 조사하는 것이 우리의 유일한 임무다."

"에, 그런가요?"

쓰러트리지 않아도 되는 건가요? 악의 보스를.

완전히 앞으로 고꾸라질 뻔했는데요.

괜히 헛심만 쓰고 있었던 건가요? 저는.

"물론 가엔 선배로부터는 그렇게 들었지만 그것은 말하자면 마음가짐 같은 것이고, 그 사람도 그렇게까지 과한 성과를 우리 같은 무법자들에게 기대하고 있지는 않을 테지. 말하자면 정찰 부대고 유격대다… 버림패라고 말하는 건 과언이겠지만, 15년에 걸쳐 싸워 왔던 숙명의 적과의 결판을 그렇게 간단히 낼 수 있을 거라고는, 제아무리 무리한 요구만 하는 선배라도 생각하지 않을 테지."

무리한 요구만 하는 선배.

정말 착 와닿는 표현이네요.

애초에 제가 한때, 분수에 맞지 않게 신의 자리에 앉았던 것도 가엔 씨의 무리한 요구가 부른 결과라고 말할 수 있습니다.

그렇지만 그런 말을 들으면 김이 새기는 합니다만, 어깨의 짐을 내려놓은 기분도 들고… 그야 그렇겠네, 하는 안도감도 들었습니다. 무리한 요구만 하는 선배의 무리한 요구도, 한도가 있다는 것입니다.

현재로서는, 강제로 경험을 쌓고 있다고는 해도 아직 아마추어인 저의 부업 감각으로 그 아라운도를 막으려 하다니… 다만 15년이라니, 굉장하네요.

"가엔 씨는 내가 태어났을 무렵부터 그 뱀 요괴와의 싸움을 계속하고 있었구나. 간신히 알아낸 아지트니까 우리를 심부름꾼으로 보내는 건 오히려 신중하다고 봐야 할까… 어째서 이리오모테 섬에 본진을 짓고 있는가, 인가. 확실히… 상상도 안 가네."

"오키나와에는 우타키御嶽라는 성지가 있지. 하와이에서 말하는 헤이아우 같은…. 뭔가 관계가 있을지도."

조금 전부터 오키나와의 문화뿐만 아니라 하와이 문화에도 의견을 보이고 있네요, 오노노키쨩은…. 저 같은 녀석은 알로하와 카리유시웨어*의 구별도 제대로 못 하는데요.

"그건 나도 못 해. 고급 브랜드의 알로하셔츠를 입는 오시노 녀석이라면, 이것저것 가르침을 받을 수 있을 것 같아."

고급 브랜드였나요, 그 지저분… 이거 실례, 지정복 같은 알로하셔츠가?

"지저분을 지정복으로 바꿔 말할 줄이야. 알로하셔츠가 하와이에서 정장인 것처럼, 카리유시도 오키나와에서는 정장이라고 들었으니까, 도착하면 공항에서 갈아입자. 그리고 셋이서 훌라 춤을 추는 거야."

"그건 하와이의 독자적인, 혹은 이와키 시*에서만 그러는 거 아냐?"

"나의 적당히 주워들은 인터넷 지식에 의하면, 알로하셔츠의

※카리유시웨어(かりゆしウエア) : 알로하셔츠와 비슷하게 생긴 오키나와의 옷. 카리유시는 오키나와 방언으로 '경사스럽다'는 뜻.
※이와키 시 : 일본 후쿠시마 현의 이와키 시는 하와이 분위기가 짙은 관광 이미지 전략을 내세우고 있다. 1960년대 대표 산업이던 석탄 수요가 줄어들면서 지역부흥을 위해 하와이풍을 표방한 대규모 리조트가 설립되었다.

기원은 일본의 기모노에 있다느니, 없다느니….”

말끝을 흐리면서 미심쩍은 잡학을 얼버무렸네요.

흠.

옷만 입고 온 상황이니 현지에서 우밍츄 티셔츠*를 살까도 생각했었습니다만, 카리유시도 나쁘지 않겠네요.

“도착해서 바로 현지 의상으로 갈아입다니, 그야말로 갓 상경한 시골뜨기 같네. 나는 절대 그런 부끄러운 짓은 하지 않아. 현지의 전통의상을 외지에서 온 투어리스트가 가볍게 입어도 괜찮은가 하는 센시티브한 문제도 있어.”

카이키 씨는 반응이 영 시원찮습니다.

상복 같은 차림새로 퍼스트 클래스에 타고 계신 분께 좋은 반응을 요구하는 쪽이 정상이 아니겠지요…. 선글라스를 끼고 있지 않아도, 태양을 직시할 수 있을 정도로 어두운 분입니다.

“카이키 씨는 도중에 가엔 씨와 절연했기 때문에 전선을 이탈했다고 치고… 알로하의 오시노 씨는 가엔 씨와 함께 아라운도 씨를 뒤쫓고 있었나요? 그 단서, 실마리로서 알로하셔츠를 입고 있었던 건가요?”

“그런 식으로 모든 것을 억지로 복선이었던 것으로 만들지 마…. 오시노는 아라운도와는 거의 관계가 없어. 가엔 선배 편만 드는 것은 그 녀석의 중립주의에 반하는 것이었겠지. 나도

※우밍츄 티셔츠 : 우밍츄는 오키나와 방언으로 어부라는 뜻. 한자어로 ‘海人’이라고 적인 티셔츠는 오키나와 관광 기념품으로 유명하다.

이번이 사실상의 첫 참전이다. 유일하게 옛날부터 적극적으로 참가하고 있던 것은 카게누이일까…. 안 그러냐, 요츠기?"

"그러네. 언니의 경우에는 부탁받지도 않았는데 멋대로 고개를 들이밀고 있었을 뿐이지만…. 그래서 나는 조금이나마 아라운도에 대해서 알고 있어. 언니는 불사신의 괴이가 상대라면 뭐든지 고개를 들이밀며 참견하니까. 목구멍 속까지 손을 쑤셔 넣어서, 어금니가 덜덜 떨리게 만들어 버리니깐."

간사이 사투리로 하곤 하는 무서운 위협 멘트잖아요.

목구멍 끝까지 손을 쑤셔 넣지 않아도, 어금니가 덜덜 떨린다고요.

"하지만 아라운도 씨는 불사신의 괴이야? 뱀술사라고…."

"뱀의 괴이는 대개 불사신의 상징이니까. 탈피의 이미지가 강하지. 다만 그런 언니로서도 아라운도의 정체까지는 알아내지 못했어. 구불구불 비트는 뱀은, 직선적인 언니의 전투 스타일과는 상성이 최악이거든."

"으음…. 하지만 그런 간부 클래스를 적극적으로 동원하지 않았던 것은, 가엔 씨는 그렇게까지 본격적으로 아라운도 씨와 대치하고 있었던 건 아니란 얘기야? 전문가들의 우두머리로서는 중요한 일이 아니라고, 15년간 뒤로 미루고 있었다는…"

"중요한 일은 아니더라도 중요시하고는 있었겠지. 나중으로 미루고 있던 것이 아니라, 우회하고 있었던 거야. 개인적인 사정이 있어서… 우리가 가엔 선배에게 간부였는지 어떤지는 확실치 않지만, 아라운도는 가엔 선배에게 환부患部였다."

네가 태어났을 무렵부터 싸우고 있었다.

그것은 확실하고, 핵심을 찌르는 표현이다.

그런 식으로 카이키 씨는 저의 말을 인용했습니다. 인용할 정도로 대단한 말이었다고는 생각하지 않습니다만?

단순히 제가 15세였을 뿐이니까요.

"아니, 싸워 온 지 15주년이라는 이 타이밍은 운명 같기도 하고, 네가 15세라는 것이 가엔 선배에게는 인스피레이션이었던 거겠지. 그렇지 않으면 아무리 그래도 이 국면에서 그 바둑 기사 같은 인물이 수습생을 동원하지는 않을 거다. 네가 아라운도와 같은 나이기에 투영한 거겠지."

"투영?"

아뇨, 그 부분이 아닙니다.

내가 아라운도 씨와 같은 나이?

"그러면… 아라운도 씨는 15세인가요?"

"15세가 아니라고 말한 기억은 없다."

그야, 일부러 그런 단서를 붙이지는 않겠습니다만… 참고표 (※)는 필요필수가 아니겠습니다만, 그 점에 대해서도 놀랐습니다. 그도 그럴 것이 지금까지 들었던, 실제로 제가 체험했던 아라운도 우로코 씨의 악행들에서 그렇게 어린 나이를 이미지하기는 극히 어렵습니다.

가엔 씨와… 라고는 말하지 않더라도 오시노 씨나 카이키 씨, 그리고 카게누이 씨와 같은 세대라고, 왠지 모르게 생각하고 있었습니다만…. 80대의 노인이 나와도 놀라지 않았겠습니다만,

그러나 15세라니.

"15세 따위, 어린아이 중의 어린아이, 가장 순진무구한 나이 잖아."

"이야, 지금까지 했던 말 중 가장 재미있는 대사였어, 나데코. 이 개그맨 같으니."

개그로 한 말은 아니었습니다만… 이거 참, 확실히 저의 인생을 돌아보면 어린아이라는 점이 악행에 손을 물들이지 않을 이유는 되지 않네요.

츠키히짱이나 나쿠나짱을 떠올릴 것도 없이….

"정의의 사자인 파이어 시스터즈의 전 참모 담당, 아라라기 츠키히가 어느샌가 당연하다는 듯이 악당으로 분류되고 있네…. 정말 추한 타락이라고, 토오보에 나쿠나의 견… 아니, 그건도 포함하면 네 경우에는 유유상종이라고도 할 수 있어. 뭐, 가엔 씨로서는 활용하는 건 아라라기 츠키히라도 괜찮았을지도 모르지만, 그 녀석은 도저히 15세라고는 말할 수 없으니까. 게다가 한때는 뱀신이었던 너라면, 뱀술사인 아라운도와 조건이 대등하다고는 할 수 없어도 좋은 승부가 될 거라고 생각한 것은 사실이겠지. 조건으로만 보면, 심플하게 폭력적인 언니보다도 나아."

카게누이 씨는 무조건일 텐데요.

그 사람에게는 조건도 조약도 없습니다.

그렇지만 15세이니까 15세를 상대로 동원되었다는 말을 들으니 아주 복잡한 기분입니다…. 왜냐하면 제가 등교거부아가 된 이유는 이것저것 있습니다만, '같은 반의 학생들과 잘 지낼 수 없었기 때문에'라는 요인이 정말 컸기 때문입니다.

만화가를 목표로 하는 것뿐이라면 학교에 다니면서라도 가능했으니까요. 오히려 많은 지망자들이 그렇게 하고 있을 것입니다.

그럼에도 불구하고 제가 1년 이상, 본가나 연립주택에 계속 틀어박혀 있었던 것은, 까놓고 말해서 같은 세대의 같은 반 친구들이 무서웠기 때문입니다…. 하루 등교하지 않을 때마다, 몇 배로 무서워져 갑니다.

작년까지는 14세였던, 올해 15세가 되는 여러분이 너무나 무서워서 견딜 수가 없는 것입니다.

"그래서 나데 공은 나 같은 동녀나, 카이키 오빠 같은 어른하고밖에 어울릴 수 없구나. 동세대 공포증이야."

"표현은 둘째 치고, 그런 부분은 있을지도 몰라."

"딱히 아라운도와 친구가 되라고, 사이좋게 지내라고 가엔 선배도 말하는 건 아니야…. 자신은 누구와도 친구가 될 수 있는 가엔 선배이기는 하지만, 그런 부모 같은 마음으로 임무를 맡긴 건 아니겠지."

"정말… 그런 소린, 그만둬요, 카이키 씨. 확실히 가엔 씨는 저를 아주 잘 대해 주고 있지만, 아무리 그래도 저를 딸이라고까지는 생각하지 않는다고요."

애초에 그런 나이가 아니겠지요, 가엔 씨는…. 어쨌든 '뭐든지 알고 있는 언니'이니까요.

"저를 나이 차가 나는 여동생이라고 생각해 주는 거라면 모를까…."

"그건 그것대로 싫겠지, 네 경우에는. 돌아가고 싶지는 않잖아? 귀신 오빠를 코요미 오빠라고 부르던 시대로는."

돌아가고 싶지 않네요~

제가 같은 세대와 놀고 싶어 하지 않는 아이였던 것은, 생각해 보면 초등학생이던 시절부터 그랬다고도 말할 수 있습니다만… 그러나 저의 그런 출신이나 심적 외상에는 흥미가 없다는 듯이 카이키 씨는,

"착각하지 마라."

라고 츤데레 같은 대사를 했습니다.

이상하게 어울리네요.

"부모의 마음이라고 말한 것은 너에 대해서가 아니야. 아라운도에 대한 부모의 마음이다. 아무리 반목하며 애먹이더라도, 딸은 딸이니 말이야. 절연한 후배를 상대하는 것과는 다르지."

……에?

애먹이더라도, 딸은 딸?

"아아! 해먹 말이구나!"

"거기서 해먹 얘기를 하지 마라. 어떤 남국의 리조트냐고. 섭[*]이 아니라 셔럽Shut up이라고 말하고 싶어진다. 뭐냐, 못 들었던 거냐? 그렇다면 500엔에 알려 주겠는데, 아라운도 우로코의 본

※섭 : SUP. What's up의 약어.

명은 가엔 우로코臥煙雨露湖. 가엔 이즈코의 친딸이다."

003

목적지로 향하는 기내에서 아이들링 토크. 오키나와 방언에서 말하는 '윤타쿠*'라고 생각하고 있었는데, 터무니없는 폭탄이 떨어졌습니다. …뭐라고요?

아라운도 우로코가, 가엔 씨의 친딸?

사실은 딸?

"어, 어떻게 된 건가요?"

"500엔."

"여기 있습니다."

시키는 대로 지불했습니다.

영화 어벤저스의 첫 번째 작품인 캡틴 아메리카의 지불 방법입니다…. 500엔 지폐였다면 좋았겠습니다만. 오키나와에서는 2천엔 지폐가 지금도 사용되고 있다는 건 진짜일까요?

한 번 구경해 보고 싶습니다.

어찌 되었든, 500엔 동전을 손바닥에 건넸기 때문이라는 것은 아닙니다만, 완전히 사기꾼의 손바닥 위입니다. 퍼스트 클래스의 비행기 티켓 값에 비하면 소비세도 되지 않는 가격일지도

※윤타쿠(ゆんたく) : 오키나와 방언으로 수다. 혹은 수다쟁이라는 뜻.

모릅니다만, 자취하고 있는 등교거부아가 보기에는 역시 거대한 동전입니다.

2천엔 지폐와는, 그런 의미에서도 좀처럼 만나기 어렵습니다.

그렇지만 여기서 이야기를 끝내 버리면 괴롭히는 것도 이만한 게 없지 않을까요. 그야 아는 사이인 카이키 씨나 오노노키짱에게는 명백하고, 이제 와서 설명할 것도 없는 일인지도 모릅니다만….

"에에에에에에에에에에에에에에에?"

…제 무릎 위에서 오노노키짱이 떨고 있었습니다. 교과서를 읽는 어조로. 무표정으로. 그러나 좀비가 아닌 메기처럼 부르르 떨고 있었습니다.

찰싹 달라붙어 있는 것도 있어서, 복근을 단련하는 기계처럼 느껴질 정도입니다.

목구멍 속까지 손을 밀어넣어 왔을 때처럼 (확신은 없습니다만, 아마도 카게누이 씨에게 당한 적이 있는 것이겠지요) 이를 따닥따닥 부딪치며 떨고 있습니다.

"가, 가, 가, 가, 가엔 씨의 딸…? 뭐야, 그거. 나, 들은 적 없어…."

동요하기도 하는 건가요, 오노노키짱이.

이러쿵저러쿵하며 함께 지낸 지도 꽤 오래되었습니다만, 처음 봤습니다, 시체 인형의 이런 리액션.

표정은 완전히 무표정이니까, 더욱 패닉이란 느낌이 납니다.

"언니도 모를 거라 생각해…. 그런 정보를 500엔에 팔지 마,

카이키 오빠."

"아, 하지만 혹시 평소의 그거?"

"나의 거짓말을 '평소의 그거'로 끝내지 마라. 이건 자타공인의 '진짜 그거'다…. 카게누이도 오시노도 모르는 정보이지만 말이다."

내가 알고 있는 것은 우연일 뿐이다, 라고 말하는 카이키 씨.

우연.

기분 나쁜 단어네요.

"이건 요츠기도 알고 있는 일이지만, 나는 카게누이나 오시노보다 가엔 선배와 조금 더 오래 알고 지냈으니까. 가엔 선배라기보다는 가엔 선배의 언니하고 말이지만."

가엔 씨의 언니… 가엔 토오에 씨, 였던가요? 이건 옛 성이고, 이후에 칸바루 씨의 어머니가 되는 칸바루 토오에 씨였지요. 지금은 고인이라고 들었습니다.

결코 저와도 인연이 없지는 않습니다.

죽어서도 여전히, 그 정도의 영향력이 있는 분입니다. 그러나.

"어, 하지만 조금 전에도 말했지만, 가엔 씨는 그런 나이가 아니잖아. '언니'이지, 어머니라는 느낌이…."

"어머니라는 느낌이 아니다. 그렇겠지. 본인도 그렇게 말하고 있어. 자신은 어머니 따위가 아니라고."

그렇게 강한 의미로 말한 것은 아닙니다. 단순히 나이의 이야기입니다…. 등교거부아라고는 해도 중학생인 제가 보기에는 그야 물론 번듯한 어른이겠습니다만, 그래도 나이가 한 자릿수인 아이라면 몰라도 열다섯 살의 자식이 있을 것처럼은, 어떻게 보아도 보이지 않습니다.

"맞아, 카이키 오빠. 확실히 나데 공이 말한 대로, 가엔 씨는 젊어 보이는 패션으로 꾸미고 있긴 해."

"그러니까 그렇게 말하지 않았다니까. 발언의 책임을 나에게 덮어씌우지 마."

"그 정신 나간 힙합 같은 패션 센스는, 스스로에게 어머니의 자격이 없음을 들려주기 위해 젊게 꾸미는 것일지도 모르겠군. 센고쿠의 추측대로."

이놈이고 저놈이고 저에게 험담의 책임을 떠넘기고…. 얼마나 가엔 씨에게 겁먹고 있는 건가요.

수평적인 조직인 듯하면서도 의외로 상하관계가 확립된 그룹이네요.

어린아이처럼 젊게 보이는 패션이 부모임을 거절하는 심층심리의 표출이라니…. 그것이야말로 나중에 억지로 복선으로 갖다 붙이고 있는 거 아닌가요? 뭐라고도 말할 수 없다고요, 가타부타.

어머니라는 느낌으로 보이지 않는 것은.

자신이 그것을 거부하고 있으니까?

"자기 프로듀스의 결과… 애초에 가엔 씨는 몇 살이야?"

여성에게 나이를 묻는 것은 실례라는 매너도 젠더의 시대에는 오히려 분열을 낳을 수도 있겠습니다만, 패션을 제외해도 연령 불명인 분이란 점은 확실합니다.

그 이야기를 하자면 오시노 씨나 카이키 씨, 카게누이 씨도 부모님이나 학교 선생님에 비해서 어른스럽다고 말한다면 거짓말이 되겠지요.

"내가 아는 한 전문가는 다들 마치 불사신의 괴이처럼 젊어. 괴이하고만 놀기 때문인지, 그 모두가 나이를 알 수 없게 된다고 할지… 그 왜, 역시 프리랜서는 논스트레스니까."

"프리랜서에게 가장 큰 스트레스 요인이 될 것 같은 편견을 시체 인형이 말하네…. 카이키 씨는 몇 살인가요?"

"5만 엔."

비싸!

왜 가엔 씨의 비밀의 친자관계보다도 카이키 씨의 실제 나이 공개요금이 비싼 건가요. 그것도 100배나.

퍼스트 클래스 요금.

카이키 씨의 나이가 확실해지면, 그 대학시절 선배인 가엔 씨의 나이도 추측할 수 있다고 생각했습니다만….

노림수가 빗나갔습니다.

대학은 4학년까지니까… 카이키 씨보다, 최대 세 살 정도 위?

"그건 알 수 없다고. 중학교 중퇴인 너에게는 관계없는 이야기지만, 우리가 다니고 있던 대학교는 최대 8학년까지 유급, 졸업을 늦출 수 있었으니까."

그 이야기와는 부디 관계가 없어지고 싶습니다만…. 그러면 최대 7년 연상이라는 예상도 가능한 걸까요? 페르미 추정이라고 하던가요? 일본에 피아노 조율사가 몇 명 있는가 하는 퀴즈를 생각할 때처럼 생각하면, 오시노 씨나 카게누이 씨와 동기로 여겨지는 카이키 씨가(여러 번 입시를 치렀다고 해도) 대강 서른 전후라고 치고, 3년부터 7년의 중간 정도인 5년을 기준으로 하면, 가엔 씨의 실제 나이는 대략 삼십 대 중반이라고 봐야 할까요?

삼십 대 중반….

그렇게 듣고 보면 뭐, 그렇게 보이지 않는 것도 아닙니다만…. 프리랜서가 아니더라도 연예인이나 운동선수 중에는 같은 나이에도 더 젊어 보이는 분도 있지요.

미용과 건강은 숫자대로가 아닙니다.

다만 나이는 둘째 치더라도, 역시 아이가 있는 사람으로는 보이지 않습니다. 그것도 열다섯 살짜리 아이가 있는 사람으로는…. 겉모습이 아니라 성격 문제입니다. 악명 높은 아라운도 씨가 저와 같은 나이라는 것도 좀처럼 상상할 수 없습니다만, 그 이상으로 가엔 씨의 아이라는 것 쪽이 더 상상하기 어렵네요.

"무엇보다, 십 대일 무렵에 낳은 아이라는 이야기가 되잖아."

"어라라. 그게 나쁘다고 말하는 거야?"

"아니, 물론 나쁘지는 않지만…."

마치 제가 편견에 사로잡혀 있는 것처럼.

그러나 상식에는 사로잡혀 있을지도…. 저의 부모님도 아이가 아이를 낳았다고까지는 말하지 않더라도, 별로 부모라는 느낌은 들지 않을지도 모르고… 부모는, 대체 무엇을 해야 부모일까요?

부모란?

아이인 것에 실패한 저는, 뭐라고도 말할 수 없습니다.

"월반의 가능성을 생각하면, 그야말로 너와 같은 나이인 열다섯 살에 어머니가 되었을 가능성도 부정할 수 없지만, 그것도 나쁘지는 않아."

나쁘지는 않겠습니다만 추천되지도 않겠지요, 현대의 일본에서는.

…15년 전에는 달랐을까요?

"가치관이란 의외로 단기간에 변천되니까."

그렇게 말하는 오노노키짱.

떨림은 아무래도 멈춘 모양입니다만, 그러나 어쩐지 저의 몸통에 두르고 있는 팔다리는, 조금 전까지보다 더욱 단단히 홀드되어 있는 것처럼 느껴집니다. 안전벨트 같습니다.

무슨 일에도 동요하지 않는 시체 인형에게 지금까지 몇 번이나 위기에서 구원받아 왔습니다만, 그러나 가엔 씨의 딸이 적이라는 걸 알게 되니, 역시나 요주의 대상일 수밖에 없는 모양이네요, 요츠기짱인 만큼.

"하지만 어차피 그거겠지? 카이키 오빠. 아라운도 우로코가 가엔 씨의 친딸이라고 해도, 그건 기분상의 친딸 같은 느낌이고, 피가 이어져 있는 건 아니겠지?"

충격을 하향수정하려고 합니다.

그러나 그 발안에는 저도 편승하고 싶습니다.

한몫 거들기로 하죠.

"요컨대 어른이 지닌 부모의 마음으로 나를 딸처럼 생각해 준 것처럼, 가엔 씨는 아라운도 씨도 딸처럼… 그런 거지, 카이키 오빠?"

"누가 카이키 오빠냐. 네가 그런 소리 하지 마라. 그리고 요츠기도 하지 마라."

이런, 격세유전을 해 버리고 말았습니다.

격세유전이라고 부를 정도로 옛날은 아닙니다만, 저의 여동생 캐릭터 시절로… 다만 제가 딸 캐릭터가 아닌 것은 조금 전에 언급했던 대로입니다.

반복합니다만, 센고쿠 나데코는 아이로 있기에 실패했습니다.

"그런 연착륙은 있을 수 없지만, 그러나 가엔 선배가 너에게 친딸인 아라운도를 투영하고 있는 것은 사실이겠지…. 양쪽 다 뱀이니, 의외로 비슷한지도 몰라."

악의 두목과 비슷하다는 말을 들어도 말이죠.

뱀으로 연결되었다….

설마 또, 자기 자신과의 대결 같은 전개가 되는 걸까요. '끝판대장이 사실은 자기 자신'은 이미 모든 각도에서 모든 패턴을 다 썼을 텐데요.

자아찾기도 한계라고요.

"끝판대장이 실은 친부모였다는 전개도 드라마 같은 데서 자주 보이지만, 그것과는 반대로 끝판대장이 친자식이었다는 전개는 견문이 적어서 듣지 못했네…. 다행이야, 나데 공. 장래에 분명 만화 소재로 쓸 수 있을 거야."

"반응이 안 좋을 것 같아…."

틀림없이 빈축을 사게 되겠지요.

그러나 친자대결이라는 테마 자체는 옛날 셰익스피어 시대부터 있던 것이고, 선악은 제쳐 두더라도 최종적으로 부모는 자식에게 살해당하는 스토리 라인이 되는 법입니다.

이른바 부모 살해입니다.

친자대결에서 부모가 승리했다는 이야기야말로 견문이 적어서 들은 적이 없습니다. 거기에 카타르시스도 재미도 의외성도 없다는 점도 있겠고, 대체 누가 자식 살해를 보고 싶어 하겠느냐는 문제도 있겠지요.

"자연계에서는 흔히 있는 일이지. 사자가 천길 낭떠러지에 자기 자식을 밀어 떨어뜨린다는 문화는. 죽이지 못한 사자 새끼는, 부모에게 복수하러 오는 걸까."

"그렇다면 가엔 씨가 직접 이리오모테 섬에 오지 않는 것도 납득이 가네…. 숙명의 대결에서 패배 이벤트를 연기하는 건 바라는 바가 아닐 테니까."

단순히 소원해진 딸과 얼굴을 마주하는 것이 겸연쩍다는 문제는 아닐 거라 생각하고 싶습니다…. 가엔 씨의 육아 포기의 결과가 15년에 걸친 갈등이었다고 한다면, 거기에 휘말리고 싶지 않은 것이 본심이라고요.

민사 불개입입니다.

민사 재생법을 적용해 주세요.

"그 부분은 하네카와 츠바사나 오이쿠라 소다치의 의견도 들어 보고 싶네. 그 방면에 일가견이 있는 그 사람들의 의견을. 부모가 어리광을 받아 주며 양육한 귀신 오빠로는 관여할 수 없어."

"내 경우도 상당히, 어리광을 받아 주며 양육한 편이지만…."

"네 경우에는 스포일spoil이라고 말해야겠지, 센고쿠. 그 반동으로 지금은 독립심이 강해진 것 같지만…. 그것은 너의 부모에게 아주 좋은 일이겠지."

마치 저의 부모님과 만난 적이 있는 것 같은 말투네요, 이 사기꾼. 센고쿠 부부는 아직 고령자라고 할 정도의 나이는 아닙니다만, 그러나 프로에게 걸리면 눈 깜짝할 사이에 먹잇감이 되고 말겠지요.

"까다로운 부모자식 관계의 궁극 계열 같지만… 그런가, 그래서 퇴치해야만 하는구나. 어디까지나 아지트를 슬쩍 떠보는 정도고…. 친딸이 우리 같은 무뢰한 집단에 쓰러지는 것까지를 부모로서 가엔 씨가 바라고 있을 리가 없으니깐."

"'부모로서'는 과연 어떨까? 가엔 선배가 자신을 어머니 같은 게 아니라고 생각하고 있는 것은, 겸손도 자학도 아니라 진짜로 어머니의 자격이 없기 때문이니 말이야…. 15년에 걸친 갈등은 친자의 정에 기초한 것이 아니라, 과거의 불미스러운 일을 마무리하고 싶다는 마음 쪽이 강할 거다."

내 딸을 쓰러뜨릴 수 있다면 쓰러뜨려 보라고 독려하고 있다고 생각하는 편이 좋을 거다, 라고 카이키 씨는 말했습니다.

괜히 폼 잡지 말고, 제대로 의논을 해 줬으면 좋겠네요.

선후배 간의 암묵의 양해가 아니라.

뒷사정이 있음을 암시한 것 때문에 무엇이 미션 완료의 조건인지 좀처럼 감을 잡을 수 없게 되었다고요. 애초에 어떤 조건이었든, 상대가 가엔 씨의 친딸이라는 것만으로도 달성하기 매우 어려워졌다는 생각이 듭니다.

"그렇게 신경이 쓰인다면, 너야말로 가엔 선배 본인에게 물어보면 되지 않겠나. 아운의 호흡*으로 물어보면 되지 않겠나. 아라운도는 당신의 딸이라고 하는데, 어떻게 대처하는 것이 정답인가요? 라고."

"물어볼 수 있을 리 없잖아요."

무서워무서워무서워. 상상하는 것만으로도 무서워.

오노노키짱보다 부르르 떨게 됩니다.

현재의 저의 등교거부 생활이 거의 완전히, 경제적으로도 정신적으로도 그 사람에게 의존하고 있음을 제쳐 두더라도 그런 프라이빗한 문제에 척척 발을 들일 수는 없다고요.

무지의 무서움을 뼈저리게 통감합니다.

알아서는 안 되는 것을 알아 버린 것을, 모르는 척을 하는 방법을 필사적으로 생각하고 있다고요, 오히려.

"'을'을 대체 몇 번 사용하는 거야. 환승은 포기하고 나하 공

※아운의 호흡 : 서로 호흡이 잘 맞는 것. 일본어 '아운(阿吽)'은 범어의 '아훔'으로 만물의 시작과 끝, 들숨과 날숨 등을 의미한다.

항에서 바로 되돌아갈까, 나데 공? 일을 시작한 뒤에 계속해서 새로운 정보가 덧붙여지다니, 이런 건 사기의 상투수단이야."

참으로 매혹적인 오노노키짱의 유혹을 곧바로 튕겨 낼 만한 긍지는, 이때의 저에게는 없었습니다. 그러나 설령 주저한 뒤라고 해도 이 유혹에 찬성했더라면 남국의 섬에서 기다리고 있는, 지금까지의 수습 업무나 작은 심부름과는 비교도 되지 않을 정도로 가혹한 그 이후의 전개를 경험하지 않을 수 있었을 것을 생각하면, 분하게 생각해야 할 것은 어설프게 아는 척해 버린 것보다 오히려 위기를 예감하면 곧바로 도망치는 정신적인 나약함을 잃어버린 것일지도 모릅니다.

그렇다고 해서 이제 다시 돌아갈 수 없지요, 그 무렵의 귀여운 센고쿠 나데코로는.

가엔 씨가 15년 전으로 돌아갈 수 없는 것처럼.

혹은 아라운도 우로코가 태어나기 전으로, 돌아갈 수 없는 것처럼.

004

무인도에 딱 하나만 가지고 갈 수 있다면 무엇을 가지고 가겠는가? 흔한 심리 테스트입니다만, 흔한 만큼 그 답에 어떤 인간인지가 드러납니다.

서바이벌 나이프. 살려고 하는 의지가 느껴지네요. 좋아하는 책 한 권. 애서가일까요, 그러나 동시에 조난이라는 현실에서 눈을 돌리고 있다고도 말할 수 있습니다. 스마트폰. 요즘 같은 시대입니다만, 무인도에 5G 전파가 닿던가요? 이중의 의미로 조난당할 것 같습니다. 갈아입을 옷. 여행 가는 기분으로는 곤란합니다. 가족사진. 이것을 외로움을 많이 타는 사람이라고 판단하는 것은 성급한 것으로, 멘탈 케어를 중시하는 자세는 무인도에 적합하다고 할 수 있을 것 같습니다. 컵라면. 인스턴트하게, 먹을 수 있다는 것은 살 수 있다는 것. 라이터. 불을 피우는 레저를 즐겨 보고 싶지 않나요? 텐트. 영역 의식이 강할 것 같습니다. 라디오. 행동에 BGM을 원하는 타입? 심플하게 물. 찍 소리도 못 할 정론이네요. 발전기. 무인도에서 신이 되고 싶다? 선크림. 아름다운 자연 속에서 미용을 중시하시는군요. 골판지 상자. 응용을 소중하게 정리정돈, 이사. 애완동물. 비상식량이 되지 않기를. 튼튼한 로프. 설마 목을 맬 생각은 아니겠지요? 작살. 사냥보다도 다소는 안전한 이미지가. 그물. 설마 곤충채집을? 배낭. 의외로 부품이 많고, 다목적이고 실용적이라고 들었습니다. 이불. 곤경에 처했을 때에는 일단 자 버리고 싶은가요? 기타 등등, 기타 등등…. '하나'라는 말의 범위를 넓게 파악해서 집이라든가 중장비라든가 캠핑카라든가 배라든가, 도라에몽이라든가 하는 대답을 하는 사람은… 뭐, 그런 인간이라는 이야기겠지요.

그리고.

질문만 하고 혼자서 의기양양하게 인간관찰의 내용을 이거 보란 듯이 늘어놓는 것은 바라던 바가 아니므로 저는 저의 답을 준비해야겠습니다만, 그러나 그 전에 촌스럽다고도 생각하는 이 심리 테스트가 실은 아주 자상한 조건하에 이야기되고 있음을 인정하지 않을 수 없습니다.

놀랍게도, 심리 테스트는 심술 퀴즈가 아니었던 것입니다.

무인도라는 환경에서 살아남기 위해 '뭔가 하나'만이라고는 해도 **아이템을 가지고 가는 것을** 관대하게도 허락해 주신 것이니까요. 정신이 들었을 때, 저는 옷 한 벌만 가진 상태조차 아니었습니다.

해변의 모래밭.

파도 소리로, 저는 눈을 떴습니다.

눈부시게 내리쬐는 태양 아래, 알몸으로… 파도 소리에 눈을 떴다고 로맨티시스트처럼 말했습니다만, 실제로는 자외선에 의한 피부의 아픔에 눈을 뜬 것입니다.

선크림이 필요해!

곧바로 그렇게 생각했습니다.

계절적으로는 거의 한겨울이라고 해도 되는 시기일 터입니다만, 마치 한여름처럼 인정사정없는 햇살입니다. 눈이 부시는 정도가 아니라 따끔따끔할 정도고, 여차하면 이글이글하다고 느껴질 정도입니다. 도마 위의 생선이 아니라, 프라이팬 위의 생선 같은 기분을 맛보았습니다. 그게 아니면 생선탕 같은 것일까요? 피부가 끓어오를 것 같습니다. 잿물이 배어 나올 거라고요, 저 같은 건.

"어, 어라? 오노노키짱? 카이키 씨?"

곧바로 주위를 둘러보아도 눈에 보이는 해변에는 사람 한 명 없습니다. 알몸이므로 옆에 같이 있어도 곤란합니다만, 이 경우에 물론 같이 있지 않은 편이 더 곤란합니다.

같이 있어 주니까 가치 있는 것입니다.

그러나 해변의 모래밭에도 눈앞에 펼쳐진 푸르른 바다에도 등 뒤에 펼쳐진 울창한 산들에도, 사람의 흔적도 기척도 없습니다. 만목소연滿目蕭然이란 이런 상황을 두고 하는 이야기입니다. 웅대한 대자연을 그저 느끼게 될 뿐이었습니다. 혹은, 그저 느끼게 되는 것은 압도적인 고독감일지도 모릅니다.

"무… 무인도?"

엄밀히 말하면 이 시점에서 이곳을 섬이라고 판단하는 것은 성급한 것입니다. 아직 해변 에어리어밖에 파악하지 않았으니까, 어쩌면 저는 돗토리 사구에 흘러 들어온 것일지도 모르니까요. 사구와 사막의 차이는 나중에 생각하기로 하고… 그러나 사실, 이곳이 섬인가 육지인가는 그리 중요한 문제는 아닙니다.

그야 섬인 쪽이 최악입니다만, 설령 이곳이 지구 최대의 대륙이었다고 해도, 혹은 오컬틱하게 무mu 대륙이었다고 해도, '무인'이라는 점에 있어선 섬도 대륙도 큰 차이는 없습니다.

알몸으로 있는 것도 극히 사소한 문제입니다. 학교 수영복이나 블루머 한 장만 입고 있는 등의 수많은 난국을 극복해 온 제가 보기에는.

아뇨, 하지만 이런 것은 이미 때가 때인 만큼 하지 않는다는 결론이 내려졌을 텐데…. 중학생을 벗긴다는 개그는 이미 과거의 유물이 되었다고 들었는데요.

어찌하여 이런 상황이?

이야기가 다르다고요.

혹시 누디스트 비치에 흘러 들어온 것일까요…. 그건 프랑스에 있었던가요? 여기는 유럽 대륙? 아니면 비행기 안에서 오노노키짱에게 오키나와의 외딴섬에 대해 엉뚱한 소리를 너무 많이 해서 이런 형태로 천벌이 내린 것일까요? 섬에 유배라니, 외딴섬의 벌이 너무 엄하다고요

…비행기.

그렇습니다, 저는 분명 비행기에 타고 있었습니다. 기억이 났습니다, 분수에 맞지 않게도 퍼스트 클래스에 탑승하고, 어울리지 않게 퍼스트 클래스의 식사에 입맛을 다셨을 것입니다.

이렇게 번듯하게 접시 위에 올린 요리가 탈것 안에서 제공된다니, 라며. 직전까지 나누고 있던 시리어스한 대화가 어딘가로 날아가 버릴 정도의 감동을 느끼지 않을 수 없었습니다.

한편으로 등교거부아라고는 해도 일개 중학생인 제가 이렇게 도를 넘은 사치를 부려도 괜찮을까 하는 죄책감을 느끼지 않을 수 없었습니다만… 돈의 출처가 아마도 카이키 씨의 사기일 것을 생각하면 더욱 그렇습니다.

"너무 마음에 두지 말고 즐겨야 할 상황에서는 즐기는 편이 좋아, 나데 공. 즐길 수 있는 동안에. 항공사는 특히 고생 중이니까, 어쨌든 경제는 돌아가야만 해."

디저트로 나온 하겐다즈 컵 아이스크림에 몹시 기뻐하는 얼굴(거짓말입니다. 무표정입니다)을 한 오노노키짱이 또다시 미래를 내다본 듯한 말을 해서, 여기서는 따르는 게 좋겠다고 판단한 것까지는 기억하고 있습니다. 아뇨, 기억하고 싶지 않은 것뿐이지, 저의 볼품없는 기억력은 조금 더 나중 일까지 기억하고 있습니다.

갑자기, 비행기가 크게 흔들렸던 것입니다.

가엔 씨의 숨겨진 친자관계에, 항공기까지 몸서리를 친 것처럼.

카이키 씨나 오노노키짱 앞에서 처음 타는 비행기가 무섭다고 말하는 것이 부담되어서 지금까지 아주 태연한 척을 하고 있었습니다만, 물론 저는 어떤 원리로 제트기가 공중을 날고 있는지 항공역학을 이해하고 몸을 맡기고 있던 것은 아닙니다.

발칙하게도, 퍼스트 클래스이니까 괜찮을 거라고 만만하게 생각하고 있었을 정도입니다. 당연한 이야기입니다만 퍼스트 클래스든 이코노미 클래스든 화물칸이든, 추락할 때에는 일련탁생이지요.

"지금, 파일럿으로부터 지시가 있었으므로 서비스를 일시 정지하도록 하겠습니다. 자리로 돌아가서 안전벨트를 매 주시기 바랍니다. 또한, 기체가 흔들려도 비행에 영향은 전혀 없으므로 안심하시기 바랍니다."

안심할 방법이 없을 정도로 격렬한 진동입니다만, 정말로 영향이 없나요? 뭔가 산소마스크 같은 것이 머리 위에서 떨어져 내렸는데요. …난기류?

머리 위에서라는 말은 정확하지 않았을지도 모릅니다. 비행기가 나선 형태로 회전해서 상하좌우가 눈앞이 어지러울 정도로 계속 뒤바뀌었기 때문입니다. 남미대륙의 칠레를 우주공간에서 보았을 때처럼, 공간파악 능력이 시험받고 있습니다. 산소마스크는 아래에서 온 것 같기도 하고, 오른쪽에서 온 것 같기도 하고, 왼쪽에서 온 것 같기도 하고… 호스가 마치 뱀처럼 꿈틀대고 있었습니다.

뱀처럼.

아니, 꿈틀거리고 있던 것은… 몸을 뒤틀며 신음하고 있던 것은 비행기 전체 같았습니다.

창밖으로 비행기의 날개가 우웅우웅, 엿가락처럼 뒤틀리는 모습이 보였습니다. 애초에 각도를 생각하면 맨 앞 열에 있는 퍼스트 클래스 좌석에서는 보일 리 없는 날개가 보이는 것 자체가 비정상입니다만, 시공이 왜곡된 것처럼 꼬리날개까지 보일 것 같은 기세였습니다.

기내 방송대로 안전벨트를 매지 않았더라면, 매고 있어도 식사 중이었다면 크나큰 비극을 겪었겠습니다만, 그러나 자리에 돌아가서 안전벨트를 매기 위해 오노노키짱이 저와의 밀착 상태를 해제한 것은 이후의 전개를 고려하면 그다지 옳은 판단이었다고는 말할 수 없습니다.

어찌하더라도 비극과 마주하게 되는 것입니다.

마치 춤추듯이.

이 상황에서 최강의 보디가드와 떨어져 버리다니… 느긋한 것에도 정도가 있었습니다. 참고로 카이키 씨는 퍼스트 클래스의 식사를 마친 뒤에 아이마스크를 쓰고 잠들어 있었습니다…. 어떻게 이렇게 마구 요동치는 상황 속에서 숙면을 취할 수 있는 건가요! 가장 흡혈귀 같은 얼굴을 하고, 제대로 살아 있긴 한 건가요, 당신은!

나선 형태의 롤링에 설마하던 종회전縱回轉이 섞이기 시작했을 즈음, 저의 의식은 뚝 끊어져 버렸습니다…. 공포에 질린 나머지 실신했다기보다 회전에 의한 블랙아웃이나 뇌진탕 같은 것이었겠지요. 의식을 계속 유지했더라도 뭔가 할 수 있었을 리도 없고 모처럼 먹은 식사를 토해 냈을지도 모릅니다만, 그러나 제가 마지막 순간에 창밖으로 본 것은, 꼬리였습니다.

꼬리날개가 아닙니다.

기체를 빙글빙글, 똬리를 틀 듯이 휘감은 커다란 뱀의 꼬리였습니다. 그것이 최후의 기억이고 다음에 정신이 들었을 때에 저는 올 누드로 낯선 해변에, 쏟아져 내리는 태양빛 아래, 몸을 가릴 것도 없이, 홀로 떠밀려 올라와 있었던 것입니다.

탑승 전에 카이키 씨에게 배운 것에 의하면 (즉 거짓말일지도 모른다는 의미입니다만) 지금은 국제선이 아닌 국내선의 이코노미 클래스에서도 영화를 볼 수 있다고 합니다만, 그런 식으로 기내에서 방송되는 영화에서는, 만약 비행기 추락 장면 등이 있을 때는 교묘하게 편집되는 경우가 많다고 합니다. 탑승객에 대한 배려겠습니다만 마찬가지로 저의 의식에서도 '그 뒤'의 장면

이 커트되었던 것이겠지요.

무인도에 하나만 가져갈 수 있다면 무엇을 가져가겠는가?

맨손으로 오고 말았습니다.

저의 인간성이 잘 드러나고 있네요.

005

아뇨, 아뇨. 무인도 탈출 다큐멘터리 중에서도 가장 가혹한 거 아닌가요. 맨손에 알몸으로 섬에 내던져진다니.

일본에서는 기획할 수 없는 리얼리티 방송이겠지요.

게다가 경쟁 상대는 고사하고 동료도 없습니다…. 지금은 사기꾼이라도, 츠키히짱이라도, 차라리 나쿠나짱이라도 괜찮으니 곁에 있어 줬으면 좋겠다고 진심으로 생각합니다. 아아, 나도 오노노키짱을 꽉 끌어안고 있을 걸 그랬어…. 애초에 오노노키짱이나 카이키 씨는 무사할까요?

제가 살아 있는데 그 두 사람이 살아 있지 않다는 것은 있을 수 없는 사태입니다만… 뭐, 의식을 상실한 동안의 일들을 순당하게 페르미 추정한다면, 그 뒤에 뒤틀린 비행기는 산산조각으로 공중분해되었을 것이라 생각됩니다. 폭발했어도 이상하지 않겠습니다만, 역시나 그렇다면 제가 이렇게 생존한 것에 심각한 의문이 생깁니다.

유령은 아니겠지요, 저는?

죽은 것을 깨닫지 못할 리가 없겠지요?

그렇다면 비행기가 공중에서 산산조각 나고 거꾸로 뒤집혀 추락한 장소가 바다였다는 것이, 항공사고를 당한 승객이 그나마 아슬아슬하게 살아남을 가능성이 있는 상황이겠지요. 그 뒤에 해류에 떠밀려 다니는 동안에 차려입은 옷은 전부 찍찍 찢어지고, 신발이나 양말도 벗겨지고, 당연히 오기 씨에게 받은 트렁크를 회수하지도 못하고, 몸뚱이 하나만 가지고 무인도에 표착했다…. 그렇다면 마찬가지로 카이키 씨나 오노노키짱, 다른 승객이나 승무원 여러분도 목숨을 건졌을 가능성은 충분히 있습니다.

있었으면 좋겠다고 바라지 않을 수 없습니다.

그도 그럴 것이, 만약 제가 마지막에 창밖으로 보았던 큰 뱀의 꼬리가 패닉에 빠진 상황에서 착각한 게 아니라면… 그것은 사고가 아니라, 가엔 씨가 보낸 유격부대인 우리가 이리오모테 섬에 상륙하는 것을 저지하려는 뱀술사의 방해공작이라고 받아들일 수밖에 없으니까요.

일반인까지 휘말려 들게 했다는 이야기입니다.

뱀이 휘감듯이.

…저도 아직은 거의 일반인 같은 입장입니다만, 이렇게 되면 프로페셔널인 두 사람의 행방이 보다 한층 중요해집니다…. 경험상, 원래부터 시체인 오노노키짱은, 오노노키짱 자신이 비행기처럼 산산조각 나더라도 죽지는 않을 것이라 생각합니다만(그렇다고 해도 물론 아주 잘게 조각나서 바다에 흩어져 버리면

그렇게 되지 말라는 법도 없습니다, 물고기의 먹이가 되어 버립니다) 카이키 씨는 걱정이 됩니다…. 그 진동 속에서 새근새근 자고 있던 것 같았습니다만, 그대로 영면해 버린 것이 아닐지…. 아뇨, 지금 와서는 그 수면조차 적의 책략이었을 가능성이 있습니다.

유감스럽게도 적이 한 수에서 두 수, 열 배, 스무 배는 앞섰던 것입니다.

가엔 씨의 딸이라는 새로운 정보는 사기꾼이 출처인 만큼 반쯤은 거짓말이라 생각하고 반신반의로 들어야 했겠습니다만, 그러나 이렇게 되면 오히려 없던 신빙성도 생겨납니다. 아지트에 다가오게 하지 않겠다고.

선수에 선수를 치는 스타일.

그렇다면 반대로 직접 움직이지 않았던 가엔 씨의 예측도 훌륭했다고도 말할 수 있습니다…. 우리가 움직여서 반응을 떠본 것은 그야말로 정답이었던 것입니다. 친자대결은 한참 전에 시작되었던 것이겠지요, 어쩌면 15년 전부터.

다만 선수에 선수를 빼앗기게 된 장기짝은 환장할 노릇입니다.

왕을 잡기 위해서 비차각飛車角과 보步를 하나, 희생한 것일까요.

진짜로 버림패잖아요.

그렇다고는 해도 어떤 의미에서 저와 카이키 씨, 오노노키짱이라는 무법자 동맹, 카이키 씨가 말하는 '주식회사 위선사偽善

社'는 시작한 지 얼마 되지도 않았는데 주어진 임무를 완벽하게 수행해 냈다고 말하지 못할 것도 없습니다.

임무는 끝난 것입니다, 두 가지 의미로.

이리오모테 섬에 다가간 것만으로… 실제로는 다가가지도 않았습니다, 아직 우리는 환승할 예정인 나하에도 도착하지 않았으니까요. 그런데도 비행기를 떨어뜨릴 정도의 경계 레벨.

하늘조차 자신의 영역.

이리오모테 섬이 아라운도 씨의 본거지라는 것은 확정된 사실이나 마찬가지고, 우리가 받은 이 공격을 분석하면 가엔 씨는 다시 그곳에 본대를 파견할 수 있겠지요.

이번에야말로 직접 나설지도 모릅니다.

퇴치하기는커녕 어째서 이리오모테 섬에 본거지를 만들었는가를 밝혀내지도 못했습니다만, 그래도 이 결과는 우리들로서는 충분하고도 남는 성과라고 할 수 있겠지요. 이렇게 목숨만 건져서 살아남은 제가 '큰 뱀의 꼬리'를 본 것을 전할 수 있으면, 더할 나위가 없습니다.

그건 그렇고, 여기는 어디일까요?

오노노키짱의 이야기를 듣기로는, 오키나와 현에는 많은 섬이 점재하고 있다고 합니다만 그러나 최후에 기체의 비행궤도가 엉망진창이었던 것을 생각하면, 이 섬이 규슈 지방에 위치한다고 단정하기도 어려울 것 같지요…. 기류를 타고 오가사와라 제도 중 하나에 떨어졌어도 이상하지 않고, 덧붙이자면 대만이라든가 인도라든가, 유럽까지는 아니어도 외국까지 떠내려왔어도 이상하지는 않습니다.

요컨대 화려하게 버림받았고, 경사스럽게도 직업을 잃고, 저녁놀보다도 어두운 표정인 제가 해야 할 일은 이대로 해변에서 다갈색 피부로 그을리는 것은 아닐 듯합니다.

일을 하나 마친 뒤의 바캉스라니, 당치도 않습니다.

다른 생존자를 찾아야지요.

그리고 SOS를 보내는 것. 리얼리티 방송처럼 뗏목을 만들어서 섬으로부터 탈출을 꾀하는 것은, 저에게는 너무 짐이 무거운 일이겠지요.

설마 로빈슨 표류기를 스스로 연기하게 될 줄은 꿈에도 생각하지 못했습니다만 (애초에 읽지 않았습니다) 그러나 여기서 조용히 바짝 말라 버릴 생각도 없습니다. 우선 그늘로 이동하죠.

피부가 그을리는 문제는 이미 때가 늦었습니다만, 어찌 되었든 산림의 상황도 살펴보고 싶습니다. 사과가 열린 나무라도 있다면 중력을 발견하거나 공복을 채울 수 있겠습니다만… 어디보자, 일단 순서를 생각하죠.

생존자를 찾기 위해서는, 우선 생존해야만 합니다.

무인도 생활에 필요한 요소는 무엇인가?

로빈슨 표류기는 읽지 않았지만, 저에게는 다양한 만화로 배양된 지식이 있습니다…. 물의 확보, 식량의 확보, 불의 확보.

안전한 잠자리의 확보.

가능하면 옷도 만들어야 합니다.

어떻게 생각하더라도 알몸으로 있는 것을 부끄러워하고 있을 상황은 아닙니다만, 그러나 알몸인 채로 숲으로 뛰어드는 것은 어쩐지 위험하다는 예감이 듭니다….

어느 때는 저주를 풀기 위해서, 어느 때는 저주를 걸기 위해서 산속을 뻔질나게 드나들었고, 그뿐만 아니라 한때는 산 정상에 살게 되었던 제가 말하자면, 벌레에 쏘이는 것이나 거머리에게 물리는 것 등 노출된 피부는 자연에게 절호의 먹이입니다. 위험 생물인 벌을 상정하면 전신 방호복을 입고 있어야 할 정도인데 알몸이라니…. 애초에 나무뿌리에 걸려 넘어지는 것만으로도, 알몸과 옷을 입은 상태는 대미지가 다르다고요.

탐색하는 것만으로도 상처를 입습니다.

무성하게 우거진 잎사귀나 나뭇가지에 상처를 입게 됩니다.

이 상황에서 찰과상 정도는 참으라는 말을 들을지도 모릅니다만, 반창고도 소독약도 없는 상황에서는 아무리 작은 상처라도 목숨을 잃을 수 있습니다. 어떠한 증상인지는 잘 모릅니다만, 파상풍이라는 병은 상당히 무서운 병이라고 기억합니다.

그렇다고는 해도… 옷과 먹을 것이 충분해야 예절을 안다고는 해도, 어찌 되었든 우선은 취식입니다. 일본에는 '지진, 천둥, 불, 아버지*'란 말이 있습니다만 의식주의 올바른 순서는 식주의食住衣라고 생각합니다.

기절해 있는 동안에 태양빛을 많이 쬐어서인지 목도 상당히 마릅니다만, 바닷물을 그대로 마시면 큰일… 나지요? 염분의 삼

※지진, 천둥, 불, 아버지 : 地震雷火事親父. 세상에서 가장 무서운 것을 순서대로 늘어놓은 말.

투압이 어쩌고 하면서…. 더욱 갈증을 느끼는 결과가 될 수, 있, 다고 했던가요? 그래서 끓여서 먹어야만… 아뇨, 끓이기만 해서는 정작 원하는 물은 증발해 버리고 소금만 남던가요? 게다가 위생적인 면을 생각하면 끓이는 것뿐만 아니라 여과장치 같은 것을… 아아, 이러면 안 되지요.

집중하고 있다고 생각해도, 결국 한 번에 여러 가지를 생각하려고 하다가 뇌의 용량을 초과하기 시작했습니다. 저는 이렇게 한계에 도달해서 어쩔 줄 몰라 하다가, 늘 아무것도 할 수 없게 되거나, 신이 되어 버리거나 하는 것입니다.

발밑이 모래밭에서 어느 정도 흙바닥으로 바뀌었을 즈음에, 저는 남국다운 커다란 나무 잎사귀를 지붕 삼고 울퉁불퉁한 바위를 의자 삼아, 일단 그곳에 앉았습니다. 그늘에 있는 바위여서 그렇게까지 달궈지지는 않았습니다만, 겨울의 전철 좌석 정도의 온기는 느껴졌습니다. '남국다운 커다란 나무 잎사귀'라는 것도, 아무런 근거도 없이 제가 멋대로 생각한 것입니다. 북국의 나무 잎사귀일지도 모릅니다.

하지만 그래도 상관없겠지요.

우선은 하나씩 하나씩 순서대로, 입니다.

여기가 남국이고, 차라리 하와이의 카우아이 섬까지 흘러왔다고 해도, 혹은 아이슬란드였다고 해도, 좌표를 알아내는 것은 의복 문제 뒤로 미뤄도 괜찮을 정도입니다. 먹을 것도, 지금은 괜찮습니다.

제가 대체 어느 정도 기간 동안 의식을 잃고 있었는지는 알 수 없습니다만, 기분적으로는 퍼스트 클래스의 요리를 먹은 직후이므로 공복감은 별로 없습니다. 비행기 멀미로 토하는 일도 없었던 것 같으니, 앞으로 몇 시간은 허기를 느끼지는 않겠지요.

그 사이에… 물이나, 불이겠지요.

서바이벌 생활이라고 하면 돌을 깎아서 날붙이를 만든다는 공정도 어디쯤에서는 불가결해지겠습니다만, 그러나 그런 즐거워보이는 액티비티나 레크리에이션을 먼저 했다가 체력이 바닥나는 것은 정말 눈뜨고 못 볼 상황입니다. 그러면 물과 불은, 어느쪽을 먼저 처리해야 할 안건일까요?

이것은 오노노키쨩의 외딴섬 퀴즈와 달리, 한 문제를 틀리기만 해도 죽음으로 직결될지도 모르는 데스 게임입니다…. 직감으로는 물입니다. 인간은 음식을 먹지 않아도 사흘은 살 수 있습니다만, 물이 없으면 하루도 버티지 못한다, 라는 것은 만화가 아니어도 자주 듣는 이야기잖아요. 그러니까 앞서 이야기했던 물을 끓이는 장치나, 여과장치를….

여과濾過… 한자로는 쓸 수 없는 복잡한 단어네요.

만드는 법을 몰라서 한순간 인터넷에서 검색하자는 생각을 해 버렸습니다만, 설령 여기가 5G 전파가 닿는 구역이었다고해도 통신기기가 없습니다. 저의 스마트폰은 지금쯤 바다 밑바닥에서 심해어에게 문명을 전하고 있을 것입니다. 인터넷 중독이란 자각은 없었습니다만 완전히 정보화 사회에 오염되어 있었네요, 저도.

동영상 방송 사이트를 보며 기분전환을 하고 싶은 기분입니다.

반대로 불은 막연하게 생존에 도움이 될 것 같습니다만, 우선 지금은 온기를 챙길 필요도, 요리를 할 필요도, 짐승을 쫓아낼 필요도, 목욕물을 데울 필요도 없어 보이니까 물보다 나중으로 돌려도… 목욕물을 데운다?

그러네요. 바닷물이든 샘물이든 구정물이든, 소독을 위해서 끓이려고 하면 당연히 불씨가 필요하겠네요.

급할수록 돌아가라.

물이 가장 필요하기에, 처음에 불을 준비할 필요가 생긴다. 여과장치 제작법은 유감스럽게도 전혀 감이 잡히지 않습니다만 (돌이나 모래 같은 것을 사용한 그림이 흐릿하게 떠오르는 정도입니다) 불을 만드는 방법에 대해서는 몇 가지 스탠더드한 플랜이 있습니다.

상식 수준입니다.

널빤지에 막대기를 수직으로 대고, 두 손바닥 사이에서 비벼 나선 형태로 회전시킨다…. 최신 트라우마입니다만 나선 형태로 회전한 비행기의 기체처럼, 회전시킨다. 정식 명칭은 알지 못합니다만, 그야말로 만화에서 흔히 보이는 풍경입니다. 하지만 그거, 여자 중학생의 완력으로도 가능한 방법일까요? 평범한 여자 중학생이 아니라 운동에 서툰, 히키코모리 같은 여자 중학생의 힘없는 팔이거든요?

조금 더 기억을 더듬어 보면 길쭉한 막대기에 새끼줄을 빙글빙글 (그것도, 뱀처럼?) 감아서, 그걸로 막대기를 팽이처럼 회전시킨다는 진보적인 방법도 있었습니다만, 저의 지능으로는 구조를 잘 모르겠네요.

방금 이야기로 제대로 설명이 됐다고도 생각하지 않습니다.

아는 것이 많다고 평판이 자자한 하네카와 씨라면 이렇게 무인도에 표류하게 되어도 여유만만이겠지, 하고 이런 아무도 없는 장소에서도 열등감에 시달리는 저였습니다만… 아뇨, 풀이 죽어 있어도 아무 소용없습니다.

그렇다기보다 알몸으로 무인도에서 낙심하고 있어도 바보 같을 뿐입니다. 떠올리도록 하죠, 저는 몇 달 동안 산 정상에서 혼자서 살았던 적이 있는 인간입니다.

그때는 인간이 아니었습니다만, 그 무렵의 지루하기 짝이 없는 생활에 비하면 고작 며칠, 무인도에서 살아남는 정도야 아무것도 아닙니다… 고작 며칠이겠죠?

길어야 72시간이겠지요?

무인도로 가출했을 때의 노진구처럼 되지는 않겠지요, 저는?

어쨌든 기운이 있는 동안에, 요컨대 이 이상으로 낙심하거나 고민하게 되기 전에 얼른 불을 피우자며 주위에서 도구를 찾습니다. 마른 나무 막대는 금방 발견했습니다.

그러나 마찰을 일으키기 위한 널빤지가, 아무리 찾아도 보이지 않았습니다.

"……?"

아, 그렇지.

여기는 마트가 아니니까, 어느 매대를 살펴봐도 나무판자 같은 게 있을 리 없지…. 애초에 매대가 없는 데다, 판자라는 것은 가공된 목재입니다.

매대 판처럼.

오키나와 지방에는 판근板根이라고 하는 판 형태의 나무뿌리를 지닌 식물이 있을 터입니다만… 만용을 부려 깊은 산속으로 들어가 설령 그것을 발견해 냈다고 해도, 반쯤 흙 속에 묻혀 있는 그 뿌리를 파내서 절단할 만한 힘이 (지금으로서는 날붙이도) 저에게는 없습니다.

애초에, 조금 전에 주운 말라 죽어 떨어져 있던 나뭇가지 같은 것이 아니라, 살아 있는 나무는 어느 정도 수분이 있어서 불을 붙이기 어려울 것입니다… 아아, 하지만 이것도 어설픈 지식이 겠지요?

유칼립투스, 유칼리나무 같은 것은 유분을 많이 함유하고 있으니까 땅에서 자라나 있는 상태라도 산불이 나기 쉽다고도 들었고… 강풍으로 나뭇잎끼리 마찰하기만 해도 화재가 발생할 위험성이 있다고 합니다. 동시에 그 식물은 독성도 있어서, 그 귀여운 코알라는 상당한 리스크를 감수하며 유칼리나무에 달라붙어 있다고도.

유칼리나무….

는 없어 보이네요, 이 숲에는.

조금 전에는 잊고 있었습니다만, 불 피우기를 최우선으로 하는 이유에는 SOS의 봉화를 피운다는 중요한 목적도 있었습니다. 그러나 그것을 위해 산불을 내는 것도 바라는 바는 아닙니다. 그야말로 하네카와 씨가 할 것 같은 행동입니다만… 아니, 여차하면 그 정도로 대담한 짓을 하지 않으면 도움은 청할 수 없을지도 모릅니다.

자연보호도 중요합니다만 자연보호를 위해 죽어 버리면 본말전도이겠지요. 이리오모테 산고양이를 보호하기 위해서 잡아먹혀 줄 필요는 없는 것입니다, 분명히.

무인도에서조차 소극적으로 행동하게 되는 자신의 좁은 도량이 정말 싫어집니다. 사람이 없는 곳에서 다른 사람의 눈을 의식하다니. 그러나 여기서는 호감을 얻어야 할 강자는 없는 것입니다. 나쿠나짱이나 츠키히짱의 부하로서 살고 있던 무렵이, 정말로 그립네요.

지금이라면 그 두 사람에게도, 진심으로 충성을 맹세하겠지요…. 그 두 사람이라면 불 정도야 눈 깜짝할 사이에 피워 버릴 것 같지요, 어떠한 방법으로.

츠키히月火짱은 이름에 '불 화'가 들어 있는걸요.

화를 내기만 해도 불길이 피어오를 것 같습니다.

자, 그러면 현실도피에서 현실로 돌아와 보면, 나뭇가지는 있어도 널빤지가 없어서 마찰열로 불을 일으키는 플랜은 맥없이 암초에 부딪혔네요…. 무인도에서 암초라는 것도 불길한 비유입니다만, 직접 가공해서 널빤지 같은 물체를 제작하는 것보다는 다른 방법에 챌린지를 하는 편이 빨라 보입니다.

열다섯 살이 금방 떠올릴 수 있는 '과학 자유연구'라면….

①돋보기를 사용해서 검은 종이에 빛을 모은다.

②부싯돌로 불을 붙인다.

③백열전구를 스파크시킨다.

이 세 가지일까요.

만약 여기가 하와이였다면,

④화산 분화구를 찾는다.

를 덧붙여도 좋겠습니다만, 지금으로서는 화산섬이라는 기척은 느껴지지 않습니다.

그렇게 되어서, 돋보기도 검은 종이도 없습니다만 뭔가 자연물로 그것들을 대용할 수 있다면 ①이 가장 편해 보입니다. 만약 이 자리에 오노노키쨩이 있다면, 간단히 편한 길을 선택하지마, 그런 부분이 햐쿠고쿠라고, 라며 설교를 할 것 같습니다만, 지금은 체력을 온존하는 것도 중요하겠지요. 애초에 이 자리에 오노노키쨩이 있어 주었다면 '언리미티드 룰 북'으로 한순간에 탈출이라고요.

체력이나 포만감은 물론이고 기분상으로도, 아직 무인도에 표착했다는 비일상으로 인해 텐션이 바짝 올라 있는 동안에 해야만 하는 일을 해 두지 않으면… 나 자신으로 돌아와 버리면 아무것도 하고 싶지 않아질 것이 뻔하니까요, 저 같은 건.

편한 길을 선택하고 뭐고, 설령 널빤지 상태의 마른 나무가 있었다고 해도 결국 저의 연약한 팔로는 마찰열에 의한 발화는 역시 불가능하지 않았을까요.

검은 종이는 없어도 어떻게든 된다고 치고… 돋보기인가요.

제가 안경 소녀였다면 대용도 응용도 가능했겠습니다만, 여기서도 하네카와 씨와의 차이가 드러나네요. 하네카와 씨도 지금은 안경을 안 끼던가요? 콘택트렌즈라도 같은 일을 할 수 있을까요?

안경 소녀가 아니므로 확실치는 않습니다만, 안경에도 볼록 렌즈와 오목 렌즈가 있었던 것 같은데… 하네카와 씨와 알고 지낸 기간이 짧은 것이 여실히 드러나네요.

콘택트렌즈로는 역시나 불을 피울 수는 없을 것이라고 생각합니다만, 돋보기 대용으로서의 안경의 대용이 될 만한 뭔가… 가 있다면… 어항, 일까요?

좀 어려운 말인 '수렴화재收斂火災'가 창가의 어항이나 스노돔 같은 장식품이 원인이 되어 발생하는 경우가 있다는 이야기를 들은 적이 있습니다. 물이 원인이 되어 화재가 발생한다니 얄궂은 것에도 정도가 있습니다만, 지금의 저에게는 낭보일지도 모릅니다.

마실 수 없어도 괜찮다면, 물은 팔 수 있을 정도로 눈앞에 많이 있습니다…. 다만 어항이 없네요. 있었다면 얼마든지 사겠습니다만, 사기꾼에게 의지하고 만 같은 반 학생들의 심정을 지금이라면 알 것 같네요… 분명 사랑에 애태운다는 것은 이 정도의 갈망이 느껴지는 일이겠지요, 원래대로라면.

하지만 어항은 없더라도, 시 글라스*라면 있지 않을까요? 여기는 시sea니까요.

※시 글라스 : sea glass. 바다에 버려진 유리가 풍화되어 만들어진 둥글고 매끈한 유리조각.

시 글라스를 어떻게 돋보기로 가공하는가는 나중에 생각하기로 하고, 우선 저는 편안한 즉석 선루프의 그늘에서 비치코밍 beachcombing에 나섰습니다…. 운이 좋으면 파도치는 물가에 돋보기가 떠밀려 와 있을 수도 있겠지요.

라이터나 성냥이라면 더할 나위 없겠지요.

뭐, 성냥은 무서워서 쓸 수 없습니다만.

그렇게, 햇살이 밝게 내리쬐는 곳으로 나온 만큼 밝은 쪽으로만 생각한 것이 좋지 않았는지, 라이터나 성냥은커녕, 돋보기는 물론이고 시 글라스 하나도 발견할 수 없었습니다.

알몸으로 물가를 천천히 걷는다는 전위적인 영화 같은 기분만을 맛보고, 저는 실망한 채로 맥없이 잎사귀 아래의 정 위치로 돌아왔습니다. 태양 아래서 쓸데없이 체력을 소모했습니다.

이런 작은 좌절만으로도 모티베이션은 하락 일로입니다.

아뇨, 수확은 있었습니다.

나쁜 뉴스와 나쁜 뉴스가 있다는 느낌입니다만… 이 상황에서는 시 글라스조차 분에 넘치는 기대였다고 해도, 그렇다고 해도 뭔가 도움이 될 만한 표착물이 있지 않을까 하는 기대조차 배신당했던 것입니다.

이만큼이나 마이크로 플라스틱 문제가 물의를 빚고 있는 세상입니다. 페트병 한두 개 정도는 해변에 밀려와 있어도 이상하지 않다고 생각했거든요?

게다가, 널빤지.

바다 쓰레기일 뿐인 어떠한 널빤지 조각이 밀려와 있다면, 죽은 마찰열 계획이 부활할 가능성도 있었습니다만…. 다만 제가 터벅터벅, 후반은 터덜터덜 산책해 보기로는, 이곳의 모래밭은 정말 깨끗한 곳이었습니다.

단순히 제가 원하는 물건이 없다는 것뿐만이 아닙니다.

비치 샌들도 깡통도, 발포 스티로폼도 낚시도구도, 유리병에 들어간 편지도, 산산조각 난 비행기 부품조차도 떠밀려 와 있지 않았습니다. 그야 해안이 깨끗해서 나쁠 것은 없습니다만, 그러나 이른바 바다 쓰레기가 전혀 밀려와 있지 않은 것은 생각해 보면 기묘한 일입니다.

오해를 두려워하지 않고 말하자면, 해안이란 버려진 바다 쓰레기가 도착하는 곳이나 마찬가지입니다. 비중이 물보다 가벼운 바다 쓰레기는 파도에 떠다니는 동안에는 항상 흘러 다니고 있으니까, 장기적으로 보면 확률적인 필연으로 (그 밖에 표착할 장소가 없는 이상) 거친 파도에 시달린 끝에 전부 어딘가의 해안, 어딘가의 모래밭에 표착하는 것이 곧 골인 것입니다.

해안이 어지럽혀지는 메커니즘은 결코 해수욕을 하러 온 손님들의 매너 위반에만 기인하는 것이 아니라, 지구라는 행성의 구조상의 문제이기도 합니다. 그럼에도 불구하고, 이 무인도의 해안에는 아무런 인공물도 표착하지 않았습니다.

마치 결계라도 둘러쳐져 있는 것처럼.

"……."

그리고 나쁜 뉴스 두 번째는 그럼에도 불구하고 제가 이곳에 표착했다는 사실입니다. 저 같은 쓰레기가, 라는 자책이 아닙니다.

그것은 도지마 마유미[*] 씨가 하는 말이고요.

해류적인 필연으로, 이 코브cove가 표류물이 도달하기 힘든 장소가 되었다고 한다면, 조난당한 (비행기 사고인데 이렇게 말해도 괜찮은 걸까요) 제가 해삼처럼 해변에 밀려 올라온 것은 어떻게 보아도 불가사의입니다.

그런 기적도 있을지도 모릅니다만, 이것을 '우연히'로 끝내는 것은 '우연히 귀엽다'는 말 이상으로 저항감이 느껴집니다. …마찰이 생겨납니다, 불이 붙을 정도의.

다른 생존자의 수색은 급한 아젠다가 해결되면 가급적 빠르게 수행할 생각입니다만, 그러나 현재 이곳에 있는 사람이 저뿐이라는 사실에도 이렇게 되면 마음 편히 있을 수 없습니다. 뭔가 이상하지 않나요, 이 섬 자체가?

바다에 많이 있는 무수한 무인도 중 하나에 목숨만 간신히 건져서 기적처럼 표착했다고 생각하고 있었습니다만, 그런 게 아니라… 저는 이 **결계 안**에 갇힌 것이 아닐까요?

봉인되어 버린 것 아닐까요?

그런 엉뚱한 망상이 솟아나기 시작합니다. 만화가 지망의 상상력… 이라고 생각하고 넘어가도 괜찮은 이야기일까요? 아니면 피해자 의식에 기초한 피해망상일까요?

만약 인공물이 표착하지 못한다는 엄격한 속박이 이 섬에 있

※도지마 마유미 : 저자 니시오 이신의 다른 작품 『미소년 탐정단』의 주인공인 여자 중학생.

다고 한다면, 제가 알몸으로 있는 것에도 일단의 설명이 되기도 한다는 것이 안 좋은 복선입니다. 만화라면, 이런 경우에는 '입고 있는 옷은 괜찮다'라는 룰이 적용될 것 같은데요?

그렇다면 설령 제가 안경 소녀라도 파도에 떠다니는 사이 그 안경을 잃어버렸을 가능성이 농후하네요…. 만화를 읽거나 게임만 하거나 하는 것치고는 의외로 시력이 좋은 저입니다만, 그 점에서 카이키 씨의 말로는 저를 엄청 스포일했다는 부모님에게 감사해도 될지도 모릅니다. 시력은 유전적인 요소가 크다고 하니까요.

부모와 자식. 친자관계….

아뇨, 사고를 그쪽에 할애하는 것은 나중으로 미루기로 하죠. 저와 부모님의 관계는 물론이고, 인공 표착물이 전혀 없다는 불가사의함… 결계의 유무에 대해서도 일시 보류입니다. 구석으로 치워 둘 구석이 없습니다만, 무지한 제가 모르는 요인도 있겠지요.

빈곤한 사고력, 추리력을 집중하는 것입니다. 수렴화재처럼.

시냅스를 불태워야만 합니다.

현재 유의해야 할 것은, 발화장치 플랜①은 포기할 수밖에 없다는 것입니다. ③은 너무 멍청한 생각이라 착상의 캐리커처도 되지 못합니다. 안 그래도 이 LED 시대, 인공물이 없는 환경에서 전기를 요구하다니, 벼락이 떨어지는 것을 기다리는 플랜이나 마찬가지입니다.

하긴, 죄 많은 저에게 갑자기 벼락이 떨어져도 그렇게 이상하지는 않겠습니다만….

요컨대 취해야 할 것은 ②의 부싯돌 플랜….

이미 선택 문제가 아닙니다.

말하자면 ○×문제입니다.

부싯돌이란, 주변에 굴러다니는 돌과 뭐가 다른 걸까요? 제가 앉아 있는 이 바위도 깨뜨리면 발화하는 걸까요…. 어설픈 지식입니다만, 부싯돌은 수석燧石이라고 불리는 뭔가 특별한 돌인 듯합니다만… 그렇게 되면 현자의 돌을 찾는 것이나 마찬가지입니다.

서바이벌 요소가 강해지기만 할 뿐입니다. 마음은 약해지기만 할 뿐인데.

다만, 설마 돌 자체가 불타는 것은 아닐 테니, 단단해 보이는 돌이 있으면 대용할 수 있을 것 같다는 예감이 듭니다. 요컨대 불꽃만 튀길 수 있으면 되는 것이니까요. 그렇게 되면, 그 불꽃에 불이 붙을 장작 같은 것이 있으면… 장작이 아니라, 톱으로 나무를 자를 때 생기는 톱밥 같은 나무 부스러기가 불타기 쉬워 보이는데…. 그렇지요?

일단 그 톱이 없습니다만, 힘으로 나무를 베어 넘기지는 못하더라도 나무 부스러기 정도는 저도 어떻게든 준비할 수 있을 것 같습니다. 그 정도도 못 하면 어떡하나요.

결국 돌고 돈 끝에 불도 물도 아닌, 액티비티하다느니 하는 소리 했던 석기 만들기부터 착수하게 되다니, 당초의 어리석은 탁상공론에 눈앞이 아찔해집니다만, 어쨌든 저의 무인도 생활은 이런 식으로 운항을 시작하게 되었습니다. 배도 없거니와, 방향을 잡을 키도 없습니다만, 이 이상 난파하지 않도록 우선은 행동입니다.

실패하면, 그 실패를 양식으로 삼겠습니다.

006

마치 원시인이 된 기분이었습니다만, 원시인이라면 좀 더 능숙하게 하겠지요. 원시原始라는 이름이 붙을 만큼, 저는 제대로 시작하지 못했습니다.

이후에 조사한 바에 의하면 부싯돌, 즉 수석이라는 것은 요컨대 석영을 말하는 듯합니다. 있었다면 좋았을 라이터 안에도 들어가 있는 돌인데, 어쨌든 단단한 암석으로 이것을 서로 부딪치게 하면 불꽃을 튀긴다… 라고 합니다. 저는 돌 마니아가 아니므로 설령 그 시점에서 이 지식을 갖고 있었다고 해도, 손에 집어든 적당한 크기의 돌이 석영인지 어떤지 판단할 방법이 없었습니다…. 다만 여기에서 중요한 것은, 석영 안에 포함되어 있는 특정한 물질이 충격을 받아 서로 부딪침으로써 어떠한 화학변화를 일으켜 발화한다는 화학식 같은 것이 아니라는 점입니다.

중요한 것은 경도硬度, 굳기입니다.

요컨대 평범한 돌끼리라도 양쪽에 어느 정도의 단단함이 있다면 이론상 불꽃은 튄다…. 목재를 서로 비비는 마찰열과 구조는 그리 다르지 않을, 것입니다.

이론을 말하자면, 철분을 많이 함유한 돌이라면 서로 세게 부딪치는 것으로 불꽃이 튈 가능성이 나름대로 높겠지요. 그렇지 않으면 '이후에 조사해 보기로는'이고 뭐고, 저에게 미래는 없습니다.

오노노키짱이 말하는 타임 패러독스를 부르게 되고 맙니다.

결론부터 말하면, 주변에 굴러다니는 돌을 사용해서 불을 붙이는 데에는 성공했습니다.

그런 편의주의적인 전개가 일어날 리 없다, 어차피 숨겨 두고 있던 라이터 같은 것이라도 사용한 것이겠지, 이 가짜 서바이벌 참가자 같으니! 라는 말을 들을지도 모릅니다만, 그렇다면 이런 걸 저에게 시키지 말고 직접 해 주세요.

실례, 말투가 험해졌습니다만 햇볕에 그을린 손의 껍질이 흐물흐물해져 버릴 정도로 돌을 돌에 부딪치는 소득 없는 작업을 반복하다 보면, 저처럼 심약한 등교거부아도 성격이 거칠어집니다.

난폭한 십 대.

역나데코도 될 수 있습니다.

소년만화에서는 킹 오브 왕도라고도 말할 수 있는 돌을 깨는 수련을 하는 기분이었습니다. 코롱*이 떠오르네요.

※코롱 : 타카하시 루미코의 만화 『란마/2』의 등장인물. 샴푸의 증조할머니이다.

누가 쪼개라고 했느냐. 나는 부숴 보라고 말했다.

였던가요?

히비키 료가*처럼, 폭쇄점혈을 익히려는 것처럼, 저는 조금 전까지 의자 대신 앉아 있던 친근히 대해야 할 바위를 향해, 마치 부모의 원수나 혹은 부모 그 자체인 것처럼 주변에 있는 돌을 계속 던졌습니다.

이 운동, 그리고 운동량, 굳이 말하면 호시 휴마*일까요.

고양이 손 같았던 저의 손바닥이, 이 투구로 인해 물집투성이로….

깨진 돌도 헛되게 하지는 않겠습니다.

뽀족한 돌을 톱 대신으로 삼아, 주변에 떨어져 있는 나뭇가지를 박박 깎아서 열심히 나무 부스러기를 만듭니다…. 장작이라고 할까, 둥글린 신문지 대신이지요.

그것을 적당히 바위 위에 뿌리고, 다시 돌을 계속 던집니다. 정말 이런 걸로 불이 붙을까 하는 의문을 품으면서 하는 육체노동은 멘탈에도 영향을 주는 구석이 있었습니다.

예를 들면 실험실에서 가스가 새어 나왔을 경우… 그런 때에는 바닥에 의자를 끄는 것만으로도 폭발할 위험이 있다고 합니다. 극단적인 이야기를 하자면 울 스웨터를 입고 있는 것만으로도 다이너마이트입니다.

※히비키 료가 : 타카하시 루미코의 만화 「란마1/2」의 등장인물. 주인공 란마의 라이벌 캐릭터 중 한 명.
※호시 휴마 : 카지와라 잇키의 야구 만화 「거인의 별」의 주인공.

정전기가 작용합니다.

그렇다면 저의 팔을 피칭머신으로 만드는 행위가 건설적이지 않을 리가 없는 것입니다… 없어 주세요.

다행히도 저는 야구 경험도 소프트볼 경험도 없었으므로, 오히려 주로 쓰는 팔에 구애되지 않고 더블헤더가 아닌 스위치 피처로서 효율적으로 양팔을 다 사용했습니다.

효율적?

비용 대 효과?

아뇨, 아뇨. 아마도 이래 봬도 전신의 근육을 풀로 사용하는 만큼 나무 막대기를 계속 회전시키는 것보다는 어느 정도 편했을 거라고 스스로 평가합니다만, 몇 번인가 깨진 돌이 제 쪽으로 튀어서 대미지를 입었습니다.

마음에도 몸에도.

소설이니까 우스꽝스러움은 어느 정도 억제되었을 것이라고 흐릿한 기대를 하고 있습니다만, 제가 이런 투구 연습을 하는 동안에도 여전히 계속 알몸이라는 것을 잊지 마시길.

메이저 리그 양성 깁스*가 있다면. 그거라도 입고 싶을 정도라고요. 방호복으로서.

맨살에, 그것도 햇볕에 그을린 맨살에 돌조각이 튀는 것은 돌을 던진 것이 자기 자신인 만큼 자업자득이란 느낌도 강하게 밀

※메이저 리그 양성 깁스 : 야구 만화 『거인의 별』에서 등장한 아이템으로, 강력한 스프링을 이용해 어깨와 팔을 단련할 목적의 착용기구.

려와서, 재기할 수 없는 레벨로 쪼그려 앉게 됩니다.

지금 위로받게 되면, 어떤 상대에게라도 마음을 열어 버릴 것 같습니다.

역시 가장 먼저 옷을 만들어야 했을까요…. 의식주의 순서는 의식주가 맞았던 것일까요.

가장 먼저라고 하자면, 불을 피울 수 있으면 가장 먼저 상처를 열로 소독해야 할지도 모릅니다. 다행히 파상풍을 일으킬 만한 치명적인 상처를 입기 전에, 나무 부스러기에서 연기가 피어오르는 모습이 관찰되었습니다.

피어올랐다는 것은… 죄송합니다, 카이키 씨에게 배운 거짓말입니다. '연기가 났다' 정도의 표현이 적당하겠지요. 응시해 보니, 흐릿한 연기가, 있는 듯한, 눈앞이 흐려진 것뿐인 듯한, 눈 안으로 날아든 정체불명의 쓰레기 같은….

여기서 저의 어리석음이 드러납니다만 불씨가 연기를 발생시킨 뒤 어떻게 해야 할지에 대한 계획을 전혀 세우지 않았습니다. 눈앞의 일에만 집중하며 대처한 결과, 눈앞의 일 외에는 대처하지 못하고 있었습니다. 즉 온몸의 피부에 상처를 입으면서 필사적으로 불을 피웠지만, 그 불을 어떻게 유지할지를 생각하지 않았던 것입니다.

아주 미약한 불을 피우기 위해 매번 이 정도의 중노동에 시달려야만 한다면, 저는 굶어 죽기보다 먼저 과로사하고 말 거라고요.

무인도에서 과로사라니.

일본인스러운 것에도 정도가 있습니다.

새까맣게 불타 버린다는 의미에서의 블랙 기업입니다.

연기를 내는 불씨를 보다 키우기 위해, 저는 당황하며 덤불로 뛰어들었습니다. 이때, 다소의 찰과상은 꺼리지 않습니다. 발밑만은 조심하죠. 주위에는 깨진 돌들이 흩어져 있는, 말하자면 유리 파편이 흩어져 있는 듯한 상태이니까요.

알몸인 이상, 맨발이라고요.

누구냐, 이런 걸 뿌려 놓은 사람은. 저입니다.

이 환경에서 발바닥에 상처를 입는 것은, 소소하게 치명상이 될지도 모릅니다. 마른 낙엽이나 나뭇가지를 여기저기서 긁어모아, 연기가 나는 바위 위에 폭죽의 꽃종이처럼 흩뿌렸습니다.

파티입니다.

폭죽이 있다면 이런 짓은 하지 않아도 되겠습니다만…. 초등학교의 재난안전훈련에서는 화재로부터 대피하는 방법만 배웠습니다만, 불길을 퍼뜨리는 방법을, 지금 저는 애드리브로 고안해야만 합니다.

아무리 바보라도 이렇게까지 궁지에 몰리면 다소의 지혜는 생겨나는지, 바람에 꺼져 버리지 않도록 즉석 화덕을 만든다는 착상을 저는 얻었습니다.

아무 생각 없이 불을 피워 버린 저는 어리석었고, 정이 떨어져도 어쩔 수 없는 조난자였습니다만, 그러나 운까지 떨어져 버리지는 않았는지 화덕을 만들기 위한 재료는 풀숲에 다시 돌아갈 것도 없이 손이 닿는 장소에 널려 있었습니다

말할 것도 없이, 제가 조금 전까지 투구 연습의 공 대신 사용했던 수많은 가상의 부싯돌들입니다. 이렇게 흩뿌려 주셔서 감사합니다, 조금 전까지의 나.

가상의 부싯돌이랄까, 가상하게도 이미 깨져 버린 것이 대부분입니다만, 적당한 사이즈를 유지한 채로 화덕 제작의 재료가 되어 줄 것 같은 돌도, 숫자를 말하자면 많이 굴러다니고 있습니다.

구르는 돌에 이끼가 끼지 않는다는 말은 참 절묘하네요.

그 돌을 레고 블록처럼 척척 조립해서, 저는 작은 화덕을 건조했습니다. 이러한, 문자 그대로의 화급한 상황에서 조금 태평스러운 소리이기는 합니다만, 초등학교의 소풍에서 반합으로 밥짓기를 했던 게 떠오르네요.

어떤 수업보다도 소풍이 도움이 될 줄이야.

빠지지 않고 참가하길 잘 했어.

빈틈투성이라 아무래도 못 미더운 화덕이기는 합니다만, 이 긴급상황에서 시시콜콜 따질 수는 없습니다. 저는 그 화덕 안에, 바위 위에서 연기를 내고 있는 불씨를 던져 넣었습니다.

어떻게 해서? 맨손으로요.

물집투성이에 이쪽저쪽의 피부가 벗겨진, 지문 채취가 불가능하지 않을까 싶을 정도로 햇볕에 그을린 맨손으로, 불을 집어들었다고요. 불 속의 군밤 집기는 고사하고 불을 집은 거라고요.

도저히 남에게 권할 수 없는 방법이고 아마 다른 현명한 방법도 있었겠습니다만, 속도를 우선했습니다. 이런 국면에서 사용하기에는 이것 역시 너무나 문자 그대로입니다만, 사람은 재난 현장에서 괴력을 발휘하는 경우가 있다고 하지요. '재난 현장'도 문자 그대로이고, '괴력'도 문자 그대로네요.

문자 그대로 불립문자*가 무엇인지를 배우고 있습니다.

투구 연습의 성과 덕분에 뜨거움도 거의 느끼지 않을 정도로 손의 감각이 마비되어 있었다고도 말할 수 있습니다만, 물론 제대로 화상을 입어서 그것은 물가까지 달려가서 바닷물로 소독했습니다.

소금의 힘을, 저는 믿습니다.

상처가 엄청 따가워서 비명을 질러 버렸습니다. 상당한 수준의 슬랩스틱 코미디네요. 일인극을 하느라 아주 바쁩니다.

그렇게 되어, 저는 두 손을 희생함으로써 '불'이라는, 무인도 생존 게임에서 가장 중요한 아이템을 겟get했습니다. 두 손을 희생했다는 말은 결코 과장된 표현이 아니라, 이것이 가장 문자 그대로이고, 무슨 일이 있더라도 만화가를 지망하는 사람이 결코 해서는 안 되는 금지된 수법을 10번, 20번, 120번도 넘게 사용했습니다.

엄격한 편집자라면, 이렇게까지 손을 함부로 다루는 지망생이 가지고 온 원고는 그것만으로 폐기해 버리겠지요… 아니, 실제

※불립문자(不立文字) : 불교의 선종에서, 법이란 문자나 말이 아니라 체험으로 전하고 깨닫게 하는 것이라는 의미.

로 낫기는 할까요? 이거.

괜찮겠지요, 야구부는 이 정도의 연습, 평소에 하고 있지요? 불로 주먹을 단련한다는 것은, 가공의 권법 트레이닝 같습니다만.

지금은 디지털도 발달했으니, 최악의 경우에는 AI 스피커를 이용해서라도 저는 그림을 그리겠습니다만… 아아, 지금 AI 스피커가 있다면, 이렇게 효율이 나쁜 방법으로 새끼손가락 끝마디 정도의 불을 피우지 않아도 되었을 텐데.

분해해서, 내부의 배선을 벗겨서 불을 피울 거라고요.

그게 아니면, AI에게 불을 피우는 법을 검색시킬 겁니다.

디지털 작화의 새로운 도입을 진지하게 고려하면서도, 그러나 멍하니 쉬고 있을 수 없는 것이 괴로운 부분입니다. 솔직히, 목적을 하나 달성했다고 해도 성취감도 전혀 없고 이제 그만 집에 돌아가서 드러누워 자고 싶을 정도였습니다만, 집도 이부자리도 없고, 무엇보다 아직 잘 수도 없습니다.

아직 불의 제사의 분위기를 유지할 수 있는 동안에, 기세를 몰아 에잇! 하고 물 준비까지 어떻게든 끝마치고 싶습니다. 눈치채신 대로, 이 정도의 중노동을 한 저는 아주 바짝 마른 상태입니다.

목뿐만이 아니라, 온몸이.

모래밭보다도 제 쪽이 사막입니다.

너무 목이 말라서 잔뜩 흘린 땀을 핥았을 정도입니다만, 이것은 별로 좋지 않은 행위였습니다. 바닷물 정도의 염도는 아니더라도, 인간의 땀은 나름대로의 염분을 함유하고 있습니다.

불 다음에는 물.

이것도 소년만화의 메서드네요. 저는 왕도를 걷고 있습니다.

불을 얻음으로써 물을 끓이는 것이 가능해진 이상, 날이 저물기 전에 물을 만들어 두지 않으면 망연자실하게 될 거라고요. 실링라이트ceiling light 같은 건 없으니까요.

애초에 천장이 없습니다. 전기도요.

007

물을 끓여서 소독한다는 것은 포퓰러한 어프로치이고, 설계도를 이미지하기도 어려운 '여과장치'라는 것을 공작하는 것에 비하면 다소는 난이도가 낮아 보입니다만, 막상 착수해 보니 좀처럼 쉽지 않았습니다.

의욕이 감퇴합니다.

점점 더.

화덕 안의 불을 나름대로 크게 키우는 것에는 성공했습니다만, 그러나 처음에 생각했던 대로, 착각했던 대로 이 불로 바닷물을 끓이더라도 만들어지는 것은 천연 소금이지요.

지금의 건조나데코에게 염분 같은 건 청산가리 급의 독이라고요. 자기 자신의 땀을 핥고 죽는 엉뚱한 생물입니다.

소금과 물을 분리하고 싶은 마음은 굴뚝같습니다만, 그 결과 소금만 남으면 무엇의 소독이 되겠느냐는 이야기입니다.

소금은 소금대로 언젠가 쓸모가 있겠습니다만, 그러나 지금은 오히려 그 염분쪽을 어떻게든 해서 수분으로부터 제거하고 싶습니다만… 어디 보자, 애초에 끓이기 위해서는 어떠한 그릇이 필요하지요?

비커라든가 냄비라든가, 빈 병이라든가 깡통이라든가… 차라리 플라스틱 양동이라든가 드럼통 같은 것이라도 괜찮겠습니다만, 그런 인공물이 표착해 있었더라면 바라던 바를 이루었겠습니다만 이 섬에서는 그런 아이템은 바랄 수 없습니다.

인구와 마찬가지로, 인공물은 제로입니다.

이렇게 보니, 어쨌든 그릇이라든가 수납이라든가 하는 것은 완전히 인간 전용의 도구 개념이네요…. 그러면 토기를 만든다? 원시인에서는 다소 진화한 느낌입니다만, 토기야말로 그렇게 간단히는 만들 수 없지요…. '불'과 '물'과 나란히, '흙土'을 다스린다는 것도 소년만화의 정석입니다만, 상당히 고도의 스킬이라고 생각됩니다.

그것보다는 적당히 목적에 맞게 생긴 돌을 찾는 편이 빠를 것 같습니다. 컵 형태의 돌이라든가, 밥그릇 형태의 돌이라든가, 주전자 형태의 돌 같은 것이 주변에 굴러다니고 있지 않을까요…. 그렇게 생각대로 잘 풀리지 않네요.

화덕 만들기에는 성공했는데… 잠깐?

그때 사용한 것은 연습용 공으로 사용한 돌이었습니다만, 제가 표적으로 삼았던, 의자 대신으로 삼았던 바위 쪽은 어떨까요?

굳게 먹은 마음은 바위도 뚫는다는 말이 있습니다만… 기대했던 정도는 아니었습니다만, 제가 열심히 대량의 돌을 계속 던져댄 것으로, 바위 표면이 적지 않게 깎여 나가 있었습니다.

이른바 크레이터입니다.

이 바위에도 제대로 대미지가 축적되었던 모양입니다. 자신의 노력이 이렇게 또렷한 형태가 되어 나타난 것을 보고, 저는 원고를 처음 완성시켰을 때와 비슷한 작은 감동을 느꼈습니다만 (의외로 컨트롤이 좋았다고도 말할 수 있습니다. 어쩌면 야구를 했으면 성공했을지도요) 그것보다도 무엇보다도, 저는 이 바위에 파인 홈에 물을 담을 수 있지 않을까요?

밥그릇이라고 하기에는 아무리 그래도 가장자리가 너무 두껍습니다만, 이 바위를 화덕에 올리면 전체를 돌로 된 고기구이판처럼 데울 수 있는 것이….

"그런가… 나는 이제부터… 이 바위를 들어 올려서… 내가 설치한 화덕이 있는 곳까지 옮기는 거구나…."

고양감이 눈 깜짝할 사이에 사라졌습니다.

나쁜 아이디어는 아닐 텐데, 진심으로 진절머리가 났습니다. 만화가 지망생의 팔을 이 이상 혹사하고 싶지 않았습니다만, 희생을 감수할 수밖에 없습니다.

현명한 조난자라면 지렛대의 원리를 이용하거나 바퀴나 썰매를 준비했겠습니다만, 지금은 물리학에 사고를 할애하는 쪽이 더 체력이 소모됩니다. 완벽한 몸 상태였어도 하고 싶지 않은 두뇌노동입니다. 그러므로 세세한 이론은 생각하지 않고 저는 온 힘을 다해 바위를 안아 들고, 비틀비틀하며 운반했습니다. 재난 현장에서 발휘되는 괴력도, 슬슬 바닥나고 있다고요.

무게에 따라서는, 그 바위를 안은 채로 물가까지 이동해서 바닷물을 담아 화덕까지 가는 것이 종합적으로도 적절한 경로였겠습니다만, 도저히 그런 시간 단축을 할 수 있는 무게가 아니었습니다.

그렇게 되어서, 허둥지둥 화덕 위에 올린 바위 용기에 바닷물을 길어 오는 제2의 용기로는 저의 너덜너덜한 손바닥을 사용했습니다. 너무너무 따가워서 도중에 흘려 버리는 바람에 서너 번 왕복했습니다.

스스로 자신을 고문하고 있는 상황입니다.

자, 바위에 움푹 파인 홈을 발견한 기쁨 때문에 저도 모르게 머리에 떠오르는 대로 행동해 버렸습니다만, 이래서는 역시 소금 만들기일 뿐입니다. 저는 일본의 전매공사인가요.

돌로 된 고기구이 판으로 소금을 만든다니, 스테이크 하우스를 경영하고 싶다면 모를까.

다만, 역시 직접 해 봐야 비로소 깨닫게 되는 것이 있는 법이라, 어떻게든 될 거라는 기세로 바닷물 끓이기에 착수해 보니, 이 방법으로도 물을 확보할 수 있다는 걸 깨달았습니다. 용기에 염분만을 남기고 증발한 물은 바로 순수한 물이므로, 그 기체를 붙잡으면 되는 것입니다.

수증기를 캐치합니다.

불 속의 불을 주운 저라면 스팀을 붙잡는 것도 가능할 터!

화로의 불을 이용하는 이 방법이라면 여과 공정은 필수는 아니지 않을지…. 예를 들어 비닐봉투를 화덕의 바로 위에 뒤집어 씌우고… 비닐봉투도 해변에 떠내려오지 않았어! 마이크로 플라스틱 문제에 대한 대책이 저를 죽음으로 몰아넣고 있는 상황에 부끄러움을 감출 수 없습니다만, 플라스틱에 국한되지 않고 어떠한 인공물도 표착하지 않은 것을 생각하면 그런 것은 아니겠지요.

그러니까… 비닐봉투를 대신할 수 있는 자연물을… 그릇과 달리 이것은 간단히 준비할 수 있을 것입니다. 그도 그럴 것이, 요컨대 공기 중의 수분이 이슬로 맺히면 되는 것이니, 그렇게까지 그릇처럼 생길 필요는 없으니까요.

극단적으로 말해서, 여기에 천장이 있으면 목욕탕처럼 천장에 물방울이 맺힐 것입니다. 넓적한 돌을 가지고 와서 화덕 위에 걸쳐놓는다?

아뇨, 아뇨.

햇살을 가리는 잎사귀로 충분하겠죠.

다만, 임시 숙소라고는 해도 현재 사용 중인 햇빛 가리개를 사용하는 것은 망설여졌으므로, 저는 덤불에 들어가서 좀더 커다란 잎사귀를 뜯어 왔습니다. 이것은 이것대로 대규모 자연 파괴입니다만, 생환했을 때에는 슈퍼마켓에서 주는 일회용 비닐봉지를 거절하는 것으로 밸런스를 맞출 생각입니다.

꺾어 온 잎사귀를 레인지 후드처럼 화덕 위에 비스듬히 걸치고 수분의 확보를 시도합니다. 말하자면 인위적으로 식물에서 아침이슬을 채취하는 듯한 행위로, 아주 우회적인 서바이벌을 하는 기분이었습니다.

우회.

우회로迂廻路, 우로迂路.

아라운도 우로코迂路子….

눈앞의 현실에 맞서고 있는 듯하면서도, 저는 지금도 여전히 현실도피를 하고 있는 구석이 있네요. 지금쯤, 가엔 씨는 저(나, 카이키 씨나 오노노키짱)를 수색해 주거나 구조대를 보내 주거나 하고 있을까요. 아니면 이번에야말로 직접, 이리오모테 섬에 들어올 준비를 하고 있을 무렵일까요.

우리의 숭고한 희생이 헛되게 되지 않기를.

어떤 의미에서는 우리를 신경 쓰지 않고….

피로해진 것도 있어서, 그리고 일단 할 일은 했다는 안도감도 있어서 무인도 표류라는 비일상에 기초한 하이텐션이 역시나 슬슬 신통력을 잃고 서서히 냉정함을 되찾아 보니, 의외로 이러는 편이 좋았을지도 모르겠네~ 라고 생각해 버립니다.

힘없이.

일이 조금씩 진행되어 가다 보니 아라운도 우로코 씨와의 직접 대결에 끌려오게 되었습니다만, 이 조난은 그래도 죽는 것보다는 낫겠지요, 분명히. 저는 뱀신이었던 적은 있어도 불사신의 괴이였던 적은 없으니까요. 살아 있는 것만으로도 감지덕지고, 죽지 않은 것만으로도 천만다행입니다.

아라운도 씨는 어떨까요?

가엔 씨의 친딸이라면, 즉 인간일 테고 불사신은 고사하고 괴이도 아닐 터입니다만… 하지만 가엔 씨가 애초에 보통 사람이 아닌 것도 사실이니까요.

전문가란 거의 괴이 같은 존재라는 것은, 자신이 괴이인 오노노키짱의 귀여운 농담이라고 해도.

결정적인 대결의 장에 함께할 수 없다는 것은, 작년의 경위를 생각하면 저답기도 합니다. 이 무인도에 표착한 것은 아마도 인연이 없었다는 이야기겠지요.

비행기가 추락할 때 모두 내던져졌다고 단정하고 있었습니다만, 의외로 저 한 명만 비상구를 통해 기체 밖으로 내던져졌을 뿐이고 비행기는 무사(?)히 바다에 불시착하는 데 성공했을 가능성도 있지요.

그러기를 바랍니다.

위선적인 소망이 아니라, 그렇다면 목숨을 구한 오노노키짱이나 카이키 씨가 저를 발견해 줄 가능성도 다소는 올라가겠지요. 이런 생각을 하는 사이에, 가열된 바위 용기가 다 말랐습니다.

물이 없는 상태로 그릇을 가열하는 상태입니다만, 뭐, 부엌에서의 동일 상황만큼 위험하지는 않겠지요… 아니면 너무 뜨거우면 바위도 폭발하는 걸까요?

크레이터에 새로운 바닷물을 투입하기 전에, 저의 플랜의 성패를 확인해야만… 소금이 생겨 있는가 어떤가가 아니라. 해냈습니다. 비스듬히 걸쳐 두었던 레인지 후드 잎사귀 뒷면에는, 기대했던 것 이상의 물방울이 맺혀 있습니다.

부끄러움도 체면도 내팽개치고 날름날름 핥았다고요, 뱀처럼 혀를 날름거리며.

생각해 보면, 바닷물은 끓여서 소독했다고 해도 잎사귀의 소독까지 신경 쓰지는 못했으므로 위생적으로 걱정이 남는 행동이었습니다. 수증기로 나름대로 뜨거워져 있을 터이니 걱정할 정도는 아니라고 믿습니다.

걱정해야 할 것은 저의 건어물화라고요.

탈피하지 않는데도 뱀 껍질처럼 되어서, 지갑 속에 쏙 들어가게 되어 버릴 것 같습니다. 타이틀도 '건어물 이야기'가 될지도 모릅니다.

최종적으로는 수분을 섭취하려고 직접 잎사귀의 잎맥을 빠는 듯한 모양새가 되었습니다만 (그래도 된다면 처음부터 그렇게 했으면 되었을 텐데) 일단 저의 마른 목은 축일 수 있었습니다. 한참 부족합니다만 열사병의 위험으로부터는 벗어날 수 있었습니다.

탈피는 하지 않더라도, 탈출할 수 있었습니다.

이 작업을 반복하면 수분 확보는… 아뇨, 급한 위기를 모면했을 뿐이고 요만큼의 물을 획득하기 위해 지금까지의 중노동을 반복하는 것은 아무리 그래도 비용 대 효과가 너무 나쁩니다.

혹은 머리가 너무 나쁩니다.

재난 현장에서 발휘되는 괴력은 어디까지나 비상용 예비전원이고 영속성을 지닌 것은 아닙니다. 이런 일을, 일주일에 한 번이라면 몰라도 매일 매시간마다 할 수 있을 리가 없습니다.

바위의 움푹 파인 곳처럼, 저의 육체에도 대미지는 축적되는 것입니다.

미래를 생각하면 자연 파괴로 물의를 일으키는 게 아니라 자연 속에서 물이 있는 곳을 발견해야만 하겠지요. 다만, 오늘은 이런 상황입니다.

첫날에 죽지 않았던 것만으로도 충분한 성과이겠지요. 작은 술잔 하나 분량의 물을 만드는 동안에 저의 피부를 노릇노릇하게 구운 태양은 이미 가라앉고, 밤이라고 불리는 시간대가 되어 있었습니다.

갑자기 싸늘함을 느끼는 것을 보면 인간의 감각도 참 제멋대로입니다만, 그러나 야간이 된 것을 깨닫지 못했던 것은 제가 그만큼 물 만들기에 열중하고 있었기 때문만은 아닙니다.

천장이 없는 밤하늘에서 쏟아지는 별빛이 너무나도 눈부셨기 때문입니다. 이거라면 해 질 녘까지 작업을 끝내려고 악착같이 노력할 필요가 없었던 게 아닐까 하고 생각할 정도로.

별빛에 피부가 그을릴 것 같다는 생각이 들 정도였습니다만, 자기도 모르게 홀린 것처럼 그늘에서 밖으로 나오지 않을 수 없었습니다. 만약 제가 천문학의 전문가였다면 플라네타륨보다도 또렷하게 보이는 별들의 위치로 이 무인도의 좌표를 도출해 낼 수도 있었겠습니다만, 유감스럽게도 제가 알 수 있는 것은 오리온자리와 북두칠성뿐입니다.

W자는 카시오페아자리? 였던가요?

그렇지만 그렇게 무지하며 무학한 저라도, 이 섬은 역시 오키나와 지방 어딘가에 있는 것이 아닐까 하고 생각했습니다. 왜냐하면 저는 비행기 안에서 오노노키짱에게 이런 말을 들었기 때문입니다.

제가 이리오모테 섬과 착각한 타케토미 섬의 밤하늘은, 유일하게 나라에서 보호하고 있는 밤하늘이라고… 말하자면 이리오모테 섬에서의 이리오모테 산고양이가 타케토미 섬에서는 밤하늘이라고.

그렇다면 이 정도의 밤하늘을 올려다볼 수 있는 이상, 이 섬은 타케토미 섬 부근이 아닐까 하고 생각하는 것은 결코 희망적 관측이 아닌 천체관측이 아닐까요. 이 위치에서는 수평선까지 육지의 형체가 보이지 않았습니다만, 섬의 반대쪽까지 돌아가면 의외로 타케토미 섬의, 혹은 이리오모테 섬의 모습이 보일지도….

지금은 도저히 그런 대이동을 할 수 있는 기분이 아니고, 그러기는커녕 집을 만들 기운도, 야식을 찾을 기운도, 잠옷을 만들 기운도 전혀 없습니다.

그저 구름 한 점 없는 밤하늘에서 쏟아지는 별빛을, 실오라기 하나 걸치지 않은 온몸으로 받으며 에너지를 풀 차지full charge한 기분입니다. 축적되는 것은 대미지뿐만이 아닙니다. 이대로 돌을 베개 삼아 베고 자 버린다 해도 두 번 다시 눈을 뜨지 못할 걱정은 없겠지요.

집도 없지만, 결국 여러 가지 문제를 방 한구석으로 치워 둔 상태라는 것은 아주 잘 알고 있습니다만, 그 부분은 융통무애融

通無碍한 센고쿠 나데코이니, 한번, 쉬도록 할게요. 망측하기가 이루 말할 데 없습니다만 대자연 안에서 큰대자로 누워 알몸으로 자는 것도 인간이라면 한번 정도는 해 보고 싶은 체험이겠지요.

안녕히 주무세요.

좋은 밤과, 좋은 꿈을.

008

물 부족 문제는 갑자기 해결되었습니다.

저의 꾸준한 노력과는 관계없이.

온 세상의 물 부족이 이렇게 해결되면 좋을 텐데, 라고 바라지 않을 수 없습니다. 쏟아지는 별빛 아래서 푹 자고 있던 저의 온몸을, 바늘로 찌르는 듯한 아픔이 덮쳤습니다.

나쿠나짱처럼 온몸이 구멍투성이가 되는가 싶은 충격이었습니다만, 그러나 눈부신 별빛에 이어 침봉이나 고슴도치가 쏟아질 리는 없습니다.

쏟아진 것은, 평범한 비였습니다.

아뇨, 평범하지 않은 호우였습니다.

제가 알몸으로 악착같이 이리저리 활동한 것을 하늘이 기우제로 착각하신 걸까요? 마치 수영장의 샤워기에서 쏟아지는 듯한 빗줄기에, 저는 당황하며 몸을 피했습니다. 처마 아래라고 할까, 잎사귀 아래로.

그리고 양동이로 쏟아붓는 듯한 비를 보고, 새삼 여기가 오키나와 지방임을 확신했던 것입니다. 이것이 소문이 자자한, 아열대 지방의 스콜인가요.

저의 기우제를 보고, 혹은 조난당한 저를 불쌍히 생각해서 하늘이 내려 주신 단비가 아니라, 지극히 당연한 기상현상으로서의 게릴라성 호우⋯ 잎사귀 아래로 피해 봤자 거의 의미가 없을 정도로, 갈증이 단숨에 치유된다고요.

건어물이 본래 모습으로 돌아갈 수준입니다.

빗물을 직접 마셨다간 쓴맛을 보게 된다고, 이중의 의미로 생각하면서도, 그러나 입을 다물고 있어도 입술 사이로 억지로 스며드는 듯한, 피크일 때에는 한치 앞도 안 보일 정도로 맹렬히 퍼붓는 워터 스크린 같은 큰 비는 금방 그쳤습니다. 이것도 스콜의 특징이지요.

쏴아아 하고 퍼붓다가, 뚝 그칩니다.

좀 더 오래 내려 주었다면 빗물을 페트병에 담을 수 있었을 텐데, 라고 어리광을 부리지는 않습니다. 그 페트병이 이 섬에는 하나도 표착하지 않았었으니까요.

당연하지만 그렇게나 고생해서 확보했던 '불'도, 소화기도 이 정도일까 싶은 호우에 사라져 버렸으므로 (그러므로 빗물 끓이기도 할 수 없습니다) 이때는 플러스마이너스로 반반이라고 생각했습니다.

그러므로 다음에 이런 식으로 갑자기 비가 내렸을 때를 위해서 어떻게든 빨리 제대로 된 그릇을 만들어야만 한다고 한때는 심각하게 고민했습니다만, 결론부터 말하면 그러기 위해서 그릇 만들기에 힘쓸 필요는 없었습니다. 같은 정도로 혹은 그 이상으로 급격히, 즉 갑작스러운 세찬 호우가 매일처럼 쉬지 않고 계속 내렸기 때문입니다.

한 달에 35일 비가 내린다, 라는 이야기로 유명한 곳은 오키나와가 아니라 가고시마 현의 야쿠 섬입니다만, 그러나 이 무인도도 폭염과 게릴라성 호우의 무한 샌드위치 같았습니다.

이런 상황이라면 앞으로는 그런 원시적인 고생을 해서 잎사귀 뒷면을 핥는 요괴가 될 필요성은 없어 보입니다. 불의 사용처는 열탕 소독 외에도 많으므로 큰 비에도 불이 꺼지지 않는 화덕을 어떻게든 머리를 굴려서 만들어야만 한다는 것은 새로운 과제입니다만, 거듭되는 스콜은 저의 생존률을 비약적으로 상승시켜 주었습니다.

오키나와 최고. 장래에 반드시 이주할 겁니다.

뭐, 이대로라면 제가 바라지 않더라도 그렇게 되어 버릴지도 모를 위험성이 있습니다. 아시다시피 스콜의 빈도를 체험적으로 이해할 수 있을 정도로, 이미 저의 무인도 생활은 길게 이어지고 있는 것입니다.

지금은 쇼트 스테이가 아닙니다.

죄수처럼 땅바닥에 돌을 늘어놓으며 센 것에 의하면, 오늘로 섬에 떠밀려 온 지 벌써 14일이 경과했습니다.

실로 2주간.

72시간이 지나도 살아남을 수 있는 법이네요.

그러나 이것은 동시에 SOS 형태로 늘어놓은 돌 쪽도 헛되이 구조대가 오지 않는 날수이기도 하며, 제가 다른 생존자와 인카운트하지 못한 날수이기도 합니다. 어떻게든 잘 헤쳐 나가고 있는 듯하지만, 상황은 그저 나빠지기만 하고 있는지도 모릅니다.

조금씩 깎여 나가는 소모전입니다.

물론 소년만화의 주인공이 지닌 능력과는 달리, '불'과 '물'만으로는 무인도에서 살아남는 것은 불가능합니다. 아래에 간단하기는 합니다만, 제가 어떻게 햇살과 호우의 2주간을 끈질기게 살아남았는가 하는 대강의 줄거리를 다이제스트로 보내 드리겠습니다.

물 문제는 해결되었습니다(아아, 비가 많은 무인도에 표착하다니, 이 얼마나 운이 좋은가요!). 불도 그 하늘의 은혜로 인해 꺼져 버렸습니다만, 어쨌든 한 번의 성공체험이 있었으니 동일한 노력을 반복하면 우연히 보답받는 일도 있겠지요… 엄밀히 말하면 동일하지는 않습니다.

나무 부스러기나 바위 표면이 스콜로 축축해져서 발화의 조건이 한층 엄격해졌으니까요… 이런 엄밀도 없을 거예요.

엄격한 조건이 밀집해 있습니다.

다만 그 습기라는 과제는 햇볕이 쨍쨍 내리쬐는 시간대에 착화장치를 햇살에 말리면 된다는 해결책을 금방 찾을 수 있었습니다. 겉멋으로 햇볕에 그을린 소녀로 캐릭터 체인지를 한 게 아니라고요.

한 달에 35일 비가 내린다는 야쿠 섬의 패러독스에는, 스콜은 하루종일 내리는 것이 아니라는 답이 준비되어 있는 것입니다. 논리적으로 '한 달에 35회 비가 내린다'는 있을 수 있고, 하물며 '한 달에 35시간 비가 내린다'라면 혼슈 지방에서도 아무 문제 없이 가능하지요.

빨래도 널어 본 적 없는 제가 (자취를 시작한 뒤에도 건방지게 건조기를 사용하고 있습니다) 설마 날이 맑을 때를 노려서 돌이나 나무를 말린다니… 인생이란 정말 신기하네요.

괴이보다도 신기합니다.

이러저러해서, 화력의 문제도 해결이라고 할 수는 없더라도 (가능하다면 좀 더 효율적인 발화장치와 비에 젖지 않는 튼튼한 화덕을 고안하고 싶습니다) 이후로 미루며 리노베이션할 수 있습니다. 그러면 그다음에 제가 직면하는 것은, 식량문제입니다.

식량문제라고 할까, 기아문제.

WHO인가 하는 곳에서 직면하는 문제라고 생각합니다만… 퍼스트 클래스의 음식을 잔뜩 먹었던 그와 같은 사치도, 중노동과 성장기에 다 써 버렸습니다.

끈기가 바닥났습니다.

끈기가 뿌리째 뽑혔다고도 말할 수 있습니다.

이 이상의 공복이 밀려오기 전에 허기를 막기 위해 기를 쓰지 않으면, 굶주린 저는 주변에 있는 모래를 먹기 시작할지도 모릅니다. 모래를 씹는 듯한 기분입니다. 사과가 열려 있는 나무가 있다면 좋을 텐데, 라는 편의주의적인 기대가 있었고, 그게 아니어도 남국다운 파인애플이나 야자열매라도 괜찮았습니다만, 그러나 가볍게 풀숲을 탐색해 봐도 식탁에 늘어놓을 만한 과일은 발견되지 않았습니다.

나무 열매가 전혀 없는 것은 아니었습니다만, 과연 먹을 수 있는지 없는지는 문외한이 판단할 수 없습니다. 근거는 없습니다만 무인도에서 배탈이 나는 것은 사망 플래그가 될지도 모른다는 기분도 듭니다.

내장에 대미지를 입습니다.

좀 더 섬 안쪽까지 트래킹에 나설 수 있다면 염원하는 과일을 만날 가능성도 어느 정도 높아질 것 같습니다만, 그러나 알몸으로 숲속으로 뛰어드는 것은 역시 영 내키지 않습니다…. 방호복을 마련하지 못하면, 숲속 깊이 들어가고 싶지 않다는 기분이 아주 강합니다.

그렇게 되면 산의 경사면 반대쪽, 바다에서 식량을 찾을 수밖에 없겠지요.

해산물입니다.

물고기를 손질하는 공정에는 사과를 따는 것보다 강한 저항감을 느끼지 않을 수 없습니다만, 그러나 살기 위해서고, 먹을 것도 아닌 뱀을 잔뜩 토막 냈던 전과를 지닌 저이므로, 하겠다고 마음먹으면 결단은 할 수 있습니다.

다만 그 죄 많은 조리 공정까지 이를 수 있는가 없는가…. 낚시을 해 본 경험은 없습니다. 저는 낚시도구를 만져 본 적도 없고, 또한 애초에 이 섬에는 낚싯대로 쓸 만한 기다란 장대가 없다고요.

　서바이벌 생활에서는 표착물에 낚싯줄 따위가 있는 것이 정석입니다만, 인공물을 전혀 기대할 수 없는 이상 나뭇가지나 덩굴 같은 것을 사용해서 스스로 만들 수밖에 없습니다…. 본 적도 만진 적도 없는 낚시도구를 만드는 것은 역시나 어렵습니다.

　미끼도 없고요.

　있으면 우선 제가 먹었을 거라고요.

　그렇게 되면 조금 더 직접적인 낚시도구로 작살을 만들 수밖에 없겠지요. 역시 본 적도 만진 적도 없습니다만, 구조가 단순하니 머릿속에 떠올리기 쉽습니다.

　요컨대 창이지요?

　화살촉은 제가 불을 붙이기 위해서 대량생산한 깨진 돌을 재활용하면 충분할 테고, 그것을 나뭇가지에 묶으면… 뭐, 대충 작살이라고 해도 지장은 없겠지요.

　만들어 보니 예상 밖으로 완전히 창이 되어 버렸습니다만, 실제로 창과 작살은 어떻게 다른 걸까요? 어쨌든 만화로 배운 보우라인 매듭이 도움이 될 때가 왔습니다. 저의 연약한 완력에는 조금 무겁습니다만, 물속에서는 부력이 작용하므로 그리 문제는 없을 것입니다.

　문제가 있다고 한다면, 제가 수영을 할 수 없다는 점이었습니다.

　헤엄을 칠 수 없는 것에도 여러 가지가 있습니다만, 제 경우에는 1미터도 헤엄치지 못합니다…. 헤엄칠 수 있는 사람은 헤엄칠 수 없는 사람의 헤엄칠 수 없는 수준을 얕봐서는 안 됩니다. 다만 인간은 물에 뜨도록 만들어져 있다고 하고, 그렇기에 저는 이 섬에 표착한 것이고, 키보다도 짧은 거리를 헤엄칠 수 없는 것은 헤엄칠 수 없다기보다 애초에 헤엄칠 생각이 없다, 헤엄치고 싶지 않아 한다는 쪽이 올바른 표현이라고, 저 스스로도 생각합니다.

다만 몇 번이나 말하는 것처럼, 저의 생명이 걸려 있는 일입니다. 제가 저의 라이프 세이버가 되어야만 합니다.

이곳은 스위밍 스쿨이 아닙니다.

무서우니까, 라는 이유로 바다에 들어가지 않는 경우가 있을까요? 오히려 막상 해 보면 의외로 쉽게 헤엄칠 수 있는 거 아닐까요? 피칭pitching처럼, 숨겨진 재능이 눈을 뜨는 게 아닐까요?

한때는 학교 수영복을 유니폼으로 삼고 있던 저라고요.

그렇게 어쩐지 긍정적으로 시프트하려고 하는 한편, 저는 아주 보신적인 인간이라 안전장치 제작에는 전력을 다했습니다.

작살보다도 꼼꼼하게, 정성과 혼을 담아서 생존 로프를 만들었습니다…. 덩굴을 몇 가닥씩 모아서 길고 긴 로프로 만들고, 저의 몸통과, 어떤 태풍이 와도 부러지지 않을, 제가 허그해도 팔을 다 두를 수 없을 정도로 아주 굵은 나무줄기에 감았습니다.

고무 튜브나 비트판 같은 것을 만들 수 있으면 그것이 제일 세이프티했겠습니다만, 비닐봉투나 발포 스티로폼 역시 사람의 손에 의해 만들어진 뜨는 도구입니다…. 숲속을 깊이 탐색하면 바다에 뜨기 쉬운, 목적에 맞는 나무를 분명 발견할 수 있겠습니다만, 세상일에는 순서가 있습니다.

다치는 상황을 피하는 것을, 저는 최우선으로 삼고 싶습니다.

이렇게 손이 너덜너덜한 상태로 말해도 설득력이 없겠습니다만.

물론 이 생존 로프가 다리에 엉켜 도리어 물에 빠져 죽는다는 엉뚱한 전개가 되지 않도록, 느슨한 정도에 세심한 주의를 기울이면서 저는 바다로 뛰어들었습니다. 조금 더 신중하게 테스트를 해 봐야 한다는 의견도 있기는 있겠습니다만, 애초에 이 부근의 해역에 물고기가 한 마리도 없을 가능성을 생각하면 그 부분을 일찌감치 확인해 두고 싶었던 것입니다.

이 상황에서 헛된 노동은 사양하고 싶습니다.

어쨌든 인공물이 표착하지 않는 물가이니 생명의 침입까지도 거부하는 초현실적인 현상이 일어나고 있어도 전혀 신기할 게 없습니다. 그렇다기보다, 그 정도의 신비한 일은 일어날 수 있습니다.

이렇게 말하는 저는 절반쯤 생명이 아닌 듯한 구석도 있고요…. 다만 이것은 기우여서, 바다에 들어간 제 눈으로 보니 상당한 수의 물고기의 형체를 확인할 수 있었습니다.

걱정했던 정도로 익사할 위험을 느끼지 않았던 것도 낭보입니다.

의외로 알몸인 것이 저의 본능적인 감각을 연마해 주고 있는지도 모릅니다…. 야생으로 돌아간 것일까요. 그러나 즉석 작살을 물속에서 제대로 다룰 수 있을지 어떨지는 다른 문제였습니다.

확실히 부력은 작용했습니다만, 그 부력이 제가 작살을 생각대로 다룰 수 있게 해 주지 않습니다. 금방 손에서 떨어져 버립니다.

투구 연습을 너무 많이 해서 악력이 약해진 것도 있겠습니다만, 어리석었습니다. 아마도 진짜 작살에는 손목에 거는 스트랩 같은 것이 달려 있겠지요.

창과의 차이는 그 부분이었을까요.

물고기를 얻기는커녕, 해저(라고 말할 정도로 깊지는 않습니다. 그렇게 먼 바다까지 나가지 않았습니다)에 작살을 떨어뜨려 버려서 모티베이션이 격감했습니다. 그것은 불을 피울 때의 화덕 만들기에 비해 크게 어려운 공작도 아니므로 작살을 다시 만들면 되는 일이었습니다만, 같은 일을 반복하게 될 것 같은 상황이 되자 저는 단념했습니다.

이 빠른 포기는 과연 저의 장점일까요, 단점일까요…. 뭐, 여유가 생기면 연습해 보는 것도 좋겠습니다만 지금은 지금 당장, 한 마리라도 좋으니까 성과가, 잡은 물고기가 필요합니다.

여유는 스스로 만들어야만 합니다.

물고기가 있는 것을 확인한 것만으로도, 헤엄도 못 치면서 바다에 뛰어든 보람이 있었습니다. 덩굴로 그물을 만들어서 일망타진한다는 아이디어도, 멀리 보면 채용해도 괜찮겠습니다.

그러나 제가 조난 2일째에 취한 액션은 첫날에도 신물 나게 했던, 바위에 돌을 부딪친다는 극히 원시적인 행위였습니다.

자세히 말하면 바다에 절반 정도 잠겨 있는 물가의 바위에, 위쪽에서 세차게 돌을 내리치는 것입니다. 이렇게 하면, 바위 아래에 숨어 있는 물고기가 충격에 기절해서 물 위로 불쑥 올라온다는 심플한 낚시법입니다.

참고로 법으로 금지되어 있습니다.

수면에 전기를 흐르게 해서 사냥감을 감전시키는 낚시법과 나란히 악랄한 방법으로 여겨지고 있다고 합니다만, 죄송하지만 저는 법률을 엄수하고 굶어 죽을 생각은 없습니다.

그리고 성과를 거두었습니다.

역시나 법으로 규제될 만한 방법이었습니다…. 불쑥불쑥 하고 물고기가 수면 위로 떠올랐습니다. 금붕어 정도 크기의, 요컨대 작은 물고기였습니다만 물고기는 물고기입니다.

금붕어 정도여도 금일봉에 준하는 성과입니다… 아니, 확실히 죄책감이 없다고 하면 거짓말이 되겠지요, 이 수법은.

스포츠 피싱이라는 사고방식에는 공감할 수 없는 나이인 저조차도 (귀족의 여우사냥 같은 것일까요?) 살기 위해서라고 해도 크나큰 반칙을 저지른 기분입니다.

하이에나 같은 생물로 타락해 버린 것이 아닐까요… 아뇨, 하이에나는 이미지와는 달리 사자보다도 사냥에 능숙하다는 설도…. 뭐, 기분 좋게 업보에 젖는 것은 공복을 채운 뒤에 하기로 하죠.

저는 집어 올린 실신 중인 물고기를 (실신失神. 신의 자리에서

쫓겨난 제가 사용하니 다른 의미를 갖게 될 듯한 말입니다) 육상까지 운반하고, 그리고 머리를 떼어 내고 잘 다듬어서 카르파초를 하거나 초밥으로 만들거나 했습니다, 라고 말하고 싶은 참입니다만, 물론 요리 기술 따위… 어리광을 부리며 자라 온 제가 갖추고 있을 리가 없습니다.

밥을 짓는 법도 모릅니다.

쌀을 씻으라는 말을 들으면 세제로 씻어 버리는 타입이라고요. 다만 이 '요즘 젊은 애들은'이라며 이야기되는 일화를 보면, 애초에 '쌀을 씻다'라는 표현이 좀 비겁하다는 생각이 들지요.

실제로 하는 행동은 '쌀을 헹구다'에 가까울 텐데.

차라리 물고기를 생으로 꿀꺽 삼키고 싶은 레벨의 기아감을 느끼고 있었습니다만, 그것은 꾹 삼켰습니다. 당연히 삼킨 것은 물고기가 아니라 기아감입니다.

산 채로 간장에 찍어 먹는 것도 활어회도 나쁘지 않겠습니다만, 요리를 할 수 없더라도 여기서는 일단 불로 익혀 두고 싶습니다. 먼저 불을 피워 두어야 했겠습니다만, 조리에 대해 생각이 미친 것은 미끈한 물고기를 손으로 잡았을 때였으니 어쩔 수 없습니다.

혼자 사는 생활이 조금 더 길었더라면 자취 파워도 몸에 배어서 계획도 잘 세울 수 있었겠습니다만.

다행히 제가 악전고투하는 동안에도 태양은 빛나서, 주변에서 습기를 완전히 제거해 주었습니다. 천연 제습기네요. 저는 야구부의 에이스보다도 투구 연습에 매진하며, 열심히 착화 작업에 돌입했습니다.

역시 수영선수가 아니라 야구선수 쪽이 적성에 맞네요. 어찌되었든 조금 전부터 그저 바위에 돌을 부딪치고만 있습니다(일의 순서라는 것을 학습했으므로, 미리 간이 화덕을 만드는 정도의 준비는 했습니다).

비늘을 벗겨 낸다든가 내장을 떼어 낸다든가 하는 사전 준비를 하는 편이 좋다는 것도 알고 있습니다만, 이 사이즈의 물고기에 그렇게까지 수고를 들이는 장인 같은 꼼꼼함을 발휘할 수는 없었습니다. 뱅어의 내장, 떼어 내지 않잖아요?

이것 때문에 죽는다면, 센고쿠 나데코도 그 정도 인간일 뿐이었다는 이야기라고요.

그런 만큼 잘 구워서 (냄비도 없으므로 화덕 위에 넓적한 돌을 놓고 돌판구이를 합니다) 고맙게도 아주 작은, 그러나 저에게는 커다란 생명을 먹었습니다. 물론 공복을 채울 수 있을 정도의 볼륨이었다고는 말할 수 없습니다만, 그래도 각별했다고 말해야만 하겠지요.

각별하게 별격이었습니다.

이것 또한 낭비가 많은, 아주 코스트 퍼포먼스가 나쁜, 아마도 획득한 칼로리보다도 소비한 칼로리 쪽이 많은 식사였겠습니다만 다음부터는 조금 더 잘 할 수 있겠지요. 우선, 다음에 비가 내리기 전까지 화덕의 불을 보전하는 방법을 고안해야만 합니다.

워터프루프 화덕을 만들어야만 합니다.

이렇게 '불'과 '물'에 이어서 저는 '식'을 확보할 수 있게 되었습니다. 쉴 짬도 없이, 이어서 고민해야만 하는 안건은 '의식주'의 '의'와 '주'네요.

이 양자택일에서 어느 쪽을 우선하는가는 개인의 취향이 반영된다고 생각합니다. 낮과 밤의 기온 차는 어제 경험했던 대로입니다. 감기에 걸려서 '학교에 안 갈 수 있으니 러키!'라고 승리 포즈를 취할 수 있는 환경이 아닙니다. 하물며 저는 원래부터 등교거부아입니다.

첫날에야 별이 가득한 밤하늘에서 기운을 받았습니다만, 날이 흐린 경우나 비가 오는 경우도 많다는 사실을 생각하면 그렇게 로망만을 이야기하고 있을 수도 없습니다.

몸을 따뜻하게 한다는 의미에서는 '의'와 '주'는 등가인 듯합니다만, 만약 '의'를 우선하면 저는 산속에 들어가서 육지의 먹거리들을 찾아볼 수 있게 됩니다.

에어리어가 해방되는 것입니다.

운이 좋으면 적당한 땅굴이나 커다란 종유동굴 같은 것을 발견해서, 단숨에 '주' 문제까지 해결할 수 있을지도요. 이후에 생존자를 찾기 위해 섬 안을 탐험해야 한다는 점을 고려하면 빨리 해결해서 나쁠 것은 없다고 생각됩니다.

그러므로 '의'를 우선하는 의견에 '이의'를 제기할 생각은 없습니다만, 다만 개인적으로는 '주'를 우선하는 선택 쪽에 끌리는 바가 있었습니다.

'중심'이 그쪽에 놓입니다.

처음에는 단순히 스콜을 하늘의 은혜로 생각했습니다만, 이것은 이것대로 너무 오래 이어지면 감기에 걸리는 요인이라고 할까요…. 비에 젖는 것도 상당히 체력을 소모하게 됩니다.

그것은 옷을 입어도 마찬가지다… 라고 할지, 옷을 입은 채로 젖는 쪽이 불쾌지수는 높겠지요.

비바람과 따가운 햇살을 피할 수 있는 쪽을 우선하고 싶다, 라는 마음을 억누를 수 없습니다… 의복보다도 판잣집 쪽이, 그나마 만드는 방법을 상상하기 쉽다는 사정도 있습니다.

안전한 지붕 아래에 있어야 재봉도 잘 할 수 있지 않을까요?

바느질 재능에 눈뜰 수 있는 게 아닐까요?

카이키 씨의 말에 의하면 저의 (본래의) 미션은 아라운도 우로코 씨가 어째서 이리오모테 섬에 거점을 만들었는가를 밝혀내는 것이었다고 합니다만, 그 이유 여하에 상관없이 거점을 만드는 것은 중요하다고, 이 상황에서는 통감합니다.

어느 쪽을 선택해도 정답인 이 질문에, 그런 생각으로 저는 '주'라고 결론을 내렸습니다만, 그러나 이 고민은 결과적으로 가소로운 것으로, 저는 어느 쪽 태스크도 전혀 제대로 해낼 수 없었던 것입니다.

어느 쪽을 먼저 할까고 뭐고, 양쪽 다 할 수 없었던 것입니다. 어쩔 수 없는 일입니다, 지금까지가 너무 잘 풀리고 있었습니다.

무인도에 표착한 시점에서는 어중간하게 잘 안 풀리고 있었습니다만, '불'과 '물', '식'까지의 To Do 리스트에 체크를 간신히 할 수 있었던 것만으로도 저에게는 너무나도 대단한 성과였던 것입니다.

운을 다 써 버렸습니다.

일의 순서대로 저의 어리석음을 해설하는 흐름이라 부끄러울 따름입니다만, 그러나 잘 한 것만 이야기하는 것은 체리 피킹도 이만저만이 아니겠지요. 오히려 여러분이 듣고 싶어 하시는 것은 저의 그런 부끄러운 이야기가 아닐까요?

저의 일단 부딪쳐 보는 식의 지속 가능한 성장 전략이 어떻게 파탄 났는가 하면, 집 만들기를 얕보고 있던 부분부터 시작되었습니다. 꼴사납게도 화덕을 만들 수 있었으니 그걸 사이즈 업하면 판잣집도 만들 수 있을 거라고 우습게 봤던 것이 아주 좋지 않았습니다.

나무와 돌만은 산더미만큼 있으니까, 그걸 적당히 조합하면 버스 정류장의 대기소 같은 것을 세울 수 있을 것이라 꿈꾸었습니다만, 아무래도 수학적으로는 사이즈가 배로 커지면 무게는 여덟 배가 된다는 이론이 있다고 합니다.

제곱 세제곱의 법칙.

아직 학교에 다니고 있었을 무렵, 배웠는지 어쨌는지 아슬아슬한 지식입니다만… 요컨대 모형을 만드는 감각으로 진짜를 빌드 업하면 자신의 무게를 견딜 수 없게 되어 붕괴합니다.

그런 건물 (붕괴물?) 안에서 잠을 자다니, 안락사하기 위한 장치를 스스로 만드는 것이나 마찬가지잖아요. 마치 인도적인 처형장치, 기요틴 같고요. 여러 가닥을 엮은 덩굴 로프에도 지붕의 무게를 계속 지탱할 수 있을 만한 강도가 없습니다.

이렇게 큰일이구나, 집을 세운다는 건.

현재는 가출 중인 저입니다만 마이 홈을 가지고 계신 저의 부모님은 훌륭하구나, 하고 생각하게 되었습니다. 뭐, 부모님도 딱히 직접 기초부터 집을 세운 것은 아니겠습니다만.

어쨌든 고생해서 만든 것이 저절로 부서진다는 상황은 모티베이션을 쭉쭉 떨어지게 만드네요…. 해저에 떨어뜨린 작살도 그랬습니다만, 제안한 만화가 덧없이 채택 거부되었을 때는 이런 기분일까요.

아무것도 할 생각이 들지 않게 됩니다.

그런 의미에서는 '주'부터 착수한 것이 돌이킬 수 없는 실패였는지, 아직 아무것도 하지 않았는데도 저는 단숨에 '의'에 착수할 기운마저 잃어버리고 말았습니다.

어쨌든 의복에 관해서는 판잣집과 달리 설계도조차 떠오르지 않으니까요. 옷본이라고 하던가요, 의복의 경우에는? 원시로 돌아간 몸으로 상상하기로는 짐승의 가죽을 벗겨서 허리에 감는다는 스타일이 트렌드인 것처럼, 간신히 그렇게 상상이 됩니다만… 짐승과 조우하면 가죽이 벗겨지는 것은 이쪽입니다.

애초에 짐승과 만나기 위해서는 산림에 깊이 들어갈 필요가 있고, 산림에 깊이 들어가기 위해서는 몸을 지키기 위한 의복을 만들 필요가 있고… 이 부근은 진전 없이 계속 제자리걸음입니다.

일단 닥치고 보자는 식으론 안 됩니다.

경을 치게 되는 것은 사양하고 싶습니다.

안전을 고려해서 잎사귀나 나무껍질로 옷을 만든다. 이거라면 저의 서바이벌 능력으로도, 간신히 가능할 것 같긴 합니다.

복잡한 입체를 만드는 것은 어려워도, 큼직한 잎사귀를 몸에 감는 유카타나 판초 같은 코트 스타일이라면… 그것을 황공하면서도 뻔뻔스럽게도 옷이라고 부를 수 있다면, 그리 많은 시간은 걸리지 않겠지요.

다만 그런 얇디얇은 의상이 따뜻할지 어떨지를 말하자면… 또한 조악하게 공작되어 표면이 거친 나무 잎사귀를 살갗에 직접 닿게 하는 것은, 상처를 피하고 싶은 저의 목적과도 상반됨을 느끼지 않을 수 없습니다.

물고기 껍질로도 옷을 만들 수 있다고 들은 적이 있습니다만… 그것은 뱅어나 금붕어의 껍질은 아닐 것이라 생각됩니다.

조개껍데기 비키니를 만들어 볼까요?

그것은 그렇게 많은 노력을 들이지 않아도 간단히 만들 수 있을 것 같습니다만, 그런 섹시 웨어를 봉제하는 정도로는 알몸과 별 차이가 없다는 느낌이… 부끄러움을 모르는 말을 하자면, 바다에 드나들 때나 빗줄기를 견딜 때에는 알몸인 쪽이 편하다는 현실은 부정할 수 없지요.

움직이기 편한 것은 분명한 사실입니다.

산에 들어가려고만 하지 않으면, 단기적으로는 솔직히, 쾌적하다고까지 할 수 있습니다.

아무도 듣는 사람이 없는 숲속에서 나무가 쓰러졌을 때 과연 소리는 났는가 나지 않았는가 하는 철학적 문제에 빗대어 말하면, 아무도 없는 무인도에서 알몸으로 있는 것은 과연 망측한가 그렇지 않은가.

문제는 감기에 걸리는가 걸리지 않는가, 뿐이 아닐까요?

이곳이 눈이 많이 내리는 지방이었다면 의복은 반드시 만들어야만 하는, 여차하면 '불'과 동급의 중요한 요소였을지도 모릅니다만 따뜻한 남쪽 나라니까… 프랑스 남부의 해변이라고 굳게 믿고서 겉모습은 깔끔히 포기한다 치면, 그냥 이대로 있어도 상관없는 것이 아닐까요?

뭐, 이곳이 눈이 많은 지방이었다면 반대로 '주'의 문제에는 다른 어프로치 방법도 있었겠지요. 저도 초등학생 무렵에 츠키히짱과 함께 지내면서 눈으로 움집을 만들었던 적 정도는 있으니까요.

눈으로 움집….

"……."

아아, 그 방법이 있었네요.

돗토리 사구에도 눈은 쌓인다고 합니다만, 물론 이 해변에 스콜에 이어서 눈이 내리기를 기대한 것은 아닙니다. 알몸인 상황에서 눈이 오기를 빌지는 않습니다, 비가 오기를 빌지도 않습니다.

눈을 바랄 것도 없이, 사구가 아닌 해변의 모래밭에는 모래가 있지 않습니까. '모래로 움집을 짓는다'라는 것이, 좌절한 저의 머릿속에 번뜩인 지속 가능한 성장 전략입니다.

번뜩였다고 말하는 게 좋을지, 이성을 잃었다고 말해야 좋을지는 이후의 역사가의 판단에 맡기겠습니다만, 물론 파우더 스노보다도 보슬보슬한 모래지만 분명 수혈식주거*를 만들 수 있을 것이라고 로빈슨 나데코 크루소가 확신한 것은 아닙니다.

　애초에 모래가 그렇게 보슬보슬하지 않고요. 오히려 눈의 결정처럼 까끌까끌했으니까요.

　무엇보다, 아마도 평범하게 눈으로 움집을 만드는 것도 보통은 혼자서는 할 수 없을 거라고요. 츠키히짱은 어릴 적부터 재주가 좋았던 거예요.

　다만 비를 막는 것을 단계적으로 포기하고, 난방에만 집중해서 생각한다면 재료가 모래만이라도 주거는 만들 수 있습니다. 수혈식주거가 아니라 횡혈식주거橫穴式住居입니다.

　해변다운 발상이기도 합니다만… 그 왜, 해수욕에서 친구들에게 얼굴만 남기고 모래로 덮어 버리는 놀이가 있잖아요? 잔학한 고문이 아니라, 드러누워 있는데 몸에 모래를 끼었어서… 그 방법을 쓰면 낮과 밤의 온도 차로부터 몸을 보호할 수 있지 않을까요?

　겉모습은 일광욕 머신에 가깝습니다만, 이 상황에서 일광욕을 할 이유는 없습니다. 스콜을 완전히 차단하는 침낭이라고는 할 수 없습니다만, 그러나 피부에 직접 빗방울을 맞는 것보다는 나

※수혈식주거(竪穴式住居) : 선사시대 인류의 일반적인 주거양식 중 하나. 땅을 원형이나 사각형으로 수직으로 파고 그 위에 지붕을 얹는 반지하 형태의 가옥이 많다.

을 테고, 자고 있는 동안에 바짝 말라 버리지 않는 수준으로는 보습도 가능하겠지요. 선크림 따윈 바랄 수도 없는 이상, 이보다 더 피부에 화상을 입을 수는 없습니다.

역시나 얼굴까지 파묻히고 싶지는 않으므로 큼직한 아이 마스크, 혹은 페이스 가드 정도는 만들어도 괜찮을지도 모르겠네요.

그 정도의 가벼운 공작이라면 저도 감당할 수 있습니다.

게다가 이부스키*의 모래찜질 온천탕을 생각하면, 이 횡혈식 주거는 욕실 대신도 되는 것이 아닐까요? 벌레에 물리는 것으로부터도 몸을 지킬 수 있을 것 같고… 생각하면 생각할수록 이것은 나이스 아이디어로 생각됩니다.

바로 시작해 보도록 하죠!

옆에서 보기에는 혼자 해수욕을 하러 와서 혼자 모래에 파묻히며 놀고 있는 궁극의 외톨이 아이입니다만, 다른 사람의 눈을 꺼리지 않아도 된다는 점이 무인도의 장점입니다. 저는 재빨리, 착상을 시도해 보았습니다. 쇠뿔도 단김에 빼란 말이 있지요.

모래 움막이라고 할까, 모래 이불입니다.

엄청 따끔따끔합니다.

모래라고 할까, 샌드페이퍼에 말려 있는 기분입니다.

원시인은 고사하고 땅속으로 파고드는 애벌레 같은 것이 된 듯한 느낌이 듭니다만… 실패할 방법이 없는 이 건설공사에 관해서는, 어떻게든 잘 끝났습니다.

※이부스키(指宿) : 일본 규슈 남단 가고시마 현의 도시로, 온천 관광지로 유명하다.

굳이 엄격하게 이 횡혈식주거의 허점을 찾는다면, 밀물 때에 얼마나 물이 들어오는가와 바다의 거친 정도에 따라서는 모래에 묻혀 꼼짝 못 하게 된 채로 익사한다는 점입니다만, 스스로 자신에게 트집을 잡고 있어 봤자 아무것도 시작할 수 없습니다(전부 끝날지도 모릅니다).

이렇게 저는 '주'와 '의'의 문제를 동시에 해결했습니다. 포기했습니다, 라고 말하는 편이 정확하겠네요.

한때 신으로서 신축된 번쩍번쩍한 신사에서 살고 있었을 무렵을 생각하면 하늘과 땅 차이에도 정도가 있습니다만, 제가 각 분야에서 위기를 극복하고 있는 동안에 오노노키쨩이 구하러 와주는 것보다 나은 것은 없다고 꿈을 꾸는 동안에, 영원이라고도 생각되는 14일이 눈 깜짝하는 사이에 경과해 버렸던 것입니다.

아~ 진짜 큰일임다.

슬슬 뭔가 어떻게든 하지 않으면….

009

화장실 문제를 어떻게 처리했는가는 알아서 생각해 주세요. 귀엽기만 한 시대는 끝났습니다만, 저도 모든 수치심을 잃은 것은 아닙니다. 보이지 않는 센스도 소중하다고요. 만약 미래를 내다본 오노노키쨩이 있다면, 화장지 부족이나 생리적인 빈곤에 대해 이야기해 주었을지도 모릅니다만 유감스럽게도 지금은 아직 그때가 아닙니다.

이해했습니다. 구조대는 오지 않습니다.

우선은 '안전'과 '생존'이 확보되어서 움직임이 딱 멈춰 버렸습니다만, 역시나 생존자를 찾는다는 페이즈로 이행해야만 합니다.

익숙해지면 어떡하나요.

구조를 기다리는 것이 아니라, 구조하러 가는 것입니다.

이 2주 동안, 그래도 조금씩 힘을 잃어 가고 있다는 것은 인정하지 않을 수 없습니다. 새로운 행동을 하고 싶지 않다는 태만한 기분이 드는 것은, 영양실조도 한 가지 원인으로 생각됩니다.

역시, 이러고 있는 지금도 서서히, 그러나 착실히 죽음에 가까워지고 있는 것이라고요.

귀엽기만 한 게 아니라 의외로 터프하게 낳아 주신 부모님에 대한 감사의 마음이 이 자리에서도 끓어오릅니다만 ('귀엽기만 한'을 이렇게 선뜻 말할 수 있게 된 것은, 아마도 현재 저의 겉모습이 상당한 수준 이상으로 야생화되어 있기 때문입니다. 거울이 없어도 그 정도는 알 수 있습니다) 그래도 한계는 있겠지요. 생존자 찾기는 제가 생존하기 위한 루트이기도 한 것입니다. 인정을 베푸는 것은 남을 위해서가 아니다[*], 라는 속담이 있

※인정을 베푸는 것은 남을 위해서가 아니다 : 情けは人の為ならず. 남에게 인정을 베풀면 반드시 자신에게 돌아온다는 뜻의 일본 속담.

었지요.

정신적으로도 한계였습니다.

어쩌면 그쪽이 힘들지도… 아뇨, 혼자라서 쓸쓸하다든가 무인도 생활이 힘들다든가 하는 그런 것과는 조금 다른 감성입니다만, 저의 불평을 조금만 들어 주세요.

그림을 그리고 싶어요!

남국의 섬의 아름다운 풍경에 감동받아서 붓을 움직이지 않을 수 없다던 고갱의 심경이 아니라, 단순히 이렇게 장시간, 이렇게 장기간에 걸쳐 그림을 그리지 않은 것은 머리가 이상해져서 신으로 활동했던 무렵 이래로 처음입니다.

금단증상으로 머리가 이상해질 것만 같습니다.

아~ 나는 정말로 만화를 그리는 걸 좋아했구나, 라고 그림을 그릴 수 없는 상황에 처하고 나서야 비로소 실감했습니다. 게다가 이런 때에 한해서만, 1억 부를 돌파할 수 있을 것 같은 발군의 아이디어가 차례차례 떠오르는 것입니다.

뭐, 아마도 아이디어 쪽은 착각이겠습니다만, 귀중한 찬스를 잇따라 놓치고 있다는 느낌이 엄청나서 지금이라면 저는 '무인도에 하나만 가져갈 수 있다면 무엇을 가져가겠는가?'라는 질문에 망설임 없이 종이와 펜이라고 대답하겠지요. 두 개가 되어 버립니다만, 그 부분은 떼려야 뗄 수 없는 존재들이라는 것으로 치고.

이상한 이야기입니다만, 약간의 안도감을 금할 수 없습니다.

어쩌면, 이라기보다 상당히 높은 확률로, 저는 학교에 가지 않을 핑계를 위해 만화가라는 장래의 비전을 갖고 있는 척하는 것뿐 아닐까 하고 스스로를 의심하고 있었으니까요. …아무래도 이렇게까지 압도적으로, 누구에게도 거리낄 것 없이 혼자가 되어도 여전히 그런 생각을 할 수 있는 것을 보면 저의 마음은, 마음만은 진짜인 것 같습니다.

다행이야.

그렇게 가슴을 쓸어내린들 금단증상이 중화되는 것도 아니고, 혹사당하는 손과 손가락이 점점 돌이킬 수 없을 정도로 상처 입는 것도 현실입니다.

펜을 오래 잡아서 손가락에 굳은살이 박이는 정도가 아닙니다.

덤불 안에 들어갈 것도 없이 몸 전체 이쪽저쪽이 상처투성이가 되어 가고 있고, 이 섬에 체중계는 없습니다만 아마도 체중도이 2주 남짓한 기간으로 10킬로그램 가까이 줄지 않았을까요.

갈비뼈가 드러나기는커녕 군살이 너무 빠져서, 몸통에 식스팩이 생기려 하고 있습니다…. 어떤 열혈 팬들이 보고 싶은 건가요, 식스팩의 센고쿠 나데코를.

명안으로 생각되었던 모래 침낭도, 날수가 거듭되자 별로 좋지 않다는 것이 판명되어 갔고요. 이불로서는 너무 무거워서 몸 전체에 부담이 되었던 것이겠지요. 자는 동안에 좀처럼 몸이 휴식을 취하지 못합니다, 요괴 코나키지지*를 등에 업은 채로 자

※코나키지지(子泣きじじい) : 아주 작은 체구의 노인의 모습을 한 요괴. 어두운 밤길에서 아기 울음소리를 내며, 통행인이 업어 주면 체중이 점점 무거워져서 목숨을 빼앗는다고 한다.

는 것 같은 상황입니다.

아니면 스나카케바바*일까요.

이런 생활이 이어지면 결국 점차 상황이 악화됩니다. 생존자를 찾기 위해서도, 보다 풍부한, 영양도 풍부한 식재료를 찾기 위해서도, 동굴 같은 직접 만들지 않아도 괜찮은 주거를 찾기 위해서도, 무엇보다 의복이 필요한 것을 확실히 알았습니다.

확신했습니다.

여자 중학생이었을 무렵부터 여자애다운 느낌이 적은 여자애였습니다만, 이거 참, 이 정도의 궁지에 이르러서야 간신히 패션에 눈을 뜨게 될 줄이야. 조난되어 볼 만도 하네요.

뭐, 저도 이 14일간 의복에 관해서 아무런 플랜도 짜지 않았던 것은 아니므로 시도해 보고 싶은 복안은 있었습니다. 산이 아닌 바다의 소재를 구하는 방향으로 생각을 돌렸을 때, 곧바로 조개껍데기 비키니를 떠올렸던 것은 속세의 문화에 오염되었기에 나온 실책이었습니다.

물고기의 껍질이라는 방안도 실현성만 동반되면 괜찮았겠습니다만, 생각해 보면 산에 나무들이 자생하고 있는 것처럼 바다에는 해초가 자생하고 있지 않을까요?

미역.

그거라면 나무껍질이나 잎사귀와 달리 거스러미가 없고, 오히

※스나카케바바(砂かけ婆) : 인적이 드문 신사의 토리이나 숲길 나무 위에서 지나가는 사람에게 모래를 뿌린다는 할머니 요괴.

려 보습 크림이라도 바른 것처럼 미끌미끌해서 햇볕에 탄 피부를 보호해 주는 이상적인 옷감이 아닐까요. 날개옷이 아닌 해초 옷, 그리고 여차하면 먹을 수 있는 일거양득의 소재입니다.

옷본을 만들어서 서양식 옷 형태로 만들 필요조차 없습니다. 길이가 긴 미역이라면 붕대처럼 몸에 친친 감으면 틀림없이 충분한 성능의 방호복이 될 테니까요… 뭐, 냄새는 좀.

바다 냄새는 좀.

프레그런스에 대해서는 야생화하고 있는 지금의 저도 결코 미역에게 뭐라 할 수 없는 정도이니, 인내를 보여야 하겠지요…. 그러니까 그 밖의 다양한 문제에 눈을 꾹 감고, 해결해야만 하는 최대의 과제를 거론한다면, 저는 아직 물고기든 뭐든 바다의 얕은 여울에만 도전해 왔으므로 해초의 모습을 한 번도 보지 못했다는 점입니다.

정확히 말하면 다소 작은 것을 보기는 했습니다만, 지금 제가 바라는 것은 아무리 작게 잡아도 붕대 정도 사이즈의 미역 타입 해초입니다. '해변'이 아니라 진짜 '해저'까지 가지 않으면 발견할 수 없겠지요.

요컨대, 좀 더 먼 바다까지 나가야 한다는 것입니다.

생존 로프의 연장 작업… 수영 특훈… 잠수 특훈… 스노클로 삼을 식물 같은 것을 찾아볼까… 미끈미끈한 미역을 뿌리 쪽에서 잘라내기 위한 낫의 제작. 바다인데 해야 할 태스크가 산더미 같습니다. 작살도 다시 만들어야 하고….

아~ 정말, 만화를 그리고 싶네~

이 체험은 반드시 만화로 그리겠습니다. 소설이 아니라.

이 길이 장래로 이어진다고 믿고, 저는 누워 있던 모래 침낭에서 굼실굼실 기어 나와서 행동을 개시했습니다. 점점 모양새가 나기 시작한다고요, 이 애벌레 무빙이.

펜네임은 그레고르 더 잠자자로 할까요.

010

좋은 실패와 나쁜 실패, 어느 쪽부터 듣고 싶으신가요?

그렇군요. 당신도 특이하시네요.

그러면 희망하시는 대로, 나쁜 실패부터.

바위에 돌을 던져서 풀을 베기 위한 낫, 미역을 베기 위한 낫을 만드는 곳까지는 순조로웠습니다. 조난 첫날에 '불'과 '물'의 능력자가 되었다고 생각했습니다만, 아무래도 저는 '돌'을 다스리는 능력자인 것 같습니다.

천千 개의 돌石을 다스리는 센고쿠千石라고요.

그리고 생존 로프를 연장코드처럼 쭉쭉 늘려서, 몸통에 필요 이상으로 연결해서 먼 바다로 나갑니다. 특훈이란 말을 했습니다만, 배우기보다는 스스로 익히라는 말이 있는 것처럼, 이 2주 사이에 다소는 헤엄을 칠 수 있게 되었습니다(얕은 여울이라면).

태만하게 지내고 있던 것만은 아니라고요.

다만 '헤엄치다'와 '잠수하다'는 전혀 다른 기술인 모양이라, 이전에 언급했던 대로 기본적으로 뜨게 되어 있는 인간의 몸을 해저까지 가라앉히는 것은 육상생물의 본능적인 면으로 볼 때 상당한 난이도였습니다.

물안경이 있으면 이야기가 다르겠습니다만, 그런 수입 사치품은 바랄 수도 없습니다. 스노클 만들기도, 잡초로 만든 대롱을 빨대로 삼을 수 있을지 시행착오를 거듭하다 막다른 골목에 부딪쳤습니다.

빨대란 뜻의 영단어 straw는 한 올의 지푸라기를 뜻하기도 하므로 잡초로 대용할 수 있을까 하는 엷은 기대를 품기도 했습니다만, 그런 것을 입에 물고 잠수하면 '물에 빠진 사람은 지푸라기라도 잡는다'를 체현할 뿐이었습니다.

좀처럼 해녀처럼은 될 수 없습니다.

인간이 물에 뜨는 구조는 정확히 말하면 근육의 비중이 아니라 부레 역할을 하는 폐에 공기가 들어 있기 때문이고, 요컨대 폐의 공기를 전부 토해 내면 인간의 몸은 자연스럽게 바다 밑으로 가라앉아 갑니다만, 인간은 그것을 자연사라고 부릅니다.

혹은 자살이라고 합니다.

가능하면 체내의 산소 봄베를 가득 채운 채로 잠수하고 싶다⋯ 미역의 입도선매에 시간이 걸릴 것을 생각하면 더욱 그렇습니다.

고민한 끝에 저는 '돌'의 치트 능력자로서 타고난 특수 스킬을 사용하기로 했습니다. 주위에 있는 적당한 돌을 끌어안고 물속으로 뛰어든 것입니다.

이것은 자살이라고밖에 말할 수 없습니다.

다만, 나중에 조사해 본 것에 의하면 (늘 그렇듯이 '만약 나에게 '나중'이라는 훌륭한 시간이 있을 경우'의 이야기입니다만) 스쿠버 다이버가 보다 깊이 잠수하기 위해서 잠수복에 무게 추를 다는 경우도 있다고 하지요.

그것과 똑같다고 주장하겠습니다.

물론 안전한 얕은 여울에서 어느 정도 중량의 돌이 적당히 가라앉는 데 적당한지 시행착오를 반복해서, 준비 없이 실전에 돌입하는 상황을 피하는 정도의 지능은 발휘했습니다. 그러나 누름돌을 안고 수제 작살을 입에 문 채로 바다 밑을 향해 걸어간다는 사이코 호러 같은 하이리스크를 감수했으니, 당연히 그것에 어울리는 하이리턴이 있을 거라고 저는 맹목적으로 단정하고 있었습니다.

그럴 리가 없습니다.

아무리 가도 미역은 보이지 않았습니다. …그렇다기보다, 발밑이 '해변'에서 '해저'로 변하는 경계를 저는 물속에서 눈을 크게 뜨고 기대하고 있었습니다만, 그런 구역은 전혀 나타나지 않았습니다.

그렇다기보다.

부옇게 흐려진 눈앞에 펼쳐진 것은, 아마도입니다만 산호초였습니다. 확실한 증거는 없고, 저는 산호초가 구체적으로 어떤 것인지 전혀 모르므로 근거 없는 인상만으로 말하고 있습니다만, 바위와도 모래와도 다른 컬러풀한 토양土壤은, 토土도 양壤도 아닌, 산호의 초礁이겠지요.

THE 오키나와.

어머니인 바다의 지켜야만 하는 자연이, 그곳에 있었습니다. 네, 이 광경은 지구의 보물이고말고요. 물안경이라고 할까, 고글이 있었다면 최고였을 거라는 생각이 들기까지 했습니다. 하마터면 누름돌을 산호초 위에 떨어뜨리는 큰 죄를 저지를 뻔했습니다.

다만 그 대자연 앞에서 대자연의 모습에 빠지기 전에, 중요한 알림이 하나… 저 같은 어중간한 지식을 가진 녀석에 의하면 산호초는 먹을 수 없습니다. 산양 요리는 들은 적이 있어도 산호초 요리는 들은 적이 없습니다. 지금 보고 싶었던 것은 알록달록한 산호초가 아니라, 흔해 빠진 미역의 군체였습니다.

차라리 바다포도라도 좋습니다.

애초에 미역이 어떤 토양에 어떤 식으로 자라는 해초인지 전혀 모르고 먼 바다로 나와 버린 저입니다. 목숨 아까운 줄도 모르고 미역에 대해서도 모릅니다. 이거야 원, 여기까지 왔는데 빈손으로 돌아갈 수는 없다고요.

하다못해 먼 바다의 물고기라도 잡아서 돌아가죠.

안고 있는 이 누름돌을 조금 돌아간 곳에 있던 해저의 바위에 부딪치면, 적당한 성과를 얻을 수 있을 거라고 저의 경험이 고하고 있습니다. 당연히 돌에도 부력은 작용합니다만, 물속에서는 충격파가 전달되기 쉽다는 소문을 들은 적이 있습니다. 소문처럼 전달되기 쉬울 것 같습니다.

요컨대 누름돌을 바다 밑을 향해 던진 즉시 그 자리에서 벗어나지 않으면, 제가 기절해서 바다 위로 불쑥 떠올라 버릴 가능성도 있다는 것입니다만, 죽느냐 사느냐의 선택을 24시간 내내 계속하면 이 정도의 판단에 몰리는 것에는 익숙해집니다.

익사溺死하는가, 아사餓死하는가.

최악의 양자택일입니다만 어느 쪽이 보다 괴로운가 하면 뭐, 시간이 걸리는 만큼 후자이겠다고 막연히 생각하고요. 저는 누름돌을 손에서 놓고, 산소를 찾아서 전력을 다해 부상했습니다.

아마도 이 시점에서 저의 폐 안의 공기 중 8할은 이산화탄소가 되어 있었겠지요. 그래도 이 재빠른 도주는 똑똑한 사람이 할 행동이 아니었습니다.

익숙함이 방심을 낳았습니다.

부력이 작용해서 예상 외로 약해진 충격에 기절하지 않고, 그러나 깜짝 놀라 바위 그늘에서 물고기 떼가 튀어나올 것을 상정하고 있었더라면, 어쩌면 입에 물고 있는 미역을 베는 낫으로 그중 한 마리 정도는 잡을 수 있을지도 몰랐는데… 그것도 튀어나온 물고기 떼 중에 큰 놈이 있었습니다.

물고기 떼라고 말했습니다만, 정확히 말하자면 그 큰 놈은 물고기가 아닙니다. 오징어입니다.

바닷속의 뿌연 시야에서, 저의 눈이 잘못 본 것이 아닐 경우의 이야기입니다만…. 아마도 오징어, 그렇지 않더라도 두족류였을 것입니다. 사방으로 흩어진 물고기 떼 안에는 그 밖에도 먹을 수 있을 만한 사이즈의 물고기도 있었습니다만, 그러나 그중에서도 오징어는 겟하고 싶었어요…!

놓친 물고기가 크게 보인다는 이야기입니다.

물고기가 아니라 연체동물입니다만.

어째서 제가 이렇게 분하게 생각하는지 제대로 설명해 두자면, 공복 때문에 짜증이 난 것 때문만은 아닙니다. 쓸쓸한 나머지 대왕오징어와 장난치며 해적놀이를 하고 싶었던 것도 아닙니다.

그럴 만도 한 것이, 오징어는 먹물을 뿜잖아요!

문어와 함께 바다의 닌자로 불리고 있습니다만, 제 입장에서는 바다의 만화가라고요! 오징어 다리구이로 만들지는 않을 테니 그 먹물만이라도 얻을 수 있었으면 했는데… 뭐, 오징어먹물 파스타 같은 것도 있으니 먹물도 먹을 수는 있겠습니다만, 저는 그것보다 지금은 잉크에 푹 빠져 있습니다.

먹물에 굶주려 있습니다.

설령 산소를 찾아 떠오르는 상황이 아니더라도, 저의 어업 실력으로 사정거리가 긴 작살도 없는 상태에서 바다의 닌자를 멋지게 붙잡을 수 있었을 거라고는 생각하지 않습니다만, 그래도 적극적으로 붙잡으려고 했다면 큰 놈은 먹물을 뿜어 주지 않았을까요… 아아, 대체 무슨 찬스를 놓쳐 버린 것일까요, 저는.

좋아하는 주간지가 폐간된 것 정도의 쇼크입니다.

…아니, 아니. 진정하죠.

역시 이상해지고 있네요, 저는.

오징어 다리를 굽는 것도 아닌데 열기에 머리 회전이 둔해진 건가요?

바닷속에서 토해 낸 먹물을 어떻게 추출한다는 건가요…. 조심스럽게 떠내서 끓이면 되는 것도 아닐 텐데. 오징어를 산 채로 붙잡아 얕은 여울에서 사육하다가 원할 때에 먹물을 토하게 만드는 생체 문방구로 삼는다, 라는 계획을 진지하게 세우고 있을 상황인가요?

애초에 먹물만 있어 봤자 무슨 소용인가요.

G펜도 스푼펜도 없고, 붓도 없습니다. 그것들은 나뭇가지를 깎아서 어떻게든 대용한다고 쳐도 (야생의 영향인지 이 2주간에 충분히 길어진 기분도 드는 자신의 머리카락을 잡아 뜯어서 묶어도 괜찮겠지요) 원고용지가 없지 않나요.

설마 나뭇조각을 곱게 빻아서 햇살에 말리는 종이 만들기를 시작하라고요? 펄프 목재를 찾아서? 저는 어디까지나 '돌'의 능력자이지 '나무'의 능력자가 아니라고요.

하다못해 우유팩이 있었다면 그림엽서를 만들 수 있을 텐데.

아~ 흥분했다, 흥분했다.

애초에 조금 전의 오징어도 어차피 잘못 본 것이겠지요. 저의 소망과, 피로의 영향과, 산호초의 매직이 보여 준 착시… 분명 동갈치 같은, 그런 가느다란 물고기였던 게 아닐까요? 정말이지 얼마나 만화를 그리고 싶은 건가요, 저는.

이거야 원, 여기는 긍정적으로, 서바이벌 생활 속에서 저의 상상력이 연마되고 있다고 해석하기로 하죠. 정말 말도 안 되는 사상누각沙上樓閣이었습니다.

"……(보글보글보글)."

사상沙上? 모래?

011

원고용지 같은 게 없어도, 그러기는커녕 잉크조차 없어도 한 자루의 막대기만 있으면 모래밭에 그림 따윈 얼마든지 그릴 수 있다는 것을 제가 간신히 깨달은 시점에도, 아직 한창 나쁜 실패를 하는 중입니다.

즐겁게 봐 주셨나요?

꾸벅꾸벅.

해변의 모래밭이라는 광대한 캔버스를 처음부터 손에 넣었음에도, 저는 그곳에 커다란 SOS라는 돌을 늘어놓고 만족해 버렸던 것이었습니다. 비행기 안에서 오노노키짱과 카이키 씨와의 대화 중에 칠레라는 나라의 이름도 제대로 화제에 올랐었는데, 나스카의 지상화를 어째서 저는 떠올리지 못했던 것인지. 그런 노골적인 복선을 깨닫지 못하면 어떡하나요.

…나스카의 지상화는, 칠레에 있었죠? 페루… 아르헨티나… 아니, 저의 지리 지식에 의하면 칠레입니다!

잘못된 믿음은 무서운 것이라, 오히려 SOS라는 세 글자를 방해하는 발자국조차 나지 않도록, 조심조심하며 신경을 쓸 정도였습니다. 그러나 2주가 지나도 발견되지 않는 그런 세 글자를 나중을 위해 아끼고 있을 상황이 아닙니다(실제로는 세 글자뿐만이 아니라, 어설프게 익힌 모스 부호 등도 배치했습니다만, 생략).

상황에 대한 이야기를 하자면, 해저의 바위틈에 물고기 떼가 숨어 있는 것을 알았으니 지금 제가 최우선으로 해야 할 일은 생존 로프를 풀어서 재조립해 그물을 만드는 것이 아닐까 하는 발상도 간신히 떠올랐습니다만, 그러나 강한 감정의 파워는 그런 교활한 이성을 밀어냈습니다.

어쨌든 그림을 그리고 싶다. 만화를 그리고 싶다.

떠오른 아이디어를 시험해 보고 싶다.

장소에 따라서는 모래에 그림을 그리는 것도 법에 저촉되기도 합니다만, 지금만큼은 긴급상황입니다. 저는 마치 옛날부터 수영부에 다니고 있었던 것 같은 버터플라이로 해변까지 돌아왔습니다. 산림과의 경계선에서 적당한 나뭇가지를 찾습니다.

나뭇가지를 고르는 시점에서, 고르지 않은 것이나 마찬가지입니다만.

조금만 더 있으면 에너지가 바닥날 것 같은 상태가 거짓말이었던 것처럼 흥이 올랐습니다. 해변의 모래 위에 꽁냥거리는 그림을 그리며 신을 내는 커플의 마음을 알 것 같네요, 저는 혼자입니다만.

물론 제가 그리고 싶은 것은 커플이 꽁냥거리는 그림이 아니라, 그렇습니다, 작품입니다. 종이에 그리는 것과는 아예 다르지만 우선은 한 작품, 4컷 만화를 그려 보죠.

주인공은 오노노키짱입니다.

한때는 조각이나 회화의 포즈를 취하고 있는 오노노키짱만 그렸었으니까요. 지금 그 애는, 저의 주캐라고 말해도 과언이 아닙니다.

밑그림 없이 프리핸드로 쓱쓱 그릴 수 있다고요. 모래그림에서는 밑그림을 그릴 방법이 없습니다만, 어쨌든 저는 2주 만에 작화 작업에 착수했습니다.

①무인도에 표착하는 오노노키짱.

②지니고 있는 이동력으로 바로 탈출합니다.

③그러나 몇 번을 탈출해도, 마치 유인당하듯 도로 무인도에 착지할 뿐입니다.

④"이건 무인도가 아니라 유인하는 유인도였네."

…응?

별로 재미있지 않네요?

이 라이브 퍼포먼스를 보고 폭소하는 목소리가 들려오지 않습니다…. 무인도이므로 당연합니다만, 그러나 재미있는 만화를 그렸을 때는 마음속의 오디언스들로부터 스탠딩 오베이션이 휘몰아치는 법이지요.

이상하네, 이 2주간 세상을 바꿀 아이디어를 스톡해 두었을 터입니다만…. 만화인데 말장난 결말을 내려고 했던 게 안 좋았던 걸까요?

그림으로서의 다이내믹함은 2번째 컷의 '언리미티드 룰 북' 점

프로 충분히 표현했다고 생각했습니다만… 지망생이 건방지게 슬럼프일까요.

이래서는 슬럼프가 아니라 스크랩입니다.

무엇이 좋지 않았을까를 생각하는 동안 만조 시간을 맞이한 것인지, 아니면 어머니인 바다가 '몰수'라고 말하는 것인지, 파도가 저의 작품을 소파消波 블록처럼 깨끗하게 소거해 버렸습니다. '소파 블록처럼'에 이르러서는, 말장난 결말은 고사하고 무슨 소린지 모르겠네요.

소거되는 게 아니라, 퇴거당하겠습니다.

또렷하게 그림이 드러나도록 물가의 축축한 모래 부분에 4컷 만화를 그렸으니 언젠가 지워지는 것은 당연했습니다만, 어쩌면 가장 좋지 않았던 것은 그 습작 느낌이었는지도 모르겠다는 데 생각이 미쳤습니다.

몰수가 아니라 수몰이라고요.

참고로 여기까지가 '나쁜 실패'입니다. 저에게 있어, 미역을 딸 수 없었던 것보다, 물고기 떼를 놓친 것보다, '그렸던 만화가 재미없었다' 이상의 실패는 없습니다.

프라이드만은 번듯한 한 사람 몫을 하고 있거든요.

여기서 '애초에 나는 4컷 만화 작가를 노리던 것도 아니고'라고 태도를 바꾸어서는 대성할 수 없습니다. 약간 기세가 깎여 나간 느낌은 부정할 수 없습니다만 저의 질리지 않는 욕구는 멈출 줄을 몰랐습니다.

만화 그리고 싶어, 만화 그리고 싶어, 만화 그리고 싶어.

그것도 후세에 남을 만한 명작을.

이대로 이 무인도에서 죽는다면 더욱 그렇습니다.

이 에고이스틱한 소망은 '명작'이라는 부분을 포기하면, 그렇지만 실현이 가능했습니다. 나스카 지상화도 실제로는 모래에 그린 것은 아니고요.

저는 제가 '돌의 능력 사용자'임을 기억해 내야만 합니다. 요컨대 모래밭이 아니라, 바위를 캔버스로 삼으면 되는 것입니다.

찰나적인 그림이 아니라, 오히려 프랑스 지방의 동굴벽화처럼, 1000년, 2000년 후까지 남는 영원한 작품이 되는 것입니다. 이 섬에는 과거에 조난당한 만화가가 있었다고, 미래인이 오해하게 만들어 주도록 하죠.

어릴 적 츠키히짱과 아스팔트 도로에 분필로 낙서를 하던 때를 떠오르게 하네요. 저의 유소년기의 추억 대부분에 츠키히짱이 엮여 있어 씁쓸한 기분입니다만, 눈 움집 만들기든 도로의 낙서든, 그런 시답잖은 경험이 서바이벌 생활에 도움이 된 것을 보면 친구란 역시 소중하네요.

만화를 그리는 것이 서바이벌의 일환인지 어떤지는 논의가 갈릴 부분이겠습니다만, 오락이 없으면 사람은 살아갈 수 없다고요. 엔터테인먼트야말로 인생입니다. 실제로 다음에는 무엇을 그릴까를 생각하고 있는 저는, 스스로도 명백히 알 수 있을 정도로 활기에 차 있습니다. 모래 그림 4컷 만화가 무참히 실패했는데도, 깎여 나갔을 의욕은 계속 흘러넘칠 뿐이었습니다.

물론 반성은 활용합니다.

도구 탓만 하지는 않습니다(분명히 도구 탓도 있겠지만요. 펜으로 그리는 것과 나뭇가지로 그리는 것은 필요한 기술이 전혀 다릅니다).

지금 와서 생각하면, 어설프게 기합이 과해서 오노노키짱의 캐릭터 디자인에 너무 구애되어 버린 구석이 있었습니다. 시체 인형을 옛날 디자인으로 그려 버렸던 것입니다.

구식 코스튬.

최근의 의상인 등 뒤가 탁 트인 타이트한 드레스와 달리, 옛날 오노노키짱은 정말이지 그리는 보람이 있는 드레이프 형태의 주름이 엄청 많은, 스커트에 레이스가 풍성하게 달린, 극히 입체적으로 봉제된 드레스를 입고 있었습니다. 양쪽 다 어울립니다만… 다만, 그림 실력 향상을 위한 스케치로서는 어떨지 몰라도 4컷 만화의 캐릭터로서 약간 디자인이 번잡했는지도 모릅니다.

간략하게 만드는 것도 만화의 대표적인 테크닉이니까요. 제가 지향하는 동굴벽화도, 목표로 삼는 나스카 지상화도, 말하자면 간략화의 극한이잖아요?

말장난 결말이 아니라, 상형문자라도 괜찮다고요.

특히 주간연재를 하게 되면 그리기 쉬운 디자인에 대한 고려도 중요하겠지요. 네, 주간연재를 지향하고 있습니다만, 왜 그러시나요? 그 점으로 말하면 츠키히짱이 오노노키짱에게 마련해 준 타이트한 드레스는 상당히 그리기 쉬운 편입니다.

매끈한 옷은 그리기 쉽지요.

어째서 그림이나 조각들에 남녀를 불문하고 나체가 많은가에 대해, 예술이 아니라 기술상의 관점에서 따져 보면, 실은 '알몸 쪽이 간단하니까'라는 기술론으로 인도됩니다.

무인도에서 알몸으로 생활하고 있는 지금의 저를 애니메이션화 할 수 있는지 어떤지는 별개의 문제이겠습니다만, 천의 질감이란 평면으로는 좀처럼 표현하기 힘들지요.

마찬가지로 지금 와서는 애니메이션화가 불가능합니다만 학교 수영복이라든가 블루머 같은, 그렇게 운동하기 쉬운 차림이란 그림으로 그리는 것도 비교적 간단… 만화의 등장인물이 어쩐지 얇게 입고 있는 것은 결코 독자 서비스라는 이유만은 아닌 것입니다.

좀 더 말을 보태자면, 만화의 등장인물 중에 젊은이가 많은 것도 맨살의 질감, 요컨대 주름을 그리는 것이 보통 일이 아니기 때문입니다. 뭐, 복잡하고 입체적으로 접힌 의복을 그리는 것도 깊은 맛이 있으므로 시간이, 그리고 체력이 있을 때에는 (물론 체력에 필적하는 그림 실력이 있을 때에는) 즐겁게 챌린지하고 싶습니다만, 어쨌든 필기구가 나뭇가지여서는 한계가 있습니다.

인간의 머리카락이 10만 가닥 있기 때문이라고 해서, 10만 가닥을 한 올씩 그리는 화가는 없잖아요? 옷의 섬유를 어디까지 재현한다는 건가요? 그러니까 차라리, 여기서는 오노노키짱에게 블루머를 입히는 정도의 발상의 전환이 있어도… 별로 남 이야기는 할 수 없습니다만, 동녀이기에 오노노키짱은 상반신의 입체감이 없는 형태이고….

"..
....
....
....
...."

아뇨.

아뇨, 아뇨.

아뇨, 아뇨, 아뇨, 아뇨.

하마터면 반라의 동녀를 작품으로 후세에 남겨 버릴지도 몰랐다는 사태를 깨닫고 창백하게 질렸던 것이 아니라 (그것도 중요한 문제입니다만) 저는 여기에 이르러서야 간신히, 무인도에 표착한 이래 2주에 걸쳐 계속 범하고 있던 '좋은 실패'를, 모험처럼 범하고 있던 '좋은 실패'를, 뒤늦게나마 깨달아 버렸던 것입니다. '좋은 실패'를, 혹은 '최악의 실패'를.

네? '돌'의 능력자?

아니죠!

저는 '그림'의 능력자였잖아요!

012

제가 전문가의 세계에 한쪽 발을 들이게 된 계기를 어디에서 찾아야 하는가는 어려운 부분입니다만, 전에 신이 되었던 적이 있다든가, 옛날로 거슬러 올라가 보면 나쿠나짱에게 저주받았던 것이라든가, 자기 손으로 뱀을 죽인 것 등등의 경위도 있습니다만 그러나 가엔 씨에게 심플하게 '능력을 높이 평가받았다'는 점을 무시할 수 없습니다.

그렇다기보다 가엔 씨의 입장에서 중요한 것은 그 부분뿐이겠지요…. 저의 인간성이 높이 평가받았다, 장래성을 높이 샀다, 같은 것은 절대 아닙니다.

구제 조치가 아닌 것입니다.

그 능력 자체가 오노노키짱에게 교묘하게 유도된 구석이 있습니다만… 스타일리시한 만화풍으로 표현하자면 '그린 만화를 괴이화(식신화) 할 수 있는 능력'입니다.

"내 입장에서 말하자면 '사족蛇足의 스킬'이지. 너라는 옛 뱀신에게, 겸사겸사 덧붙은 뱀의 다리 같은 것이야."

이것은 개발한 오노노키짱의 변입니다.

그 사족을 둘러싸고 한바탕 소동, 이라고 할까, 한바탕 물의가 인 적이 있습니다. 이미 끝난 일이므로 그 이야기에 대해서는 이러쿵저러쿵하지 않겠습니다만, 간단한 줄거리를 설명하면 제가 그린 자화상인 학교 수영복이나, 블루머 한 장만 걸친 센고쿠 나데코가 대량으로 고향 마을을 활보했습니다.

정상적인 정신을 가진 사람이라면, 제가 아니더라도 고향을 버릴 거라고요.

발전 도상은 고사하고 앞으로 어떻게 성장할지, 아니면 어느 날 갑자기 소멸할지 알 수 없는 불확실한 스킬이므로 가엔 씨에게 지령을 받은 오노노키짱이 찰싹 달라붙어 관리하고 있는 상태입니다만 (이른바 '감시대상'이지요) 휘둘리고 있기는 해도 이 재능 덕분에 먹고살 수 있는 것도 사실입니다. 가엔 씨가 저에게 주거와 일거리를 마련해 주는 것은, 이 식신 사용자(시키가미式神 사용자)의 능력이 있기 때문입니다.

실제로 진퇴양난인 측면도 있어서 이 능력을 자율적으로 제어할 수 있게 되지 않는 한, 저는 만화가가 되는 것이 용납되지 않으므로 (그린 만화가 닥치는 대로 괴이화되는 상태로는 100만 부짜리 히트는 바랄 수 없다고요) 스스로도 최대한의 배려를 하며 전문가의 지시 및 지도를 고분고분히 따르고 있었습니다만, 이 상황하에서 그런 '그림 실력'을 봉인하고 사용하지 않는다는 것은 너무나도 마조히즘에 가득 찬 속박 플레이라고 할 수 있겠지요.

새그물鳥網 급으로 금지된 고기잡이 방법을 사용하면서도, 그 지시만은 준수하고 있었다니… 이래서는 이리오모테 산고양이에게 잡아먹힌다는 애호정신에, 움찔하며 뒤로 뺄 자격이 없습니다.

미래를 대비한다며 식량을 보존하다 굶어 죽는 타입의 조난자입니다.

반대로 용케 이 2주간 그 반칙을 쓰지 않고 살아남았다고 스스로도 자기 자신에게 흠칫할 정도입니다만, 한편으로는 얄궂게도 이 정도 궁지에 몰리지 않는 한, 간단히 써서는 안 되는 스킬이라는 것 역시 분명합니다.

간단히 썼다면 간담이 서늘해지는 일을 겪었겠지요.

무의식적으로 봉인해 버릴 정도의 위험성이 있는 것입니다.

자박이냐 자폭이냐의 양자택일에 가깝습니다.

미숙한 저의 정신상태에도 좌우되는 '그림 그리기'… 그때의 소동처럼 여기서 '4명의 나데코'를 탄생시키는 건 절대 안 됩니다.

정말로 안 됩니다.

그야 이상적으로 말하자면 '식량 조달 담당 나데코', '판잣집 건설 담당 나데코', '의복 봉제 담당 나데코', '생존자 수색 담당 나데코'를 바위 표면에 그리고, 저도 포함해서 다섯 명의 팀으로 협력 태세를 구축하고, 무인도 생활의 새로운 스타트를 끊으면 광명이 보이기 시작할 공산이 높겠지요. …그렇지만 단순히 지난번의 전철을 밟을 가능성도 높습니다.

별개의 리얼리티 방송이 되어 버립니다.

그때와 달리 오기 씨의 협력도 바랄 수 없고… 그때, 오기 씨는 상황을 혼란스럽게 만들었을 뿐이라고도 할 수 있습니다만. 아무리 쓸쓸하다고 해도, 이곳에 독립된 인격을 지닌 자신의 클론을 만들어 낸다는 것은, 방에 있는 관엽식물에 말을 거는 듯한 두려움이 느껴집니다.

병든 정신을 더욱 악화시킬지도 모릅니다.

애초에 (그것도 지난번에 그랬던 것처럼) 그렇게 이치에 맞는 역할분담 따위, 문자 그대로 그림의 떡이라고요. 식신을 만드는 능력과 식신을 조종하는 능력은 전혀 다릅니다.

그렇다면 떡을 그리는 편이 낫습니다.

다만 제가 이 스킬을 발동시킨 직후, 전 흡혈귀인 키스샷 아세로라오리온 하트언더블레이드, 이른바 오시노 시노부짱이 시험해 준 바에 의하면, 이 '사족의 스킬'은 먹을 것을 출현시키는 데는 별로 적합하지 않은 듯합니다.

그림에 그린 도넛을 출현시켰더니, 지점토 맛이 났습니다. 그림 실력 문제도 있겠습니다만 구현화의 한계도 있는 것이겠지요. 그리는 것이 종이라면 몰라도 바위가 되면 먹었을 때에 이가 깨질 우려도 있습니다…. 새끼 양을 잡아먹으려던 늑대도 아니고, 배 속에 바위 같은 것을 채워 넣었다간 바닷속에 가라앉게 된다고요. 무게 추의 효과는 이미 경험을 마쳤습니다.

아무리 산양 요리가 오키나와의 명물이라고 해도.

같은 논리로 유기체는 무리라고 생각됩니다. 적어도 지금까지 성공 사례는 없습니다. 생물을 낳는 것은 터부일까요, 그 부분에야말로 한층 강하게, 제 안에서 무의식의 브레이크가 걸려 있는지도 모릅니다.

요컨대 물고기나 소나 돼지 같은 경제 동물을 낳는 것은 불가능합니다. 역나데코나 얌전나데코나 교태나데코나 신나데코 같은 명백한 괴이라면 이야기는 다릅니다만… 아뇨, 요괴를 먹는 것은, 그야말로 괴이 살해자인 시노부짱의 전매특허겠지요.

그러므로 출현시키고 싶고, 그러면서도 출현이 가능한 것은 순당하게 봐서 '집'과 '옷'일까요.

바라던 '의식주' 중의 '의'와 '주'입니다.

알몸으로 전신이 모래투성이가 되는 생활에는 이제 슬슬 진절머리가 납니다. 이런 것은 전혀 이부스키 같지 않습니다. 사막의 전갈인가요, 저는. 나쿠나짱은 저를 사갈蛇蝎처럼 싫어했습니다만, 저는 사갈에서 '사蛇' 쪽입니다.

아니면 사막의 뱀은 모래 속으로 파고드는 것일까요?

동면처럼.

사막에서 동면… 뭔가 좀 아니네요.

그건 그렇고, 능력을 사용할 때의 주의사항은 진절머리 날 정도로 아직 이어지는데, 자신의 생존이라는 의미에서는 햇볕이나 스콜을 피할 수 있는 '집'을 우선해야 합니다만, 이론상으로는 출현이 가능한 이 무기물을, 저는 출현시킬 수 없습니다.

이것은 능력적인 속박이 아니라 아마도 미숙한 제가 이 스킬을 그렇게까지 완벽하게 사용하지 못하고 있다는 뜻입니다. 거대한 괴이는 가능해도, 거대한 집은 무리입니다.

그러므로 비행기나 배도 만들 수 없습니다.

어쩌면 사이즈는 물론이거니와 물리적인 파워가 저의 역량을 넘었을 가능성도 있습니다. 미니어처 집이나 미니카, 보틀 십이라면 만들 수 있을지도 모릅니다만, 그런 쪽의 오락에는 아직 손을 대지 않았습니다.

저택 건설이 가능하다면, 애초에 혼자 살게 되었을 때에 가엔씨의 도움이 없어도 괜찮았을 거라는 이사 사정도 있습니다. 혹은 생명을 낳는 것을 터부시하고 있는 것처럼, 저는 집 만들기를 정신적으로 거부하고 있는지도 모르겠네요.

'집 만들기'와 '가족 만들기'

뭔가 통하는 터부를 느낍니다.

참고로 '불'이나 '물'을 그리면 피칭 연습으로부터 해방되는 게 아니냐는 당연한 지적에 관해서는, '그림 실력 부족'이라는 한심한 대답이 준비되어 있습니다.

엘리먼트element를 그리는 것은 엄청 어렵습니다.

그런 것은 지금은 디지털로 처리하고 있으니까요…. 하다못해 이 섬에 스크린톤이 자생하고 있다면… 다만 돌을 바위에 계속 던지는 것으로 불을 피웠던 그 불 피우기는, 저의 이 스킬이 엮여 있기에 가능했던 일이 아닐까 하고 지금 와서는 생각합니다만.

요컨대 언뜻 치트처럼 보이는 저의 자질은, 현재는 기껏해야 '옷'을 만드는 데 외에는 쓸데가 없다는 이야기입니다. 하지만, 이 상황에서 배부른 소리는 할 수 없습니다.

만만세라고요, 옷을 입어도 괜찮다니.

꿈꾸고 있던 대로, 옷을 입을 수 있으면 탐색 범위를 산속까지 넓힐 수 있고, 그렇게 하면 나무 열매나 과일이나 식수 등의 음식 조달, 땅굴이나 종유동굴 같은 부동산 물건 순회, 그리고 이미 72시간은 한참 지났습니다만 같은 비행기에 탑승하고 있던 다른 생존자들의 수색 등등, 왠지 모르게 막다른 골목에 몰린 느낌이었던 무인도 생활의 루트가 사방팔방으로 확장됩니다.

업데이트입니다.

그렇게 되어서, 바위에 옷을 그립니다.

어쨌든 자신이 입을 옷이니까, 갑자기 그리는 것은 실패가 두려우므로 물가에 있는 원고용 바위에 검지로 어림잡아 그립니다. 잉크 대신 바닷물을 사용했습니다.

밑그림이라고 할까, 옷본이네요.

이렇게 그린 선을, 이후에 뾰족한 돌로 정성껏 깎아 내면 저나름의 벽화가 완성되는 것입니다. 월 아트에 손을 댄 적은 없고, 그 이야기를 하자면 애초에 저는 저의 '사족의 스킬'을 혼자서 사용한 적조차 없습니다.

항상 오노노키짱이나 시노부짱, 가엔 씨나 카게누이 씨 같은 전문가의 서포트 (혹은 감시) 하에, 극히 안전하게 이루어지고 있었습니다. 안전하게 이루어지고 있었는데도, 수많은 실패를 저질러 버렸습니다.

불안할 뿐입니다.

다시 생각해 보면 옷을 원한다는 속된 이유로 전문가의 허가도 없이 이렇게 위험한 스킬을 자기 보신을 위해 사용해 버려도, 정말로 괜찮은 걸까요? 세상의 법칙을 사전 양해도 없이 비틀어 버리는 게 아닐까요?

과거에 저지른 잘못에 대한 반성에서 그런 의문이 이제 와서 고개를 쳐들었습니다만, 그러나 가엔 씨를 필두로 하는 전문가 여러분은 그 정도의 트러블을 일으킨 저에게 '이제 앞으로는 절대 아무것도 하지 마라'라고는 말하지 않았습니다.

마음만 먹으면 그렇게 할 수 있었을 텐데, 봉인하지도 금지하지도 않았습니다.

저 따위가 폭주해도 어려움 없이 막을 수 있다는 자신감도 있었겠습니다만, '다음번에는 잘 하도록 해'라는 질타와 격려의 뜻도 있었다고 생각합니다.

이 상황에서 위축되어서 가지고 있는 능력을 완전히 발휘하지 않고, 겁먹고 제대로 쓰려 하지 않는 것이야말로 그 사람들에 대한 배신이 되는 게 아닐까요. …괜찮습니다, 신중에 신중을 기하고 있습니다.

음식이라든가 생명이라든가 집이라든가 엘리먼트라든가, 현 시점에서는 구사하지도 못할 화풍에 막무가내 챌린지 정신으로 도전하지는 않습니다. 반대로 여기서 옷 한 장도 구현화시킬 수 없어서는, 애초에 카이키 씨를 따라와서는 안 되었습니다.

자, 저는 어떤 옷을 입고 싶을까요?

전통 복장이어도 상관없습니다만.

너무 복잡한 구조의 옷을 그리는 게 현실적이지 않다는 건 앞서 이야기한 대로입니다. 모래밭에 나뭇가지로 그리는 것보다도, 바위 표면에 돌로 그리는 쪽이 어렵겠지요. 드레시하지 않은, 되도록 매끈한, 요철이 적은 옷… 그러면서도 피부를 드러내지 않는, 몸 전체를 덮는 옷. 그렇게 되면 웨트슈트 같은 전신 타이츠가 되겠습니다만, 그렇게까지 특징이 없어져 버리면 무슨 그림인지 오히려 알기 어려워져 버리겠네요.

시험 삼아 그려 볼 것도 없이, 우주인 그레이의 벽화가 되어 버리는 결과를 생생히 이미지할 수 있습니다. …이미지되어 버린다는 건 안 좋은 것입니다, 제 경우에는.

생명은커녕 우주 생명을 낳아서 어쩌려는 건가요. 나스카의 지상화를 진짜로 체현하게 된다고요. 무인도 생활에서 우주 배틀로 이동하는 건 사양하고 싶습니다. 무인도 생활 시점에서 사양하고 싶습니다만.

그렇습니다… 이미지입니다.

반대로 말하면, 저만 알아볼 수 있으면 다소 서툴러서 다른 사람에게 엉망진창인 선으로밖에 보이지 않는 상형문자라도, 그걸로 충분하다고도 할 수 있습니다. 애초에 저의 풍자화를 논평할 '다른 사람' 따위 이 섬에는 없으니까요.

제가 이미지하기 쉬운 옷… 지금까지 15년 반의 인생에서 가장 많이 입어 왔던 옷. 뇌리에 새겨져 있고, 비슷한 옷을 보면 '그 옷 계통이 아닐까?'라고 생각해 버릴 정도로 머릿속에서 패턴화, 옷본화되어 버린, 기준이 되는 옷.

학교 수영복? 블루머?

아뇨아뇨아뇨아뇨아뇨아뇨아뇨아뇨.

장난치지 마시라고요, 정말.

등교거부아가 된 이래로 트레이닝복 생활도 1년 이상 이어지고 있습니다만, 횟수로 말하면 역시 그쪽이 더 많겠지요. 한 달에 35일 비가 내리는 것처럼… 당연한 것처럼, 매일처럼, 평상복처럼, 아무런 의문도 없이 그것을 입고 있던 시절이 있었습니다.

하지만 입게 될 것이라고는 생각하지 않았네요.

앞으로 두 번 다시, 나나햐쿠이치 중학교의 교복을.

013

등교거부아가 최종적으로 교복을 입고 원래 있던 학교에 다시 다니게 된다는 해피엔드는 요즘 시대에는 별로 없고, 저에 이르면 이미 교구 밖으로 이사해 버렸습니다만, 그러나 결과적으로, 치가 떨릴 정도로 능숙하게, 저는 교복을 구현화 할 수 있었습니다.

하복입니다.

트라이 앤 에러의 반복도 상정했습니다만, 바위를 돌로 득득 깎아 낼 것도 없이 바닷물로 밑그림을 그린 시점에서 메모리얼 대로의, 오래 입어 낡은 교복이 무인도에 나타났습니다.

인공물이 전혀 없는 이 섬에.

물론 우리 학교… 옛 우리 학교의 교복은 요즘에는 드문 원피스 타입으로, 요컨대 매끈하고 요철이 없고, 세일러복이나 블레이저에 비해 그리기 쉽고 인식하기 쉽다는 기술적인 사정도 있습니다만, 아주 간단하게 '사족의 스킬'이 발동한, 그런 성공의 이면에는 생각 외로 저의 애착이 있었음을 의미하지 않는 것도 아니겠지요.

부끄러움을 금할 수 없습니다.

제대로 된 청춘이란 것에 미련을 잔뜩 남기고 있잖아요, 센고쿠 씨… 정말이지, 초고에서 목표를 달성해 버리다니, 콘티 쪽이 재미있는 만화인가요, 저는.

묘사하지 않은 속옷이나 양말, 스쿨 슈즈까지도 현현된 것을 보고 있으려니 정말 웃음밖에 나오지 않습니다. 교과서가 들어간 가방까지는 한 세트가 아니었다는 점이 참으로 센고쿠 씨답습니다.

입어 봐도 (1년도 넘게 입지 않다가 입어 봐도) 위화감이 전혀 없습니다. 성장기이니까 적지 않게 체격이 변화는 했을 텐데 (무인도 생활로 엄청 야위었습니다) 맞춤 제작한 것처럼… 원래 맞춤 제작한 옷입니다만, 어쨌든 딱 맞습니다. 2학년 도중까지 매일처럼 입고 있던, 이것이야말로 저의 교복입니다. 뭐랄까, 귀속의식 같은 것이 찌릿찌릿하게 자극됩니다.

그런 반의, 그런 같은 반 학생들의.

일원이었을 무렵.

예기치 않게, 라고 해야 할까요. 공교롭게도, 라고 해야 할까요. 신의 자리에서 내려온 뒤에 베리 쇼트로 깎은 저의 머리카락은 ('잘랐다'가 아니라 그야말로 '깎았다'는 느낌입니다) 이러저러하는 와중에 시간이 흐르고, 그리고 무인도에서의 야생 생활을 거치며 그 무렵의 저와 딱 같은 정도의 앞머리입니다.

바닷바람으로 모래투성이인 상태라 딱 같은 정도라고 해도 구현화한 교복 정도로 같지는 않습니다만, 여러 가지 일들이 있은 뒤에 마지막의 마지막에 스탠더드한 캐릭터 디자인으로 돌아온 것은 장기 연재만화의 클라이맥스 같아서 뜻밖에도 텐션이 오릅니다.

트레이드마크인 멋진 대사가 있다면, 지금이 말할 타이밍입니다.

없지만요, 저에게, 멋진 대사는.

멋진 표정을 지으며 그렇게 말하고 싶은 상황이라고요…. 어쨌든 염원하던 옷을 입수하는 데, 저는 간신히 성공했습니다.

자, 그러면 산수 시간.

아니, 산 수색 시간입니다.

좀 어수선하긴 합니다만, 여기서 느긋하게 잠깐의 휴식을 취하고 있을 여유는 없는 것입니다. 만족감은 만복감이 아닙니다. 마감에 쫓기는 만화가 같은 기분입니다만, 공복으로 쓰러지기 전에 산에서 식량을 조달해야만 합니다.

집을 발견할 수 있다면 더 좋고요.

거기에 생존자를 발견할 수 있다면 말할 것도 없습니다. 이제는 저도 알몸이 아니므로 당당히 다른 사람과 만날 수 있습니다.

어떤 의미에서는 알몸일 때 쪽이 당당했었다고도 말할 수 있습니다만, 장황하게 이유를 늘어놓으며 섬 전체 탐색에 나서지 않았던 것은 알몸이라 꺼려졌기 때문인지도 모릅니다.

혹은 이 섬에 표착한 다른 생존자도, 같은 이유로 어딘가에 몰래 틀어박혀 있었을지도… 모두가 의복을 구현화시킬 수 있는 마법의 사용자는 아닐 테고, 교복에 과도한 집착심을 가지고 있지도 않겠지요.

괜찮습니다. 옷이 없다면, 제가 만들도록 하죠.

한편, 숨어 있게 되면 발견하는 것에 고생할 것 같습니다만…
뭐, 우선은 도망치지도 숨지도 않는 음식부터일까요. 아마도 그
럭저럭 적당한 스케일의 각종 영양분이, 지금의 저에게는 압도
적으로 부족합니다.

일단, 멧돼지나 곰 같은 야생동물이 출현할지도 모르니 (도망
치지도 숨지도 않기는 고사하고, 쫓기게 됩니다) 무기를 가지고
가는 편이 좋을까요. 무지한 저도, 죽은 척으로 위기를 모면할
수 없다는 것 정도는 알고 있습니다.

엽총 같은 것은 구조를 잘 이미지할 수 없으므로 불가능하다
고 해도 심플한 타격무기라면 가능하므로 '사족의 스킬'로 구현
화시켜도 괜찮겠습니다만, 여기서는 핸드메이드 작살로 충분하
겠지요. 한 번도 바다에서 성과를 올리지 못했던 작살이 산에서
도움이 된다는 전개는 통쾌합니다.

바다에 떨어뜨려 버렸습니다만, 작살 2세는 10분이면 만들
수 있습니다. 그림을 그리는 것보다 만들어 버리는 편이 빠르겠
지요.

아뇨, 작살이 있든 없든 멧돼지와도 곰과도 가능하면 조우하
고 싶지 않습니다…. 야생동물 고기는 맛있다고 들었습니다만,
맛있게 먹히는 것은 제 쪽이니까요.

괜히 무기 따월 가지고 있지 않는 편이 곧바로 도망친다는 결
단을 내리기 쉽다는 사고방식도 있습니다만, 무기가 아니더라도
긴 막대는 산길에서 여러 가지로 도움이 될 것 같습니다.

셀카봉으로 사용하는 건 아니라고요?

무인도에 길이 있다고 한다면 그것은 짐승들이 다니는 길이겠습니다만… 그러면 출발할까요.

누디스트 비치에 돌아올 수 없게 되면 곤란하므로 (단 한 번의 산 수색으로 동굴까지 발견하겠다는 생각은 하지 않습니다) 틸틸과 미틸의 이야기처럼, 옛 돌의 능력 사용자로서 뒤편으로 돌을 떨어뜨리면서 미지의 길을 향해 발을 내딛습니다. …헨젤과 그레텔이었던가요?

과자의 집이 있으면 좋을 텐데… 그렇다면 몇 개의 문제가 동시에 해결되는 걸까요.

수풀에 들어가고, 거기서 멈추지 않고 지금까지의 행동 범위를 대담하게 일탈해서 앞으로 나아가 보니, 역시 길 같은 길 같은 건 짐승의 길조차 없어서 금방 작살이 도움이 되었습니다. 풀이나 나뭇가지를 팍팍 털어 버리면서 안으로 또 안으로 계속 나아갑니다.

오늘은 아직 스콜은 없습니다만, 앞으로 가면 갈수록 습기가 확확 높아져 갑니다. 한여름 같네요.

입은 지 얼마 안 되는 교복도, 금방 땀에 젖었습니다.

한편 태양 빛은 나무들에 가려져 있는 것을 보니, 밤에는 들어오지 않는 편이 좋을 것 같습니다. 아무리 별빛이 밝아도 산속은 칠흑 같은 어둠이 되겠지요.

뭐, 그래도 태양 빛이나 호우가 퍼붓는 해변보다 다소는 발밑이나 시야가 좋지 않더라도, 산속 쪽이 저의 특기 분야입니다. 산에 드나들고 산에서 살았던, 센고쿠 나데코의 진짜 실력을 발휘할 수 있습니다.

그 무렵도 결코 무위무책의 교복으로 산에 오르고 있었던 게 아니라, 나름대로 트레킹 장비는 갖추고 있었습니다만… 하지만 스쿨 슈즈라도 맨발보다는 낫습니다.

딱히 정상에 오르려는 것이 아니므로 정처 없이 어슬렁어슬렁 배회하게 됩니다만… 실제로는 자연식이라도 집이라도 서바이 버라도 발견할 수 있다면 순서에 구애되지는 않습니다만, 저의 생명 유지라는 기본이념을 돌아보면, 우선 역시 나무 열매를 발견하고 싶습니다.

나무 열매라고 막연하게 말했습니다만 잡초, 즉 야생의 풀을 먹는 법을 숙지하고 있다고는 말할 수 없습니다…. 산나물 채취에 관한 지식은 전혀 없습니다. 가을의 일곱 가지 풀*도 봄의 일곱 가지 풀*도 여름의 일곱 가지 풀도 겨울의 일곱 가지 풀도, 단 하나도 말할 수 없습니다.

애초에 여름의 일곱 가지 풀과 겨울의 일곱 가지 풀이란 게 있는 걸까요?

그러니까 사과나 파인애플, 바나나처럼 알기 쉬운 (그러면서도 먹기 쉬운) 프루츠가 있어 준다면 큰 도움이 되겠습니다만… 어라, 버섯이 있네요.

미끄러지지 않도록 발밑에 신경을 쓰고 있었는데, 하마터면

※가을의 일곱 가지 풀(秋の七草) : 싸리, 억새, 칡, 패랭이꽃, 마타리, 등골나물, 도라지. 가을에 즐기기 좋은 식물로, 일본에서 가장 오래된 시가집 『만엽집(万葉集)』에 실린 것에서 유래한다.
※봄의 일곱 가지 풀(春の七草) : 미나리, 냉이, 떡쑥, 별꽃, 광대나물, 순무, 무. 일본에서는 음력 1월 7일에 이 일곱 가지 풀을 죽에 넣어 먹으며 건강을 기원하는 풍습이 있다.

밟아 버릴 뻔했습니다. 으~음, 버섯인가요….

느낌으로 판단하고 먹기에는 하이리스크를 느낍니다.

독버섯이라는 것은 모든 버섯 중에서 단 몇 종류밖에 없다는 지식을, 어떤 책(만화)에서 읽은 듯도 한데… 반대였던가요? 먹을 수 있는 버섯이 모든 버섯 중에서도 단 몇 종류밖에 안 되는 것이었던가요?

고기직설은 무슨 책을 읽었습니까[*]?

책에만 의지하는 것도 위험하겠지요.

여차하면 모 아니면 도의 도박에 나서는 것도 어쩔 수 없겠습니다만, 명백히 표고버섯이나 송이버섯 같은 것처럼 확정할 수 있는 버섯이 아닌 한, 탐을 내지 않는 편이 무난하겠지요. 팽이버섯 같은 것도 자생하고 있는 모습은 조금 무섭지요. 한편 송이버섯이 자라고 있다면 저는 이 무인도를 독점할 방법을 생각해야만 하게 됩니다.

그건 그렇고 버섯이 아니라 나무뿌리를 먹는다는 방법은 어느 정도로 현실적일까요? 나뭇잎도 먹으면 다소는 영양이 되는 걸까요? 풀잎이라도, 허브라든가 민트라든가 쑥이라든가 바질이라든가… 뜨거운 물로 우릴 수 있으면 차를 마신다는 사치가 허락될지도 모릅니다.

다만, 나무뿌리를 인간의 위장이 소화할 수 있을지 어떨지….

※고기직설은 무슨 책을 읽었습니까 : 『십팔사략(十八史略)』에서 송나라의 왕안석(王安石)이 조변 (趙抃)에게 당신은 책을 읽지 않고 앉아 있기만 한다고 질타하자 조변이 되물었다는 말이다. '고기 직설'은 고대 중국의 명군으로 전해지는 순 임금을 모신 네 명의 뛰어난 신하를 이른다.

김은 일본인밖에 소화할 수 없다는 이야기를 주워들은 적이 있습니다만, 지금은 지식보다도 음식을 주워 들고 싶습니다.

나무 열매를 찾으며, 혹은 버섯의 유혹에 지지 않도록 하면서, 넘어지지 않는 정도로 나무 위쪽을 향해 시선을 들게 되었습니다만 좀처럼 그럴싸한 것은 발견할 수 없었습니다. 생각해 보면, 먹을 것이 전부 나뭇가지에 매달려 있다고만은 할 수 없지요.

맞다, 나무뿌리는 둘째 치고 뿌리채소류는 발밑 정도가 아니라 눈에 보이지 않는 땅속에서 자라고 있지 않던가요. 작살을 개조해서 삽을 DIY할까요… 참마를 부러뜨리지 않고 잘 캐내서… 아뇨, 괜찮습니다, 부러뜨려도 딱히 문제는 없습니다.

모양새에 구애되지 않습니다.

하자가 있는 참마라도 대만족입니다.

험한 산속을 활보할 때 다치지 않도록 저는 꺼림칙한 교복을 입은 것입니다만, 그래도 역시 어느샌가 손끝이 까져서 피가 조금 나기도 하네요…. 역시 무모하게 알몸으로 도전하지 않기를 잘 했던 것 같습니다.

뭐, 피칭 연습으로 원래부터 엉망이었던 손이므로 이제 와서 새로운 상처가 나는 것이 신경 쓰이지는 않습니다만… 하지만 나무 열매 이전에 식물 자체가 독버섯처럼 유독한 것일 경우도 있으니 그쪽으로는 신경 써야만 합니다.

섣불리 건드렸다간 피부가 퉁퉁 부어오르는 식물.

옻나무가 유명합니다만 아마도 그 밖에도 더 있겠지요. 산에는 위험이 가득합니다. 유독하지는 않더라도 장미처럼 뾰족한 가시가 많은 식물도 있으니까요.

전방위로 방심할 수 없습니다.

장갑도 만들어야 했을까요.

어쨌든 트뤼프를 발견하는 돼지도 아니고, 땅속에 묻혀 있는 뿌리채소를 발견하는 기술은 저에게 없으므로 나무 위로 시선을 되돌렸습니다만… 이런, 저 멀리에 벌집처럼 생긴 물체를 발견했습니다.

벌집이…!

소의 벌집위가 아니라 진짜 벌집이…!

벌꿀을 얻기 위해 용감하게 작살로 쳐서 떨어뜨린다는 선택지도 있습니다만, 저도 그렇게까지 어리석지는 않습니다. 저것이 꿀벌의 벌집이 아니라는 것 정도는 판단할 수 있습니다.

벌집 주위에 벌이 날아다니고 있지 않으므로 확실히 단언은 할 수 없습니다만, 왠지 모르게 말벌집 같지 않나요…? 자기도 모르게 뒷걸음질치고 말았습니다. 산에 들어간 뒤로 곰이나 멧돼지만을 경계하고 있었습니다만, 일본의 야생 생물 중에 인간을 가장 많이 죽인 것은 육식동물이 아니라 말벌이지요.

정말, 말이라는 동물의 이름을 붙일 만도 하네요… 카이키 씨가, 예전에 카렌 씨를 홀리게 만들었다는 괴이, 그것은 무엇의 벌이었더라? 카코이히바치?

카렌 씨는 산을 오르는 게 아니라 산에 틀어박혀서 수련을 할 것 같은 느낌이지요.

말벌이라도, 벌의 애벌레는 먹을 수 있지 않을까 하는 건식가[*]
정신이 제 안에서 전혀 생겨나지 않았던 것은 아닙니다만, 그러
나 거리를 두면서 가만히 관찰해 보기로는, 아무래도 저 벌집에
는 꿀벌도 말벌도 살고 있지 않은 것 같았습니다.

이사가 버린 뒤일까요.

벌조차 주거지에 구애되고 있는데 저는 2주에 걸쳐 모래에 파
묻혀서… 이 얼마나 한심한 꼴인가요. 지금으로서는 땅굴도 종
유동굴도 발견하지 못했습니다.

이 무인도가 가령 오키나와 지방이라면, 천연동굴이 있더라도
딱히 대단한 스토리는 아니겠습니다만… 차라리 등산객을 위한
대피소 같은 곳이라도 괜찮습니다.

그렇게 과대망상도 아닙니다.

말도 안 되는 이야기는 아닐 것입니다.

무인도라고 해서 옛날부터 계속 무인도였다고만은 할 수 없으
니까요. 그 왜, 지금은 그립게 느껴지는 비행기 안에서 오노노
키쨩이 말했었잖아요. 무인도 생활에서 정신적으로 시달린 제가
슬픈 기억을 날조한 것이 아니라면.

아뇨, 날조가 아니라 타케토미초의 유부 섬은 한때 무인도가
될 뻔했다가 부흥하는 데 성공했다고 오노노키쨩이 확실히 말했
었습니다. 그렇다면 부흥에 실패한 과거의 유인도가 어딘가에
있어도 그리 이상한 일은 아니겠지요.

※건식가(健食家) : 식욕이 왕성하여 무엇이든 많이 먹는 사람.

그런 섬이 이곳이라고 해도.

다만 지금까지 길이 아닌 길을 걸어오는 동안에도 아직 인공물 하나 보이지 않는 것을 보면 덧없는 희망이기는 합니다. 설령 텅 빈 페트병 하나라도, 입수만 할 수 있으면 엄청 고마울 텐데 말이죠.

아뇨, 아뇨. 대자연을 아끼고 사랑합시다.

알몸이 아니라 교복으로 무장한 저는, 지금은 자연의 일부라고는 말하기 어렵습니다만 ('숲에서 나가라, 인간이여!') 그러나 숲속 깊이 헤치고 들어가면 들어갈수록, 잠들어 있던 감각이 연마되어 가는 것 같기는 합니다.

귀를 기울이면 이쪽저쪽에서 생명의 숨결이 들려오는 것 같아서… 실제로 들려오네요. 나무들이 흔들리는 소리와 벌레 우는 소리와, 그리고 물이 졸졸 흐르는 소리가.

물이 흐르는 소리… 골짜기일까요?

아뇨, 이것도 날조된 환청이 아니라면 골짜기는 엄청 희소식이라고요. 물론 지금 저의 몸이 원하는 것은 수분이라기보다는 영양분입니다만, 물통도 없이 산으로 뛰어든 무모함을 골짜기는 커버해 줄 수 있습니다.

오히려 물의 발견은 금맥 발견 급의 골드러시가 아닐까요? 제가 말벌… 이 아니라, 꿀벌 눈물 정도의 물을 확보하기 위해 해왔던 과중한 노동을 생각하면, 가치관이 폭락할 정도의 고마움이라고요.

송이버섯의 양식에 성공한 것 같은 상황입니다.

게다가 소금물이 아닌 물이 흐르는 골짜기 주위라면, 필연적으로 자연적으로도 풍요로울 테고… 있지 않을까요, 제가 바라던 과일 디저트 전문점이. 누디스트 비치가 아닌 남국 리조트가.

민물고기도, 바다의 물고기에 비하면 잡기 쉬워 보이는 이미지가 있습니다. 호신용으로 가지고 온 작살이 설마 이런 형태로 도움이 될 줄이야! 뭐, 실제로는 돌을 사용하겠지만요!

산에서 조난당했을 때는 골짜기를 찾은 뒤에 흐르는 물을 따라 밑으로 내려가면 된다는 토막 상식은 옳지 않다는 모양입니다만, 저는 물소리가 들리는 쪽으로 방향을 전환합니다.

절벽을 내려가는 정도는 아니어도 꽤 급한 경사면이었습니다만, 등에 배를 바꿀 수 없다는 말이 있지요. 등에 공복을 바꿀 수는 없습니다. 저는 때때로 네발로 기듯이 하면서 수리권[*]을 요구합니다.

역시, 교복을 입더라도, 완전히 짐승이네요.

결론부터 말하면 도착한 곳은 골짜기는 아니었습니다. 그거 봐, 역시 나데 공의 평소의 그거 라고 말하는 교과서 읽기 어조의 대사가 들려옵니다만, 있었던 것은 기대 이상의, 골짜기 이상의 것이었습니다.

있던 것은 수도였습니다.

이런 곳에 수도가?

※수리권(水利權) : 하천의 물을 독점적으로 개발해서 사용할 권리.

여기는 가마쿠라였나? 아니면 에도?

아뇨, 과거로 타임슬립한 게 아니라.

갑작스러워서 당황하고 말았습니다. 역시 침착함이 필요하네요. 참고로 무로마치가 어디에 있는지는 공부가 부족해서 저는 모릅니다. 수도가 아니라, 수도꼭지처럼 물이 콸콸 쏟아지는 폭포입니다.

이른바 용소龍沼, 폭포 웅덩이였습니다. 골짜기 같은 소규모의 물이 아니라, 곁에 서 있기만 해도 물보라를 뒤집어쓸 정도로 대규모의 물입니다.

여기는 나이아가라였던 걸까요?

캐나다까지 표류?

이거 참, 그 정도의 폭포까지는 아니겠습니다만, 제가 느끼는 원근법에서 저는 그 정도로 압도되었던 것입니다. 대체 뭐였을까, 잎사귀 뒤편을 할짝거리던 그 생활은.

걸어서 한 시간도 걸리지 않는 거리에 이렇게 멋진 샤워장이 있었다니… 아뇨, 직접 샤워를 하려고 했다간 폭포 수행이 되어 버릴 것 같은 낙차입니다만.

납작해져 버릴지도 모릅니다.

하지만 이 물을 뒤집어쓰지 않을 수 없었습니다.

저는 교복을 벗고, 다시 알몸이 되어 연못으로 뛰어들었습니다. 지금까지의 땀이나 때는 모래 목욕과 해수욕과 스콜로 씻어 내고 있었습니다만, 민물에 몸을 담글 수 있다면 저는 1초라도 주저하지 않고 야생으로 돌아갈 거라고요.

물론 벌컥벌컥 마십니다.

온 내장을 물로 채웁니다.

위생적으로 생각하면 민물이든 샘물이든 무조건 끓여서 소독하는 것이 적절하겠습니다만, 본능적인 욕구 앞에 생각이 따라오지 못했습니다.

이 경우 다소, 배탈이 나도 괜찮다고요.

마치 되살아나는 듯한 기분… 불사신의 괴이란 되살아날 때에 이런 느낌일까요? 흐르는 물의 차가운 느낌도 아주 기분 좋습니다. 만약 생환할 수 있어도, 평생 목욕물은 뜨끈하게 데우지 않아도 괜찮다는 생각까지 했습니다. 앞으로는 한겨울에도 냉수 목욕입니다.

"하아…."

흥분이 가라앉고 제정신을 조금 되찾자, 감기에 걸리는 것은 곧 치명상이라는 무인도의 잔인한 룰이 떠올라 냉수 목욕의 맹세를 반려하고 연못에서 기어 나와서, 앉기 편해 보이는 주변의 바위에 알몸인 채로 앉아 잠깐 휴식을 취하기로 했습니다.

물에 빠진 생쥐 꼴입니다만, 배스타월이라는 생활필수품이 없으므로 몸이 마르기를 그대로 기다립니다. 이 부근은 숲의 위쪽도 트여 있어서 햇볕도 나름대로 내리쬐고 있으므로… 뭐, 금방 마르겠지요.

그렇게 짐작한 휴식이었습니다만, 몸 쪽은 둘째 치고 무인도 생활로 마냥 길어진 머리카락은 좀처럼 마르지 않았습니다.

목측을 잘못했습니다.

요즘은 베리 쇼트에 익숙해져 있었거든요.

배스타월보다도 드라이어가 있었으면 하는 국면이었을까요. 멱감기에 깊이 빠져 있다 보니 (비유입니다. 발이 닿는 깊이였습니다) 그렇게까지 신경이 쓰이지 않았습니다만, 수면을 가만히 보니 이 거리에서도 작기는 해도 물고기의 모습을 관찰할 수 있었습니다. 최악이라도 이곳에서 곧바로 굶어 죽는 일은 없을 것 같네요. 차라리, 여기에 거점을 만들까요?

누디스트 비치를 떠나는 것에는 미련이 남아서 너무너무 아쉽습니다만, 물과 식량을 확보할 수 있다면 망설일 여지는 없습니다. 남은 건 이 부근에 살기 편해 보이는 역세권의 동굴이 있다면 더 할 말은 없습니다. …잠깐 기다려 주세요!

없을지도 모른다고요, 할 말이!

이야기의 화자가 침묵할지도!

폭포수 뒤편에 보물이 감춰진 동굴이 있지 않을까 하고 꿈을 꾸는 듯한 시선을 던지자, 아뇨, 그런 것은 당연히 없었습니다만 그러나 그 과정 중에 저는 맞은편 물가를 보고 말았습니다.

땅굴도 종유동굴도 아닙니다.

그러나… 빈 구멍을.

수령 1000년은 되어 보이는 굵은 거목의 밑동 부근에, 뻥 하고 큰 구멍이 뚫려 있었습니다. 많은 것을 찾아다닌 끝에 아무것도 없는 허공을 발견한다는 것은 헨젤과 그레텔이 아니라, 그야말로 틸틸과 미틸 쪽의 스토리 라인입니다만, 그러나 이것은 제가 살던 마을의 산에서는 찾을 수 없는 처음 보는 부동산이었습니다.

말하자면 나무 기둥에 파인 동굴이라고요.

쾌적하다고는 도저히 말할 수 없겠습니다만, 저 구멍이라면 저의 리딩 누크reading nook가 되어 주지 않을까요……? 이렇게 멀리서 보기로는 비바람과 햇살을 피하기에 충분한 사이즈라고 생각됩니다.

누워서 뒹굴거리기는 어렵더라도, 어떻게든 웅크리고 잘 수는 있을 것 같다… 고 보입니다. 한산한 해변과 달리 몸을 편하게 뻗을 수 없게 됩니다만, 몸을 쭉 뻗더라도 모래에 묻혀서 수면을 취하는 것을 생각하면 천국과 지옥이라고요.

휴식도 중요하지요.

이렇게 앉아서 시점을 물리적으로 낮추지 않으면, 각도로 봐서는 분명 놓쳐 버렸을 주거였겠지요…. 우연의 산물이기는 합니다만 역시 산속은 저의 영역입니다. 저의 영향력의 영역입니다.

문제는 새로운 집의 가장 가까운 역인 맞은편 물가까지 어떻게 건너가는가, 입니다만…. 발이 바닥에 닿는 깊이이기는 합니다만 어쨌든 폭포니까요. 강바닥의 어딘가가 갑자기 깊어지거나, 폭포의 웅덩이에 삼켜지기라도 하면 확실히 목숨의 위기겠지요.

냉정해져서 돌아보면 목욕을 한 것도 물을 마신 것도, 사실은 그런 기세로 해서는 절대 안 되는 행동이었습니다. 생존 욕구란 이렇게나 무섭습니다.

설마 악어가 있을 거란 생각은 하지 않습니다만 거머리 정도라면 충분히 있을 것 같고요. 한눈을 팔았다간, 흘러가는 이 물줄기가 저에게 삼도천이 될지도 모릅니다.

하다못해 루비콘 강이었으면 좋겠습니다.

맞은편으로 건너가기 위해 뗏목을 만드는 것은 아무리 그래도 쓸데없는 노력처럼 느껴집니다. 닭을 잡는 데 소 잡는 칼을 쓰는 격입니다. 그렇다기보다, 저의 공작 능력으로 만든 뗏목으로는 오히려 이동 중에 분자붕괴를 일으킬지도 모릅니다.

오히려 위험합니다.

다만, 가이드 로프의 제작에는 도전해 봐도 괜찮겠지요. 바다로 나갈 때에 사용했던 생존 로프의 발전형입니다. 맞은편으로 로프를 던지고 그것을 의지해서 이동한다는, 말하자면 손잡이입니다. 수영장의 레인 같은…. 로프 끝에 돌을 묶어 투척해서, 맞은편에 있는 나무의 나뭇가지에 감는다. 돌의 능력 사용자로서의, 저의 마지막 임무네요.

이 센고쿠千石, 천 개의 돌을 다 쏟아붓겠습니다.

2주 전의 저라면 맞은편까지의 장거리 투척에 약한 소리를 했을지도 모릅니다만, 이 무인도에서 반복했던 피칭 연습은 센고쿠 나데코의 심신을 단련시켜 주었습니다.

그러고 보니 오키나와는 프로야구 팀의 전지훈련장이 있는 현이기도 했지요. 이렇게 되면, 지금까지의 모든 서바이벌이 이때를 위해서 있었던 것만 같습니다.

누디스트 비치에 놓고 온 생존 로프를 가지러 돌아가도 괜찮겠습니다만, 길을 잃으면 최악이므로 이 자리에서 새로 만들기로 했습니다. 재료인 덩굴은 주위에 무한으로 있습니다. 머리카락이 마를 때까지의 심심풀이로는 딱 좋은 뜨개질입니다. 넘어져서 또 머리카락이 푹 젖지 않도록, 여기서는 정성껏 뜨개질을 하기로 하죠.

연인에게 선물하는 머플러라도 뜨는 것처럼.

014

멀리 던지기의 비거리나 컨트롤에 문제는 없었습니다만, 돌을 묶어 던진 로프가 맞은편에 있는 나무의 나뭇가지에 빙글빙글 감기는가는 다른 문제였습니다.

야구 선수가 아닌 닌자의 기술이 필요합니다.

새로 생겨난 이 사소한 과제에 대해, 제가 어떤 수를 썼는가 하면… 몇 번이고 몇

번이고 몇 번이고 몇 번이고 몇 번이고 몇 번이고 몇 번이고 몇
번이고 몇 번이고 몇 번이고 몇 번이고 몇 번이고 몇 번이고 몇
번이고 몇 번이고 몇 번이고 몇 번이고 몇 번이고 몇 번이고 몇
번이고 몇 번이고 몇 번이고 몇 번이고 몇 번이고 몇 번이고 몇
번이고 건너편 물가에 돌을 계속 던져서, 끝내 저쪽 물가와 이
쪽 물가에 가이드 로프를 접속했습니다.

어떠냐!

솔직히, 투수를 이런 식으로 기용하면 어깨가 박살 납니다.
선수 생명의 클로저입니다. 옆에서 보면 흘림낚시를 계획하는
사악한 어부였겠지요. 이미 바위에 돌을 부딪치는 사악한 어부
이기는 했습니다만, 얼마나 낚시의 룰을 깨뜨리는 건가요, 저는.

어업권의 공부도 해야겠습니다.

자, 적당한 운동으로 기분 좋게 몸을 풀었고 머리카락도 완전
히 말랐으니, 이 로프 위를 따라 이동하죠. 슬랙라인*이 아닙니
다.

이 맑은 물을 건널 때 의지할 뿐입니다.

무인도 생활로 상당한 다이어트에 성공했다고는 해도, 그래도
저의 체중을 완전히 지탱할 수 있는 로프는 아니겠지요. 어디까
지나 물살에 떠밀려 방향을 잃지 않기 위한 기준일 뿐입니다.

여기도 역시, 알몸으로 건널 수밖에 없겠지요…. 교복은 잘

※슬랙라인(slackline) : 편평하고 탄성이 있는 줄 위에서 균형을 잡으며 다양한 동작을 선보이는
스포츠.

개고, 원피스를 봉투 형태로 만들어 바닥을 맞댄 신발을 싸서 냅색처럼 등에 메고 갑니다. 이것도 이것대로 닌자 스타일.

양말만은 따로 빼 두었습니다.

로프를 만들거나 말도 안 되는 투구를 반복하느라 조금 감각을 잃은 양손의 미끄럼을 방지하기 위해, 장갑 대신 사용하기로 했던 것입니다. 이거라면 맞은편 물가에 이동한 뒤에 혹시라도 옻나무를 건드리더라도 부어오르지 않겠지요.

맞은편 물가로 올라간 후에 맨발로 스쿨 슈즈를 신는 것은 땀이 나는 환경에서는 조금 찝찝하겠습니다만, 아무리 그래도 슬슬 보호하지 않으면 투수가 아닌 만화가 지망생의 손가락이 찢어져 버릴 것 같습니다.

연재를 시작하지도 않았는데 건초염에 걸리고 만다고요. 무직인데 직업병에 걸리는 것도 좀.

저는 다시 폭포 웅덩이 안으로 발을 들였습니다. 넘어지지 않도록, 발바닥을 미끄러트리듯 걷습니다. 조금 전의 충격적인 멱감기 때에는 별로 의식하지 않았습니다만 누디스트 비치의 물가와는 완전히 감각이 다르네요.

이런 강이라면 바다에 비해 위험이 적을 것이라고 자기도 모르게 방심해 버릴 것 같습니다만, 발이 미끄러져서 의식을 잃고 떠내려가고, 떠내려간 물줄기 끝에 또 폭포가 있을 수도 있다고 생각하면 등줄기가 오싹해집니다.

못 미더운 구명줄을 양말 장갑으로 붙잡으면서, 교복으로 만든 냅색을 등에 메고, 작살을 겨드랑이에 끼고, 알몸인 저는 조금씩 조금씩 이동합니다. 무엇을 하고 있는 인물로 보이고 있을까요, 지금의 저는.

냉정한 눈으로 보면, 닌자도 어부도 아닙니다.

갑자기 강바닥이 깊어지는 부분도 있어서 꽤 위험했습니다만, 벌벌 떠는 발걸음으로 어떻게든 악어에도 거머리에도 물리지 않고 저는 맞은편 물가까지 완전히 건너갔습니다. 구명줄도 도중에 끊어지지 않고, 끝까지 멋지게 자기 역할을 다해 주었습니다.

어쩌면 슬랙라인에도 견뎌 주었을지도 모르겠네요.

초조해 하지 않고 신중하게 물가로 기어 올라갑니다…. 그다음에는 다시 한동안 몸이 마를 때까지 암반욕의 시간입니다.

이번에는 머리가 젖지 않도록 주의했으니 그렇게 많은 시간은 걸리지 않겠지요. 본격적인 휴식은 천천히, 새로운 주거에서 취하도록 하겠습니다.

"후우…."

다리를 천천히 흔들면서 생각합니다.

이 하천을 앞에 두면, 이제 '물' 문제는 완전히 해결되었다고 치고… 스콜이 내릴 때 이 폭포 웅덩이에서 얼마나 수량이 증가하는가를 주의 깊게 관찰해야만 합니다. 정말 사치스러운 고민입니다. 출세했네요.

그러면서 '식'도 '주'도 '의'도, 드디어 재고 조사가 가능해졌다고 치고… 다만, 가장 빨리 해결한 과제였을 '불' 문제가, 아무래도 재연되기 시작하네요.

이 쾌적한 시추에이션에서 어떻게 '불'을 유지할까 하는 문제는, 절대적인 심모원려深謀遠慮가 필수 불가결합니다. 습도가 높으니까 불을 피우기 어렵다는 근본적인 난점도 있습니다만, 이 무인도에 와서 신나게 자연 파괴를 자행했던 저도, 산불만은 일으켜서는 안 된다고 이해하고 있는 것은 처음에 이야기한 대로입니다.

거대한 봉화를 피우는 꼴이 되므로 그걸 보고 구조 헬리콥터가 와 줄지도 모릅니다만, 그대로 경찰에 잡혀가 버려서는 무인도를 탈출했다고는 말할 수 없습니다.

갇혀 버리면 어떡하나요.

최근에는 그룹에서 탈퇴하는 것을 '졸업'이라고 말하거나 그룹이 해산하는 것을 '해방'이라고 말하기도 합니다만, 탈출 편 뒤에 탈옥 편을 연기할 생각은 없습니다.

하네카와 씨라면 할 거라고 말했습니다만 실제로는 아마도 하지 않겠지요. 적어도 지금의 하네카와 씨라면.

이곳에 거점을 만들 거라면 어떻게든 숲을 손상시키지 않는 형태로 불을 안전하게 관리할 방법을 떠올려야만… 누디스트 비치에서 대충 돌을 쌓아 만든 방수 화덕으로는 약간의 불안이 남습니다. 어떻게든 했다는 척을 해 왔습니다만, 지금이니까 이야기하는데 결국 워터프루프는 불가능했습니다.

착화 작업 때마다 산불이 날 리스크를 범할 바에야, 차라리 '불'을 깔끔하게 포기한다는 방법도 있습니다만… 끓이지 않은 물이나 익히지 않은 물고기로 앞으로 며칠을 버틸 수 있을지.

조금 전에 벌컥벌컥 마셨습니다만, 지금의 상태로 봐서는 배탈이 난 것 같지는 않고… 날생선은 어떨까요. 회라고 생각하면, 서바이벌 생활에서는 있을 수 없는 고급요리고… 아아, 하지만 강에서 사는 고기는 기생충이 무서웠던가요?

화재를 무서워해서 목숨을 잃는 것도 바보 같습니다. 마침 몸도 다 마른 것 같으니, 이 '불조심' 문제는 새로운 집에서 한숨 자고 난 뒤에 생각할까요.

애초에 새로운 집이 쓸 만한 곳인지 어떤지… 제가 잘못 보았을 뿐, 맞은편 물가에서 보였던 것만큼 거목의 구멍이 크지 않을지도 모르고, 뿌리가 썩어 있을지도 모릅니다.

희망적 관측에 빠져 있지 말기로 하죠.

희망에는 몇 번을 배신당했는지.

관측하는 것입니다.

저는 맨발에 신발을 신고 다시 교복을 입어서 햇볕에 그을린 피부의 안전을 확보한 뒤, 부동산을 살펴보러 향합니다. 물론 양말은 계속 손에 끼고 있습니다. 생각 외로 쾌적해서 나중에 양말을 한 세트 더 구현화시키는 편이 좋아 보이네요. 아뇨, 그럴 거라면 그냥 장갑을 구현화시키면 됩니다. 양말을 손에 끼는 것을 특별히 좋아하는 것은 아닙니다.

조금 경사가 급한, 멀리서 본 것보다는 깎아지른 듯한 지형 위에 튼실하게 뿌리를 내리고 있는 거목은, 가까이 다가가서 보니 오히려 훨씬 더 커다란 거목이었습니다. 그 구멍도 기대 이상의 면적입니다.

이거 참.

몸을 움츠리며 둥글게 말지 않아도, 큰대자로 드러누울 수 있을 것 같잖아요.

이렇게 큰 구멍이 줄기 한가운데에 뚫려 있어도 말라 죽지 않고 커다란 가지를 사방으로 뻗고 있으니, 정말이지 식물의 생명력은 놀랍습니다. 야쿠 섬의 명물인 야쿠 삼나무가 아니니까, 수령 1000년은 과장일지도 모르겠습니다만, 그러나 수백 년은 살았을 것 같은 이 나무를 앞에 두면 기껏해야 2주를 살아온 정도는 자랑할 수 없겠네요. 오차범위 내이기는 고사하고, 제로나 마찬가지입니다.

저였다면 훨씬 작은 구멍이 몸에 뚫리는 것만으로도, 금방 죽어 버릴 것 같은데….

"……!!"

뚫렸습니다. 구멍이.

저의 목에, 작은 구멍이, 그러나 두 개, 뚫렸습니다. 남을 저주한 것처럼, 구멍이 두 개.

두 개의 날카로운 송곳니에 의해.

015

흡혈귀에게 물린 것은 아닙니다.

목이라는 것도, 정확히는 발목입니다.

양말을 벗고 맨발에 스쿨 슈즈를 신고 있던, 그 발목입니다. 자세히 말하면, 아킬레스건에 가까운 위치입니다. 영웅 아킬레스조차 약점인 그 위치가 저의 급소가 아닐 리가 없습니다. 그러고 보니 벤케이 같은 호걸도 차이면 운다는 급소는 정강이였던가요? 누구라도 어디라도 상관없습니다만, 저는 쓰러졌습니다. 텅 빈 나무 구멍 안에, 텅 빈 눈동자로.

그렇구나.

이런 거구나, 이런 거야.

기대했던 대로 큰대자로 드러누워도 될 정도로 아주 넓었습니다. 그러나 그야말로 그 사실을 확인하기 위해 어두운 구멍 속으로 한 걸음 내딛은, 그 순간이었습니다.

밟았다고 생각한 순간, 깨물렸습니다.

뱀에게.

반사적으로, 그러면서도 본능적으로 제가 손에 들고 있던 작살이 번뜩여서 그 뱀의 머리를 쳐서 잘라 냈습니다. 그것은 특징적인 삼각형 머리를 하고 있었습니다.

스콜이나 산호초를 보고 거의 확신하고 있었습니다만, 이것으로 드디어 이 무인도가 오키나와 지역이라는 것이 확정되었습니다. …반시뱀입니다.

처음 본 소견입니다만, 일단 틀림없습니다.

이런 실수를.

뱀잡이 명인, 일생일대의 실수.

"아, 아파아아아아아아아아아아아아아아아아아아아아아아아

아아아아아아아아아아아아아아아아아아아아아아아아아아아아아아
아아아아아아아아아아아아아아아아아아아아아아아아아아아아아아
아아!"

바닥에 쓰러진 채로, 부끄러움도 체면도 내팽개치고 저는 소리쳤습니다. 듣는 사람도 없습니다, 그저 아픔을 참기 위해 큰소리를 지릅니다.

숲속에 쓰러진 고목처럼.

"○○○○○○○○○○○○○○○○○○○○○○○○○○○○○○○○
○○○○○○○○○○○○○○○○○○○○○○○○○○○○○○○○
○○○○○○○○○○○○○○○○○○○○○○○○○○○○○○○○
으윽!"

신음 소리조차 낼 수 없습니다.

반시뱀의 독은 신경독과 출혈독, 어느 쪽이었죠? 이런 때는무엇을 해야 됐었죠? 대충 흘려 읽었던 가이드북에 적혀 있던것 같은데… 혈청? 전화? 양쪽 다 제 손에는 없습니다. 발에도없습니다.

어째서 이런 일이. 어째서 이런 일이.

어째서 이런 일이. 어째서 이런 일이.

물린 것은 발목, 그것도 한쪽 발목인데도 온몸 전체 구석구석을 빈틈없이 깨물린 것처럼, 모든 부위에서 식은땀이 뿜어져 나옵니다. 온몸에서 피를 흘리고 있는 느낌이기도 합니다.

이 오른쪽 발을 잘라 내 버리고 싶어.

이런 사족蛇足을.

아냐, 아냐아냐, 잘라 내는 게 아니라, 묶는 거야… 상처를 씻고, 묶고. 폭포 웅덩이까지 돌아가면, 가이드 로프를 그대로 놔두었으니까, 그것을 지혈대로 삼아서….

간신히 완만하게 두뇌가 돌아가기 시작했습니다만, 몸 쪽이 손가락 하나 움직이지 않습니다. 몸을 꼼짝도 할 수 없다는 것은 이런 상황을 두고 하는 이야기입니다. 과거에 나쿠나짱에게 저주받았을 때, 저는 눈에 보이지 않는 뱀에게 몸이 휘감겼습니다만, 그것에 비할 수 없을 정도로 현실의 독사는 강하고 아팠습니다.

현실최강설現實最强說….

결과적으로 구멍투성이가 된 나쿠나짱에 비교해 봐도 저의 아킬레스건에 뚫린 구멍은 아주 미세한 것이었지만, 씩씩하게 일어서는 것은 전혀 불가능했습니다.

이 나무 구멍에, 드러눕듯이 쓰러진 채.

"구… 구멍."

비어 있는 구멍.

우회로… 우로.

우로코虛虛.

아라운도洗人… 우로코迂路子. 가엔 우로코臥煙雨露湖.

새로운 거점으로 삼으려고 생각했던 곳이 뱀의 둥지였다니… 하지만 근본을 따지면, 저는 아라운도 씨의 아지트를 찾기 위해서 비행기에 타지 않았던가요?

그 결과, 무인도에 갇히게 되었고… 밤시뱀.

"으으으으으으으으으으으으으… 으으으."

바다에서 헤엄치고 있는 것도 강에서 멱을 감고 있는 것도 아닌데, 폐 속의 공기가 전부 밖으로 빠져나가 버려서, 강제적으로 저의 비명도 줄어들기 시작했습니다.

등불이 꺼지는 것처럼.

밝은 다갈색 피부의 모든 부분이 통각 신경이 된 듯한 감각만은 또렷하게 남아 있는데, 기절조차 할 수 없습니다.

유일하게, 간신히 자유로운 머릿속으로, 저는 '이것은 과연 함정이었는지' 그 답을 찾습니다…. 단순히 저의 운이 나빴고, 부주의했던 것뿐일까요? 산이 자신의 영역이라느니 하며 우쭐하고 있었으니까? 빈 나무 구멍에 발을 들이기 전에, 작살 끝으로 먼저 와 있는 손님이 없는지 여부를 꼼꼼히 체크해야 했을까요?

아니면… 지금 와서 생각하면, 강변에 준비된 매력적인 목조 주택은 저라는 사냥감을 사냥하기 위한 함정이었을까요?

전자라면 괜찮습니다.

포기하겠습니다.

키타시라헤비 신사가 있는 고향 마을의 산에서, 저는 자신에게 걸린 저주를 풀기 위해 그만큼이나 많은 수의 뱀을 죽였습니다. 뱀에 물려서 죽는다는 최후는, 그야말로 인과응보입니다.

깔끔한 복선 회수입니다.

먹기 위해서, 돌을 사용해서, 물고기를 잡았습니다.

그러한 범죄와, 그 뱀 죽이기는 다릅니다.

짧은 기간이었다고는 해도 서바이벌 상황에서 살아남아 보고, 저도 간신히 그 무렵의 미숙한 행동을 반성할 수 있었습니다.

그랬습니다.

그때 제가 해야 할 일은 저주를 풀기 위해 산에 들어가서 수많은 뱀을 제물로 삼는 것이 아니라… 마주할 수 없었던, 눈길을 마주칠 수도 없었던 친구와 제대로 이야기를 하는 것이었습니다.

미안해, 쿠치나와 씨.

미안해요.

"………아~ 아~ 아~ 아~"

억지로 메마른 공기를 짜내면서 저는 계속 생각합니다. 모든 아픔들로부터 조금이라도 정신을 돌리기 위해서.

다만 이것이 단순한 인과응보가 아니라 뱀술사가 설치한 트랩이라고 한다면, 여기서 울부짖으면서 한시라도 빨리 죽고 싶다고 계속 바랄 수는 없습니다.

수습이라고는 해도, 저도 전문가입니다.

프로로서.

쓰러지더라도, 굴복할 수는 없습니다.

"아~… 으."

그렇습니다… 뱀 살해자.

저는 몸을 일으키지 못하는 채로, 그러나 흘러나오는 비명을 줄어들기 전에 자력으로 멈추고, 그 미약한 산소 분량의 기력으로 양말에 감싸인 손가락을, 손가락 하나 움직이지 않는 손가락을 미끄러뜨리듯이 구멍 내부를 더듬어서, 찾습니다.

더듬더듬 찾습니다.

발목의 상처를 묶기 위한 로프를.

요컨대, 방금 재빨리 죽였던 그 반시뱀의 **몸통**을.

저주를 풀기 위한 뱀 죽이기를 반성한다고 말해 놓고, 입에 침이 마르기도 전에 뱀의 몸통을 서바이벌의 도구로 사용하려고 하고 있으니, 저도 업이 참 깊네요.

뭐, 확실히 이것은 살기 위해서입니다.

먹는 것 이상의 행위입니다.

이제 와서 상처 주변을 묶어도 이미 독은 온몸의 혈관을 한 바퀴 돌아버렸을지도 모릅니다만, 그래도 할 수 있는 일은 하죠.

간신히 잡은 로프, 혹은 목 없는 시체로, 그것도 양말을 낀 손끝으로, 생각대로 발목을 묶을 때까지는 상당 이상의 시간을 요했고, 오히려 강하게 묶는 것으로 아픔이 배로 늘은 것 같기도 했습니다.

너무 아픈 나머지 잘라 내고 싶다고 고민했습니다만, 이래서는 어떻게 되든 괴사해서 떨어져 나가는 게 아닐까요, 저의 오른쪽 다리는?

괜찮아.

오른팔만 남아 있으면 괜찮습니다.

응급처치라고도 말할 수 없는 응급처치를 마치고, 이어서 저는 뱀의 둥지로부터 탈출을 시도합니다. 양말에 감싸인 손가락을 기듯이 움직였듯이, 이번에는 온몸을 꿈틀거리듯이.

이 모습은 그야말로 허둥지둥하는 한 마리 뱀.

뱀신 님이었을 무렵보다 뱀 같은 움직임입니다. 모래 이불에서 단련된 애벌레 무빙이, 이 상황에서 응용되고 있습니다.

이대로 폭포 웅덩이까지 1센티미터씩이라도 기어가서 상처를 씻는다…. 이왕 이렇게 된 거, 거머리를 찾아서 독을 빨아내게 하는 것은 어떨까요? 아니, 그것보다도… '사족의 스킬'을 이 상황에서 활용해서… 무엇을 구현화 해야, 이 곤경에서 벗어날 수 있을까요?

어떤 만화를 그리면 되지?

지금은 만화보다도 유서를 써야 하는 국면일지도 모릅니다만… 인생이라는 마감을 지키기 위해, 몽롱한 의식으로 저는 아이디어 만들기를 개시합니다.

바닥을 기면서. 기를 쓰고 기면서.

혹시 만화의 연재는 이것보다 힘든 걸까요. 할 수 있다면 반시 뱀의 독의 혈청을 만들어 내고 싶습니다. 만들어 내고 싶지만, 저는 혈청이 어떠한 것인지 그 자체를 제대로 파악하고 있지 못합니다.

피 혈血자가 들어가 있으니 피일까요?

뱀독의 리무버 같은 도구도, 존재는 어렴풋하게 알고 있습니다만, 그 형태는 확실히 기억나지 않습니다…. 진통제 정도라면 머릿속에 이미지할 수 있습니다만, 그렇게 되면 도넛 같은 음식물과 같은 취급이 될 것 같다는 기분도 듭니다.

그렇다면 혈청이 무엇인지를 알고 있더라도 효과는 없었을지도 모르겠네요. 다만, 식량과 달리 약품류라면 플라시보 효과가 작용할 공산도 큽니다. 구현화는 요컨대 이미지이니까요. 그러한 의미에서는 무지한 것도 때로는 나쁘지 않겠지요… 특히, 죽어 가고 있을 때에는.

위기 국면… 이라기보다 빈사 국면에서는 의외로 사용할 방법이 없는 그림 실력은, 그야말로 '사족의 스킬'은 여유가 있는, 여분의 부록 같습니다.

현실에 직면했을 때에는 약합니다.

그렇다면 모 아니면 도라는 심정으로, 그 부근에 자생하는 버섯이라도 먹는 편이 그나마 해독 효과가 있을 것 같은 기분이 들기 시작했습니다…. 안 돼, 안 돼, 자포자기하기 시작했다고요.

제가 저의 그림 실력을 믿지 않는데, 누가 믿어 준다는 건가요… 나 자신.

나를 그린다, 라는 것은 어떨까요?

그것은 이제 하지 않기로 결정한 일이란 게 아니라… 분신으로서의 얌전나데코나 역나데코, 교태나데코나 신나데코를 그리는 것이 아니라.

다름 아닌 '나 자신'을 그린다.

센고쿠 나데코를.

…요컨대 유서 같은 절필絶筆입니다.

저는 죽어도, 작품으로서의 저는 남는다. 미스터리에서 말하는 인물 바꿔치기 같은 것입니다.

가령, 혹은 십중팔구 여기서 제가 이대로 쓰러져도… 이미 쓰러져 있습니다만, 요컨대 죽더라도… 저와 완전히 똑같은, 경험이나 사고까지 완전히 같은 '나 자신'을 괴이로서 구현화시킬 수 있다면, 그런 새로운 내가 앞으로도 저로서 살아 주지 않을까요.

　그런 일이 가능하다면 거의 철학적 좀비 같은, 요컨대 불사신의 괴이 같은 존재로서, 저의 백업… 아뇨, 제 쪽이 '나'를 백업하는 형태로, 분신이 아닌 본체를 후세에 남긴다는 형태가 됩니다.

　엉뚱한 소리를 하는 것이 아니라 전설 급의, 신이라 불리는 클래스의 만화가들은 그렇게 자신의 사후에도 자기 자신을 남겨 온 것이 아닐까요.

　자기 자신이라는 작품을.

　그것이 가능하면, 제가 경험한 무인도 표착이나 서바이벌 생활, 나무 구멍 안에서 반시뱀에게 물린 것 등을 오노노키짱이나 카이키 씨, 그리고 가엔 씨에게 남김없이 전할 수 있습니다.

　설령 제가 이대로 죽더라도.

　저는, 그 사람들의 마음속에 남습니다.

　말하자면 저라는 껍질을 남기는 탈피입니다. 곧바로 실행해야 할 멋진 아이디어처럼 생각되었습니다만, 그러나 이것이야말로 함정이라고밖에 말할 수 없는 문맥이었습니다.

　저 자신이 괴이가 되어서 어쩌자는 건가요.

　다섯 명의 대학생에게 만들어진 인공적인 괴이인 오노노키짱에게서, 저는 대체 무엇을 배워 온 건가요. 시체 인형을 만든 것으로 가엔 씨가, 카게누이 씨가, 오시노 씨가, 카이키 씨가, 만나지는 않았습니다만 테오리 씨가, 앞날이 창창한 그 인생에 어떤 저주를 짊어지게 되었는지, 결코 잊어서는 안 됩니다.

저는 누구에게 저의 저주를 짊어지게 할 생각일까요. 저의 작품의, 독자, 일까요?

츠키히짱이나 나쿠나짱?

사람을 저주하면… 구멍이 두 개.

이런 저주 같은 아픔을 후세에 남겨서 어쩌려는 건가요. 저에게 창작이란 유서나 원한의 말이 아니라고요.

아파도 괜찮습니다.

하지만 그 아픔을 잊을 정도로, 통쾌해야만 합니다.

…현실적으로 저를 그대로 재현한다는 것은 이 발목의 두 구멍도, 그러면서도 체내의 독소까지 재현한다는 뜻이 되므로 태어난 신생나데코도 곧바로 쓰러지게 된다는 허무한 예측이 되기도 합니다.

그런 애처로우면서도 딱한 저를 낳는 게, 무슨 의미가 있나요? 이왕 낳을 거라면 아픔을 극복한 저를 작품으로서 남기고 싶다고요.

저는 크리에이터입니다. 저 자신이 아니라, 저 이상의 것을 낳아야만 합니다.

낳는다….

가엔 씨의 딸, 아라운도 우로코.

15년에 걸쳐, 가엔 씨는 대체 어떤 마음으로 지금 딸과 마주하고 있는지… 마주하지 못하고 있는지, 이렇게 되면 물어보고 싶어지네요.

무슨 생각으로 딸을 낳았는가.

자식에게 뒤를 맡기고 싶다고 생각할 만한 분으로는 보이지 않습니다만, 그러나 저에게 아라운도 우로코 씨를 투영하고 있다는 카이키 씨의 견해가 거짓이 아니라면 역시 어떠한 마음이 있을지도 모릅니다.

물어보고 싶었습니다.

그러면, 물어봐야만 합니다.

뭐든지 알고 있는 언니를, 제대로 알아야만 합니다.

무서워서 물어볼 수 없다고 생각하고 있었습니다만, 이렇게 되어 버리면 무서울 것은 없습니다. 정신이 들고 보니 꼴사납게, 어느 쪽이 앞인지도 모르는 상태로 꿈틀꿈틀 바닥을 기고 있던 저는, 어디를 어떻게 기었는지 어느새 강가까지 도달해 있었습니다. 나나햐쿠이치 중학교의 교복은 완전히 흙투성이가 되었습니다만, 그러나 이 방호복이 없었더라면 저는 아주 울퉁불퉁한 지형의 산속을 기어오지도 못했겠지요.

뱀의 발도 도움이 되네요.

오른팔이 아니라고 해서, 간단히 잘라 버려서는 안 됩니다.

자, 상처를 맑은 물로 소독하고… 온몸이 땀으로 젖어 있습니다만 물에는 오른발만 담가야 합니다. 지금의 저에게 발을 짚고 버틸 힘은 없습니다. 흐리멍덩해진 머리로 그렇게 생각하고, 허리를 중심으로, 몸의 자세를 반대 방향으로 바꾸려고 하고.

바꾸려고 하고.

자신은 모르고 있었습니다만 이미 저의 시야는 거의 기능하고 있지 않았습니다. 시력은 좋은 편일 텐데, 앞이 보이기는 하지만 그것은 물속에서 눈을 뜬 것처럼 희뿌연 투명도라, 아무것도 또렷하게는 보이지 않습니다.

하지만 느꼈습니다. 열을.

뱀이라는 생물은 피토 기관인지 뭔지를 이용해서, 열로 사냥감을 감지하고 깨문다고 합니다만… 제가 느낀 열은 그야말로 그, 사냥감을 깨물려고 하는 열이었습니다.

냉혈동물의 열이었습니다.

"……."

바닥을 기고 있는 저의 얼굴 정면, 그야말로 코앞에서, 나무 구멍 안에서 제가 밟은 뱀보다도 몇 배는 큰, 몇 배 이상으로 몸통이 긴 반시뱀이, 마찬가지로 바닥을 기고 있었습니다.

저도 지금까지 다양한 뱀을 다양한 형태로 보아 왔습니다만, 이렇게 드러누운 상태에서 시선이 딱 마주치는 각도로 본 적은 없었으므로 옛 뱀신이면서도 뱀과 마주쳐 딱 굳어 버린 개구리 같은 심정을 맛보았습니다.

냉혈동물… 그러나.

그 큰 반시뱀은 저를 사냥감이 아니라 적으로 간주하고 있는 것 같기도 했습니다.

"화… 가 난 걸까…. 동료가 죽어서."

아니면 동료의 사체가 지혈대로 사용되고 있는 것에 머리끝까지 화가 난 것일까요. 아뇨, 괴이라면 몰라도 현실의 뱀에 그런 감정은 판타지겠지요.

게임도 아니고, 의인화해서 어쩌려는 건가요.

만약 이 큰 반시뱀에게서 분노를 느낀다면.

그것은 저의 분노입니다.

살기 위해서, 먹기 위해서라고 말했지만, 역시나 그렇게 딱 구분되는 감정이 아닌 것입니다. 누구에게나, 무슨 일에나, 그런 법이겠지요.

그렇다면 가엔 씨에게 딸에 대한 감정을 물을 때, 확실한 답은 없을지도 모릅니다. 저의 부모님이 저에 대해 품고 있는 감정과, 분명 같을 테니.

딸은, 거울이 아니니까요.

…그렇다면 제가 그 반시뱀에게 물린 것은, 뱀술사의 덫도 뭣도 아닌 역시 그냥 대자연의 법칙이었겠지요.

반시뱀에 자신을 투영했던 것뿐입니다.

자기 안의 악의나 적의나, 원한이나 저주나, 적반하장이나 저주 반사를.

죄책감을.

그렇다면 솔직하게 받아들일 수밖에 없겠지요. 희망과도 절망과도 행복과도 불행과도 좋아함과도 싫어함과도 관계없는, 인과관계조차 없는 단순한 먹이사슬을.

"아아, 하지만. 이 뱀은 나를 먹으려는 게 아니야. 뱀은 작아도 사람을 삼킨다[*]지만….”

먹기 위해서도, 살기 위해서도 아니라.

그저 죽이기 위해서… 냉혈동물은 아무런 전조도 없이, 마치 깃털이라도 나 있는 것처럼 드러누운 저에게 날아들었습니다. 이미 최후의 힘을 쥐어 짜낸 상태라 자세도 제대로 바꾸지 못하는 저의, 발목이 아닌 목 그 자체를 향해서.

아하하.

코요미 오빠하고 똑같네.

그런 웃을 수 있는 해피엔드에 울 것 같아진 저의, 이미 아무것도 보이지 않는 시야 안에서, 송곳니를 드러낸 반시뱀의 머리가….

찢겨 나갔습니다.

송곳니째로, 독째로, 삼켜졌습니다.

아무런 기척도 없이 순식간에 옆에서 뛰어 들어온, 다갈색 얼룩무늬를 한 한 마리의 짐승에게.

멸종 직전이며 뱀을 잡아먹는, 희귀한 짐승에게.

이리오모테 산고양이에게.

016

※뱀은 작아도 사람을 삼킨다 : 蛇は寸にして人を呑む. 뱀은 아무리 작아도 사람을 삼키려는 기백이 있는 것처럼, 뛰어난 인물은 어릴 적부터 소질이 나타난다는 뜻의 일본 속담.

"만약 세계적으로 감염증이 만연한다고 해도, 무인도에서 혼자 살고 있으면 팬데믹과는 인연이 없이 지낼 수 있겠지. 하지만 그건, 살아 있다고 말할 수 있을까?"

마음속의 목소리가 아닌, 그런 교과서 읽는 말투의 목소리에 곤봉으로 머리를 맞은 듯한 충격을 받고 저는 상실했던 의식을 되찾았습니다. 요즘에는 모래에 파묻힌 채로 눈을 뜨는 일이 많았으므로 상쾌한 아침이라는 것과 전혀 인연이 없는 생활이 이어지고 있었습니다만, 그것들에 비해서도 최악인, 악몽을 꾸다가 놀라서 깨어났을 때 같은 격한 동요를 느낍니다.

느낍니다만, 그러나 그런 동요를 무시할 수 있을 정도로 쇼크였습니다. 악몽에서 깨어났는데도, 저는 아직, 꿈을 꾸고 있는 걸까요?

"살아 있었다니 깜짝 놀랐어, 나데 공. 뭐, 상당히 죽어 가고 있었지만 말이야."

기어 나왔을, 거목의 빈 구멍 안.

바르게 눕혀진 저의 몸 옆에 시체 인형, 오노노키 요츠기짱이 가만히 쪼그려 앉아 있었습니다. 평소와 다르지 않은 무표정으로, 아무런 감정도 읽을 수 없는 눈으로, 빤히 저를 바라보고 있습니다.

아니, 다르지 않지는 않습니다.

눈.

제가 모르는 곳에서 저지른 어떤 규약 위반의 벌로 가엔 씨에게 몰수되었을 오노노키짱의 한쪽 눈이 원래대로 돌아와 있어서, 시체 인형은 그쪽 안구로도 저를 바라보고 있었기 때문입니다. 돌아온 것은 안구뿐만이 아니라 그 유니폼도, 이전의 드로어즈 스커트로 드레스 체인지가 되어 있었습니다.

그리기 힘든 그 옷입니다.

왜…? 옷을 갈아입고 온 거야…?

아아, 하지만 그런 것은 어떻게 되든 상관없습니다. 할 수만 있다면 몸을 일으켜서 당장이라도 끌어안고 싶습니다. 비행기 안에서 오노노키짱이 그런 식으로 달라붙어 있었던 것처럼, 이번에는 이쪽에서 온몸으로 찰싹 달라붙고 싶습니다.

납덩이처럼 무거운 몸은 쇠사슬에 묶인 듯 미동도 하지 않습니다만, 그래도 저는 비명이 아닌 목소리를 짜냅니다.

"오노노키짱, 살아 있었구나."

"죽어 있지만."

평소와 같은 대답이었습니다.

그런 시답잖은 대화도, 2주 간의 무인도 생활과 독사에게 물려 죽을 위기 직후에는 무엇과도 바꿀 수 없는 빛처럼 느껴집니다.

혼자가 아냐.

무엇을 말해도, 혼잣말이 아냐.

아아, 돌이킬 수 없는 실수를 저질렀다고 생각했습니다만, 이것으로 드디어 '생존자 수색'이라는 로빈슨 나데코 크루소의 마지막 미션도 완수했다고 할 수 있을 것 같습니다.

컴플리트입니다.

이 상황으로 보면, 제 쪽이 오노노키짱에게 발견되어 목숨을 건졌다는 흐름인 듯하니, 이것이 리얼리티 방송이라면 상금은 겟할 수 없겠습니다만….

"아니, 나는 나데 공을 구하지 않았어. 사람은 혼자 알아서 살아날 뿐이야."

그렇게 오시노 씨의 대사를 인용하는 오노노키짱.

같은 대사라도, 상당히 인상이 다르네요.

"이번에는 진짜야. 나는 아무것도 하지 않았어. 강가에 쓰러져 있는 너의 모습을 발견했을 때에는 이미 때가 늦은 상태여서, 어쩔 수 없으니 친구가 천천히 죽어 가는 모습을 묵묵히 조용히 지켜보자는 생각에 자외선과 스콜을 피할 수 있을 만한 냉암소인 이 나무 구멍으로 옮겼을 뿐이야."

"무서워…."

역시나 발상이 시체 인형이네요.

저의 부패가 진행되는 모습을 관찰할 생각이었던 걸까요.

"정말로 네가 자력으로 살아난 거야, 나데 공. 발목을 묶은 것은 적절한 대처였고, 도달할 수는 없었다고 해도 탁 트인 강가까지 기어갔기 때문에 내가 너를 발견할 수 있었어. 실제로 대단해. 북극이나 남극에서 살아남은 언니나 오시노 오빠를 방불케 해."

"그 두 사람과 비교당하면 너무 미안한데…."

아아, 대화를 하고 있다.

대화란 건 좋구나.

"내가 한 일이라고 하면, 그 발목의 두 구멍에서 독을 빼낸 뒤에 마우스 투 마우스로 폭포 웅덩이의 물을 많이 마시게 한 것과, 정기적으로 땀을 닦아 준 것뿐이야."

"충분히 많은 일을 해 줬잖아."

더할 나위가 없는 조치라고요.

원래부터 오노노키짱은 시체였으니, 상처에서 독을 빨아내도 괜찮겠네요. 흡혈귀 계열의 불사신이라면 오히려 독에는 약했을 것입니다.

"혈청을 조달할 수 있으면 좋았겠지만 말이야. 의식불명의 중태인 너를 여기에 혼자 남겨 두고 가는 것도, '언리미티드 룰 북'으로 병원까지 이송하는 것도 위험하다고 판단했어. 나는 닥터 헬기가 아니니까. 여기서 죽는다면 그런 정도의 나데 공이었던 거라고, 단념했어."

단념하는 게 빠르네….

하지만, 확실히 그 말이 맞겠지요.

이렇게, 반시뱀이 계속해서 습격해 올 만한 장소에 방치되어도… 어라? 두 마리째의 반시뱀은, 어떻게 되었더라…?

저는 목덜미를 쓰다듬어 보았습니다.

송곳니에 뚫린 구멍을 찾아보았습니다만, 두 개는 고사하고 하나의 구멍도 없었습니다.

"왜 그래? 목덜미에라도 나의 키스 마크를 내라는 거야? 욕심쟁이네."

"설마…. 나의 퍼스트 키스가 오노노키짱이라는 것만으로도 충분해."

"그거 정말 영광이네. 참고로 나의 퍼스트 키스는 귀신 오빠야."

무슨 짓거리를 하고 다니는 건가요, 그 사람은.

정신이 든 직후에는 듣고 싶지 않은 정보였네요. 다시 한번 의식을 잃으면, 이번에는 다른 악몽에 시달리게 될 것 같습니다.

무엇을 생각하고 있었는지 잊어버렸습니다. 어디 보자….

"하지만, 오노노키짱이 건강해 보여서 다행이야."

"죽어 가는 녀석에게 건강해 보인다는 말을 들어도 말이지. 건강하지 못함의 극이라고, 나 같은 존재는. 그렇지만 나데 공쪽이야말로 다갈색 피부잖아. 쾌활하게, 비치 리조트를 마음껏 즐긴 것처럼 보여."

"그래, 맞아. 비치발리볼이나 비치 플래그로…."

비치 볼이 없어서 돌을 던지며 놀고 있었지만요. 원시적인 놀이로 사망 플래그를 세우고 있었다고요.

"나의 남국 라이프는, 나중에 인스타에 올려 둘 테니까… 오노노키짱의 이야기를 들려줘. 지금까지 어떻게 지내고 있었어? 오노노키짱도, 역시 이 섬에 떠내려왔던 거야?"

지금은 식사보다 대화에 굶주려 있는 저는, 오노노키짱에게 그렇게 질문했습니다. 이렇게 뭔가 이야기하지 않으면, 또 의식을 잃을 것 같았다는 사정도 있습니다.

이것이 꿈이라면 깨지 말았으면 좋겠습니다.

부탁이니까 빈사 상태의 제가 보고 있는 죽기 직전의 환각이 아님을 뒷받침할 만한, 설득력 있는 에피소드 토크를….

"그러네. 자, 그러면 어디부터 이야기할까…. 너의 2주간에 비하면 나의 2주간 따윈, 정말로 대단한 일은 없었어."

"비행기가 추락해서 카이키 씨와 함께, 바다의 물고기밥이 된 게 아닐까 하고 걱정하고 있었어…."

"되었어, 물고기밥은."

"어?"

담담한 말투라 평소부터 농담을 구별하기 어려운 오노노키짱 입니다만, 그건 아무리 그래도 농담이 지나치겠지요. 물고기밥 이 되었다면, 지금 눈앞에 있는 오노노키짱은 무엇인가요.

진짜로 저의 환각이라는 이야기가 되어 버리잖아요.

그것만은 참아 주세요.

"파워 캐릭터인 천하의 나도, 비행기 사고에 견뎌 낼 방법 따 윈 없어."

"그, 그러면 어떻게?"

애초에 비행기 사고는 실제로 발생한 일인가요?

기체에 휘감긴, 뱀의 꼬리….

"기억하고 있겠지? 전에 너의 분신에게 토막 시체가 되었던 나를, 본체인 네가 조립해 주었잖아."

"으…응. 키타시라헤비 신사 경내의 흙을 사용해서…."

기억하고 있고 뭐고, 끔찍한 추억입니다. 지금 와서는 좋은 추억이라고는 도저히 말할 수 없습니다.

안 그래도 트라우마 급이니까요, 친구의 토막 시체 따윈.

토막 낸 것이 저의 분신이라는 것도 포함해서 트라우마입니다.

"그, 그러면 물고기밥이 된 오노노키짱은, 넓은 바닷속에서 다시 합체했다는 거야? 오노노키짱은 그런 일도 할 수 있어?"

"할 수 없어. 그건 좀비의 영역을 초월한 일이야. 시체라고는 해도 유기물이니까, 바다 쓰레기가 해안에 모여드는 것처럼 되지는 않아. 물고기밥이 되었다면, 그대로 이리저리 흩어져 갈 뿐이지."

딱히 스토리텔러로서 뜸을 들이는 것은 아닌지,

"적어도, 나 혼자서는 할 수 없는 일이야. 너의 힘이 필수불가결했어, 나데 공."

그렇게 오노노키짱은 젠체하지 않고 비밀을 밝혔습니다.

그러나 똑똑히 들어도 무슨 의도인지 알아차릴 수 없었습니다. 저의 힘? 위대한 대자연에게 패배하고 죽어 가던 저 따위에게, 대체 어떠한 힘이….

"그림 실력. '사족의 스킬'이야…. 그렸잖아? 해변의 모래밭에, 나의 그림을."

"……."

그렸었지요.

나무 막대로, 해변의 물가에, 4컷 만화를.

"'이건 무인도가 아니라 유인하는 유인도였네'."

"좀 참아 줄래? 소리 내서 읽지 말아 줄래?"

"서바이벌이라는 귀중한 경험을 하고서 오히려 실력이 떨어지다니, 어떻게 된 일이냐고."

엄격한 논평입니다.

평소 같으면 자세를 바르게 고쳐 앉고 듣고 싶은 참입니다만, 지금 듣고 싶은 것은 그런 결정타가 아닙니다. 무엇보다 어째서 알고 있는 건가요. 파도가 지워 주었을 거라고요, 그 습작은.

"습작? 졸작을 잘못 말한 거지?"

"너무 엄한 거 아냐? 짓눌려 사라지고 말 거라고, 젊은 재능이."

"그래. 너의 '그림'은 확실히 바다가 삼켰지. **내가 산산이 흩어진 바다**에, 삼켜졌어."

"아… 아아."

그 4컷 만화를 그린 시점에서는, 저는 아직 '사족의 스킬'에 대해 잎사귀 뒤에 맺힌 이슬만큼도 생각하지 못했었습니다만… 그러나 저의 의도와는 관계없는 곳에서 일은 일어나고 있었습니다.

그렇구나. 그래서 이 오노노키짱은 안대도 하지 않은 거고, 옛날 의상으로 등장한 거구나.

내가 그렇게 그렸으니까.

그 4컷 만화 자체도 납득이 가는 완성도는 아니었고, 작화를 봐도 '종이와 펜'이 '모래밭과 나무 막대기'였으니 잘 그렸다고는 말할 수 없습니다만, 그러나 중요한 것은 이미지입니다.

구현화를 위한, 구체적인 이미지.

친숙한 중학교 교복이 밑그림만으로 구현화되었던 것처럼. 친숙한 오노노키짱은, 그렇게 엉망인 그림이어도 오노노키짱이 틀림없었습니다.

"…아니, 하지만 말야. 그렇다고 해도 좀비의 영역은 완전히 초월했잖아. 전문가 수습인 내 서포트가 있었다고는 해도, 토막 난 시체 정도가 아니라 완전히 가루가 되었어도 부활할 수 있다니… 오노노키짱, 시노부짱보다도 훨씬 불사신이야."

"언니에게는 비밀이야. 이 정도 수준의 불사신이란 사실이 밝혀졌다간, 아무리 그래도 해체될 우려가 있어."

말도 안 되는 비밀을 공유하게 되고 말았습니다.

해체되어도 부활할 것 같습니다만.

"겸손할 필요는 없지만 운도 시추에이션도 좋았어. 나의 일러스트를 그 해변의 모래밭에 그려 준 것은 좋았어. 그 그리운 교복처럼, 바위 표면에 졸작을 그렸더라면 내 초상화에 혼은 깃들지 않았겠지. 졸작은, 문자 그대로 졸작이었어."

문자 그대로가 아닌 졸작 따윈 없겠지요.

그런데 이상한 소리를 하네요. 교복 쪽은 처음부터 구현화 할 생각으로 그린 그림이란 사정도 있습니다만, 모래밭보다 바위 표면 쪽이 확실히 그리기 쉬웠습니다만…. 모래밭에 나무 막대기로는, 아무리 노력해도 선이 너무 굵어서 잘 그릴 수 없었지요.

"어라라, 도구 탓을 하는 거야? 붓을 가리지 않는 명필 아니었어? 우리 홍법대사弘法大師께선."

"홍법대사라니."

"어쩌면 전부 다 알고서 그 모래밭에 내 그림을 그렸을지도 모른다고 생각했으니까, 쇼크를 받은 나머지 신랄해진 거야. 내 나름의 츤데레라고 생각하도록 해."

"아니, 만화에 관해서는 항상 그런 느낌이었는데? 오래간만에 이야기를 나누는 기쁨으로 커버할 수 있지만, 슬슬 눈물이 나오려고 하거든?"

으음…. 하지만 '전부 다 알고서'라는 말은 무슨 뜻일까요? 바위 표면이 아니라 모래밭이어야만 하는 이유가 있었나?

붓을 가리지 않더라도, 종이를 가릴 이유가.

시키가미式紙 사용자.

"키타시라헤비 신사의 흙을 사용해서 토막 난 시체인 나를 재구성한 경험을, 서바이벌 생활 중에 활용한 건가, 하고 감탄했던 거야. 과대평가였던 것 같아서 유감이야. 혹시 그 모래밭의 모래가 별모래였던 것도 깨닫지 못했어?"

"별모래?"

그게 뭔데?

은하수라면 들은 적이 있습니다만….

"무지한 건 둘째 치고 그 관찰력 부족은 심각하네. 그것도 역시 언니에게는 비밀로 해 두지 않으면, 해체당할 거야."

"그렇게까지 위험한 거야? 나의 관찰력 부족이."

불사신의 괴이 같은 것과 관계없는 곳에서 해체당하고 있다고요, 한 명의 인간이.

사건이잖아요.

"별처럼 뾰족뾰족한 모양의 모래알, 별모래라고 불러. 오키나와의 바다라고 하면 블루 오션뿐만 아니라, 이 별모래도 유명할 텐데 말이지."

가이드북을 그렇게까지 열심히 읽지는 않았습니다. 과연, 따끔따끔할 만도 했네요, 그 모래 이불. 별사탕으로 만든 이불을 덮고 자는 상황이나 마찬가지였잖아요.

"이 섬의 밤하늘, 아주 아름다웠으니까. 그래서일까…."

머릿속이 흐리멍덩한 상태로 생각 없는 소리를 해 버렸습니다만… 아니, 아무리 별빛이 아름다워도 그걸로 모래알이 형성되지는 않겠지요. 시 글라스 같은 것처럼, 오랫동안 흐르는 해류가 모래의 형상을 특이하게 만드는 걸까요? 혹은, 이 근처의 폭포로부터 뭔가 특수한 물의 흐름이 있어서….

물에 떠내려가다 보면, 보통은 뾰족한 부분이 깎여 나가서 둥글어질 것 같습니다만.

"하지만 로맨틱하네. 유명해진 것에도 고개가 끄덕여져. 모래 이불은 답답해서 힘들었지만, 나는 매일 밤 별에 감싸여서 자고 있었구나 하고 생각하면, 나쁘지 않은 기분이야."

"실제로는 모래가 아니라 시체였지만."

오노노키쨩이 정떨어지는 소리를 했습니다.

정도 로망도 감성도 없습니다.

"그건 해안에 밀려 올라온 유공충의 시체야. 구멍이 있는 벌레, 유공충有孔蟲."

"…그야 답답할 만도 했네."

완전히 관짝이잖아요.

벌레는 제가 아니라 이불 쪽이었군요.

"덕분에 내가 되살아났어. 키타시라헤비 신사의 흙도 좋았지만, 시체 인형을 구성하는 연금술의 재료로 시체 이상의 요소는 없지."

스콜이나 산호초, 반시뱀에 이어 또다시 이곳이 오키나와 지방임을 뒷받침하는 증거가, 검찰 측으로부터 제출된 모양입니다. 그렇지만 벌레의 시체를 가리켜 별모래라니, 잘도 갖다 붙였네요.

"별의 시체라는 설도 있어. 조금 전에 네가 아름답다고 말한 섬의 밤하늘이, 지상에 낳아 떨어뜨린 아이들이라는 설도. 그 아이들이 바다에 사는 큰 뱀에게 참살당한 시체가 요컨대 별모래라고… 이 타케토미초에 전해지는 전승이야."

큰 뱀….

어디까지고 계속 따라오네요, 누가 뱀 아니랄까 봐.

맞다, 일단 오노노키짱에게 이 거목의 구멍이 아라운도 우로코가 설치한 트랩일지도 모른다는 가설을 이야기해 두지 않으면… 이렇게 냉암소, 즉 휴게소로서 제대로 기능하고 있는 이상, 역시 저의 보잘 것 없는 피해망상이었겠습니다만….

"아니, 충분히 가능성 있는 이야기야, 나데 공. 물론 너를 데려오기 전에 이 나무 구멍의 안전은 조사했지만."

역시나 프로 식신.

저처럼 이사 전 사전점검이 어설프지 않네요. 물을 사용하는 곳들의 체크나 벽의 두께, 볕이 드는 정도까지 체크는 완벽합니다. 반시뱀에게 물려도 괜찮은 시체 인형이기에, 라고도 말할 수 있습니다만.

"하지만 이 섬이 아라운도의 본거지인 이상, 어디에 덫이 설치되어 있어도 이상하지는 않아. 그런 의미에서도 너는 용케 잘 살아남았어."

"아니, 몇 번이나 죽을 뻔했고, 오노노키짱이 와 주지 않았더라면 머지않아… 잠깐, '이 섬이 아라운도의 본거지'?"

어라?

조금 전에도 '이 타케토미초에 전해지는 전승이야'라고 말했던가요?

"이봐, 이봐. 설마 그것조차 깨닫지 못했던 건 아니겠지? 만약 그렇다면 말해 줘, 이 이상 수치를 당하지 않을 수 있도록 여기서 죽여 줄게."

우정의 무거움이 모래 이불 급입니다.

아아… 하지만, 그러네요.

햇살. 기온. 별이 가득한 밤하늘. 스콜. 산호초. 반시뱀. 별모래.

그리고, 이리오모테 산고양이.

저를 두 마리째의 반시뱀으로부터 구해 준, 송곳니로 송곳니를 잡아먹은 다갈색 얼룩무늬의 멸종 위기종. 이리오모테 산고양이가 있다면, 제가 표착한 이 섬은 그야말로 아라운도 우로코의 본거지, 타케토미초의 이리오모테 섬이 틀림없잖아요!

017

"그러면 나는 계속, 오키나와 현 제2의 섬으로 유명한 이리오모테 섬에서 무인도 생활을 보내고 있었던 거냐고, 아앙?! 이건 마치, 동네 삼림공원에서 조난당한 것 같은 상황이잖아! 진짜로 바보 아니냐고!"

저도 모르게 역나데코처럼 변해 버렸습니다만, 오노노키짱의 반응은 싸늘해서, "진짜로 바보 아니냐는 말은 하지 않았어."라고 교과서를 읽는 듯한 말투로 대답했습니다.

어쩐지, 교과서를 읽는 듯한 그 어조에서도 모멸을 느낄 수 있었습니다.

"다만, 이번에는 그 바보 같은 모습에 구원받았는지도 몰라. 무인도가 아닌 유인도이기에, 사람이 사는 마을을 찾아서 정글에 들어갔더라면 좀 더 이른 단계에서 반시뱀에 물렸을지도 몰라. 그랬을 경우에는 나도 부활할 수 없었어. 말했지? 이리오모테 섬이란 곳은 보통의 무인도보다도 숲이 훨씬 무성하게 우거져 있다고. 겉멋으로 동양의 갈라파고스라고 불리는 게 아니야."

"……"

들었지요.

실제로 이리오모테 섬의 9할이 정글이라는 언설은 과장이 아니어서, 한 달에 35일 비가 온다는 레토릭과 달리, 오히려 면적으로 보면 적게 잡은 것이라고 합니다. 여하튼, 국도가 섬을 한 바퀴 돌고 있지 않은 것입니다.

반 바퀴에도 미치지 않습니다.

그렇다는 것은, 섬의 바깥 둘레의 나머지 절반(이상)에는 제대로 된 길이 없다는 뜻이기도 합니다. 요컨대 저는 이리오모테 섬의 '뒤편'에 조난당했었다는 이야기가 됩니다.

확실히 당초부터 이곳은 무인도가 아닐지도 모른다, 대륙의 일부일지도, 라는 희망적 관측을 품고 있긴 했습니다만, 그러나 이리오모테 섬 자체였을 줄이야…. 그 정도로 긍정적인 희망적 관측은 츠키히짱이라도 품지 않을 거라고요.

시스콘 왕자*의 에이스 섬인가요.

아~ 그런가….

그렇다면 용기를 내어 산속으로 들어갔기 때문에 그 상으로 폭포를 발견할 수 있었다고 생각했는데, 이곳이 이리오모테 섬이라면 저에게 특별히 행운이 필요하지는 않았네요…. 가이드 북에 실려 있는 지도에 의하면 폭포가 잔뜩 있는걸요, 이리오모테 섬.

나데 공도 걸으면 폭포를 만난다고요.

"그, 그러면 모래밭에 아무런 인공물도 없었던 것은, 단순히 정기적으로 이루어지는 관광지 청소 직후였을 뿐이라는 거

※시스콘 왕자(シスコン王子) : 1963년에 일본 시스코 제과(現 닛신 시스코)의 광고 캐릭터를 주인공으로 삼아 만들어진 만화 및 애니메이션 『시스콘 왕자』의 주인공으로, 남쪽 지방의 에이스 섬에 있는 국가 '에이스'의 왕자라는 설정. 『도라에몽』의 작가 후지코 후지오가 만화를 담당했다.

야…? 결계도 뭣도 아니라?"

"글쎄. 판단할 수 없고 짐작하기 어려워. 네가 모래밭에 늘어놓았던 SOS의 모스 신호가 전해지지 않았던 것을 단순히 운이 없었던 거라고 생각해도 될지 어떨지. 전문가로서의 견해를 이야기하자면, 여기가 아라운도의 본거지임을 가미하면 네가 여기로 끌려 들어온 것은 복잡한 해류 흐름의 결과라고만은 할 수 없다는 생각도 들어."

오노노키짱은 그렇게 말해 주었습니다만, 왠지 모르게 적당히 맞춰 주는 느낌이네요…. 한편으로 일본의 혼슈를 출발해 나하 공항에 착륙해야 했을 비행기가 비행 중에 트러블에 휘말렸다면 이리오모테 섬(의 '뒤편')까지 흘러오는 것은 너무 운이 좋다는 기분도 듭니다.

적게 잡아도 400킬로미터 이상에 걸쳐 바다 위를 흘러왔다는 이야기가 되니까요…. 바다뱀도 그렇게 장거리는 이동할 수 없겠지요. 더치 롤*을 일으킨 비행기가 기류, 그러니까 난기류를 탔다고 해도….

자신의 영역으로 끌어들여서 서서히 자멸하기를 기다렸다… 그런 해석도 가능하다면 가능하겠지요.

"그런데도 네가 생각 외로 너무 끈질겨서, 아라운도도 견디다 못해 직접적인 덫을 설치한 건지도 모르지. 도저히 전문가의 매뉴얼이 아니지만 말이야. 해변을 벗어나지 않고 별모래에 파묻

※더치 롤(dutch roll) : 가로 방향으로 일어나는 항공기의 불안정한 진동.

히면서 자급자족의 생활을 보내다니."

"미안하게 됐어, 아마추어라서."

"이건 졸작과는 달리 칭찬하는 말이야. 비기너즈 럭이라고 말할 생각도 없어. 그런 기상천외한 행동을 기대해서, 가엔 씨는 이번 일을 너를 어사인assign했을 테고."

졸작과는 달리, 라니.

다만, 그렇다면 저는 무인도 생활보다도 훨씬 위험한 생활을 보내고 있었다는 이야기가 됩니다. 설마 적의 본거지에서 당당히 캠프를 치고 있었다니.

"그것도, 알몸으로 말이야."

"어째서 알고 있는 거야. 누디스트 비치 사건을."

"나데 공에 대한 거라면 하네카와 츠바사보다도 잘 알고 있어. 땀을 씻을 때에 벗겼으니까. 얼룩 없이 온몸이 고르게 햇볕에 그을린 것을 보면 일목요연하지. 얼마나 개방적인 바캉스를 보냈던 거냐고."

뭣이.

이것이 전문가의 관찰안인가요. 저에게 그런 재능이 있었다면, 저도 이곳이 이리오모테 섬이라는 것을 깨달았을지도 모르는데. 이리오모테 섬이라는 것까지는 아니어도 타케토미초라는 것 정도는 알아차려도 괜찮았을 것이란 생각이 듭니다. 그런 식으로 이리오모테 산고양이에게 도움을 받기 전에….

"아니, 나데 공. 그건 아니겠지. 나는 너의 이야기를 전부 믿지만, 그것만은 지어낸 애기야. 그런 작위적인 상황을 집어넣었다간 리얼리티 프로그램은 성립되지 않아."

"이게 리얼리티 방송이었다면, 현시점에서 이미 심의에 걸렸을 거야. 중학생을 알몸으로 만들어 놓은 시점에서."

"이리오모테 산고양이를 봤다는 거짓말을 하고 싶은 마음은 이해하지만, 중학생의 알몸 이상으로 보기 어려운 것이 멸종 위기종인 천연기념물이라고. 친절하게 한 번만 더 이야기해 주겠는데, 이 지역 분들도 좀처럼 볼 수 없는 진짜 야수라고. 환수幻獸라고 불러도 좋을 정도야. 하다못해 관수리* 쪽으로 해 둬. 지명도가 낮은 만큼 사람들이 잘 모르니까, 뭐, 거짓말이든 진짜든 어느 쪽이라도 상관없다며 믿어 줄지도 몰라."

관수리에게도 실례잖아요, 그건.

그리고 '중학생의 알몸 이상으로 보기 어렵다'라는 표현도 걱정해야 할 발언이라고요.

"나도 이 일을 시작한 지 오래되었는데, 이렇게까지 실망한 적은 없었어. 이렇게 나쁜 거짓말을 하게 되다니. 그런 거짓말만은 하지 않기를 바랐어. 자신의 약함을 호도하기 위한 거짓말이 아니라, 그저 허세를 부리기 위한 거짓말을 하다니."

"진짜라니까. 진심으로 나에게 실망하지 마. 괴로운 오해야. 두 마리째의 미꾸라지가 아닌 두 마리째의 반시뱀에, 그것도 목덜미를 깨물렸다면 역시나 즉사였을 거라고 생각해···. 그런 위기 상황에서, 이리오모테 산고양이는 자신의 위험을 돌아보지

※관수리 : 매목 수리과의 맹금류. 인도나 동남아시아, 동아시아에 분포한다.

않고 뛰어나와 줬어."

"이리오모테 산고양이에게 반시뱀 따윈 위험도 뭣도 아니야. 구 하트언더블레이드가 괴이의 왕인 것 이상으로, 이리오모테 산고양이는 이리오모테 섬의 왕이니까."

"그렇게 귀여운 고양이가?"

천적은 없다고 말했던가요?

하지만 상상보다 작은 몸집이었던 것은 확실합니다.

"반시뱀의 머리를 통째로 삼키는 모습을 보고도 여전히 그런 소리를 하는 부분이, 너의 거짓말을 완벽히 증명하고 있어. 인간에게도 구조받지 못하는 네가, 왜 이리오모테 산고양이에게 구조를 받는 거냐고. 이리오모테 관박쥐*를 잘못 본 거 아니야?"

"이리오모테 관박쥐를 잘못 본 게 아니야."

그리고 또 앞부분의 말이 심합니다.

인간에게도 구조받지 못하는 저라니.

무엇보다 이리오모테 관박쥐라는 건 처음 듣는다고요. 박쥐가 있다는 말은 들었습니다만…. 어떤 빈사 상태라도 고양이와 박쥐를 잘못 보지는 않습니다. 고양이가 아니라 산고양이라고 해도.

누가 뭐라 하더라도 이리오모테 산고양이입니다.

※이리오모테 관박쥐 : 정식 명칭은 이마이즈미 관박쥐로 일본의 토착종이다. 이리오모테 섬에서만 서식이 확인된 바 있다.

"네가 목숨을 부지한 것은 발목을 문 반시뱀이, 반시뱀은 반시뱀이라도 사키시마 반시뱀이었기 때문이란 점도 있겠지. 야에야마 제도에 서식하는 이 반시뱀의 독성은 좀 약해…. 그야말로 사이즈도 작은 편이고."

"두 마리째의 반시뱀은 컸어. 그건 보통 반시뱀이었다고 생각해. 반시뱀이란 이름처럼 머리가 납작한 감처럼 생겼었어."

"거짓말에 거짓말을 더하지 마. 거짓말의 야에야마 제도 같은 녀석."

"누가 거짓말의 야에야마 제도란기고."

간사이 사투리로 딴죽을 걸고 말았습니다.

아뇨, 간사이나데코 따윈 없습니다만.

"그런 닉네임은 카이키 씨에게 붙여 줘…. ……. ……. 저기, 오노노키짱."

카이키 씨는?

018

"원래부터 카이키 오빠가 대절한 건 그 비행기의 퍼스트 클래스뿐만이 아니었어. 네가 놀랄 것 같아서 그냥 묵묵히 있었는데, 이코노미 클래스의 모든 좌석도 그 사기꾼이 확보했었어.

"적을 속이려면 먼저 아군부터.

"뒤집어 말하면, 그 정도로 카이키 오빠는 처음부터 경계하고 있었어. 섬으로 향하는 도중에, 아라운도 우로코로부터 습격을 받을 가능성을 미리 상정하고 있었다는 얘기야.

"하이재킹을 경계해서, 사실상의 프라이빗 제트로… 일 때문이었음을 생각하면 비즈니스 제트로 만들고 있었다는 거지. 사기꾼의 에어포스 원이라고 말해도 괜찮겠네.

"물론 어마어마한 비용이 필요하지만, 이번에는 가엔 씨가 스폰서로 붙어 있어서 아낌없이 쓸 수 있는 상황이었던 거야. 실제로도 아낌없는 지원이 있었어.

"돈을 펑펑 썼지.

"직행편을 사용하지 않는 환승도, 실제로는 이쪽의 움직임을 알아차리는 것을 경계한 트랜싯이었는지도 몰라. …아니, 그것하고 퍼스트 클래스에 타고 싶다는 주장하고, 어느 쪽이 구실이었는지는 나로서는 판단하기 어렵네.

"실제로는 습격은 받았고 말이지.

"회피할 수 없는 불가피한 상황이었어.

"트랜싯이 없는 이시가키 직행이었다면 습격을 받지 않았느냐고 하면, 반드시 그렇지도 않았겠고, 또 해로를 선택했다면 안전했는가 하면, 그것 또한 그렇다고는 단언할 수 없을 거야.

"모든 루트가 뱀의 길이었어.

"우에하라上原 항이나 오하라大原 항에도 어떠한 수를 써 두었을 거라고 생각하는 편이 자연스럽겠지… 대자연스럽겠지. 이시가키 터미널 쪽에서부터 일찌감치 발이 묶였을지도 모를 정도야.

"조금 전, 타케토미 섬의 전승 얘기를 하는 건 아니지만.

"바다에는 바다뱀이 있으니까.

"다만, 하늘에도 뱀이 있는 건 주지의 사실이야. 나라에 보호되고 있는 타케토미초의 밤하늘에는 말할 것도 없이, 뱀자리도 뱀주인자리도 눈부시게 반짝이고 있으니까.

"그렇게 해서 카이키 오빠는 최대한의 경계를 전방위로 펼치고 있었지만, 그럼에도 불구하고 우리가 탄 비행기는 하늘에서 바다로 떨어졌어.

"나는 물고기밥이 되고, 나데 공은 표류했어. 비상구로 승객의 대피를 유도할 새도 없이 말이야. 다른 승객은 없었지만.

"그렇지만, 맹점은 있었어.

"모든 좌석을 대절해서 아무리 철저한 안전을 확보했다고 생각하더라도, 항공기는 기장이나 부기장, 객실 승무원이 있어야하니 완전한 무인 상태로는 운항할 수 없어.

"비행기의 자동운전은 아직 일반화되지 않았어.

"아마도 지금 말한 승조원들 전부, 감쪽같이 바뀌어 있었던 거겠지…. 뱀에게.

"우리의 에어포스 원은 처음부터 뱀에게 탈취당한 상태였어. 뱀의 손아귀 안에 있었어.

"뱀에게 손은 없던가?

"아라운도에게 있는, 다섯 개의 머리 중 하나라고 말해야 할까.

"그렇지만 손쓸 엄두도 낼 수 없는 건, 이쪽이었어.

"몰래 숨어드는 것은 뱀의 특기라기보다 생태니까… 이 부분에 대한 설명은 과거에 뱀신이었던 너에겐, 할 필요 없겠지. '귀엽기만 한 나데코' 시절에는, 너도 곧잘 사람의 마음이나 사람의 품에 파고들었으니까. 뭐, 진실은 밝힐 방법이 없어.

"실제로는 단순한 정비 불량일지도 모르고, 기체의 노후화 때문일지도 몰라…. 비행기 공포증인 인간이 주장하는 대로 확실히 하늘을 나는 것에는 일정한 리스크가 있어. 내가 '언리미티드 룰 북'으로 날아다니는 리스크를 완전히 무시하고 있는 언나 귀신 오빠 쪽이, 머리가 이상하다고 말할 수 있어.

"상권上卷을 참조해.

"요컨대 계산 밖이었고, 적이 우리보다 한 수 위였다는 이야기가 되지. 결과로서, 비행기 기체도 우리도 산산이 흩어졌어.

"우리도 산산이 흩어졌다는 말에는, 나라는 시체 인형이 산산조각 났다는 의미도 포함돼. 하물며 부활할 수 있다고는 생각하지 않았으니까, 정말이지 깜짝 놀랐어.

"좀처럼 죽여 주지를 않네.

"스스로 죽음을 바란 키스샷 아세로라오리온 하트언더블레이드의 마음을, 부지중에 조금이나마 이해할 수 있었어. 이것도 상권을 참조해 줘.

"네가 비행기 사고의 유일한 생존자가 될 수 있었던 이유는, 뱀을 뱀으로 상쇄했다… 상쇄라고는 말할 수 없더라도, 감쇄했다는 점이 있겠지. 하늘의 뱀도 바다의 뱀도, 사람의 뱀으로 혹은 신의 뱀으로, 가능한 한 없앤 거야. 종이 한 장이 아니라 뱀 가죽 한 장 차이로 살아남았어. 다만, 그것만으로는 전부 설명되지 않는다는 것 또한 사실이야.

"아라운도가 너에게 흥미를 가졌다는 가설을, 나라면 세울 수 있어. 뱀술사가 뱀에게 관심을 가지는 것, 이것도 대자연이라고 말할 수 있지.

"내가 너에게 소환된 것처럼, 너는 아라운도에게 불려 온 것일지도.

"그런 게 아니라면, 역시 그 추락 지점에서 이리오모테 섬에 표착하는 것은 비정상적이니까. 적어도 표착 후의 너의 서바이벌 생활을, 뱀의 눈으로 관찰하고 있었던 것은 틀림없을 거야.

"리얼리티 방송이란 그런 뜻이야.

"점유율 100퍼센트.

"그리고 실제로 너의 이야기를 듣고 종합적으로 정리해 보면, 이 전개 자체가 카이키 오빠의 극장형 사기였던 게 아닐까 하고, 나는 의심하고 싶어지기도 해.

"하이재킹당한 것은 물론이고 비행기가 추락하는 상황까지, 그 사기꾼은 전부 짜 두었던 게 아닐까 하고, 더욱 대담한 가설을 세우고 싶은 욕구를 억누를 수 없어.

"비행기가 뱀의 둥지였던 것을 다 알고서.

"올라탔던 게 아닐까.

"가엔 씨의 의도가, 어째서 아라운도가 이리오모테 섬에 거점을 만들었는가를 알아내게 하는 것이었다고 해도, 제대로 된 어프로치로는 이리오모테 섬에 도달하는 것조차 뜻대로 되지 않을 거라고 판단한 카이키 오빠는, 강행공사로 샛길을 만들기로 했던 게 아닐까.

"이리오모테 산고양이 전용 터널을 파는 것처럼.

"굳이 말한다면 물길을… 이리오모테 섬에 서쪽에서 어프로치하는, 뒤편의 물길을.

"관철해서, 뚫었어. 거짓말을 계속했어.

"비행기를 통으로 대절하다시피 했지만, 승무원까지는 손을 쓰지 않았다는 노골적인 빈틈을 보이는 것으로 아라운도의 선제공격을 유도했다…. 파견한 자객에 의해, 우리의 비행기는 거꾸로 떨어졌지만, 결과적으로 이쪽 역시 적지에 자객을 보내는 데 성공한 거야.

"자객을.

"나데 공과, 나를.

"천하의 큰 뱀이라도, 그 사악한 망상의 범위 밖이었겠지. 희대의 카이키 데이슈가, 사기로 축적한 재산과 자신의 생명을 미스디렉션으로 삼아, 애송이를 파견하다니.

"정말이지, 말도 안 되는 미끼 이야기야."

019

"…어? 잠깐 기다려, 오노노키짱."

저는 오노노키짱의 교과서를 읽는 듯한 목소리를 멈췄습니다. 본론은 지금부터라는 낌새도 느껴졌습니다만, 그러나 그 전에 한 가지, 묻고 싶은 것이 있었습니다.

"카이키 씨, 죽지 않았어? 그 이야기라면."

"죽었어. 나데 공. 비행기가 떨어지면 말이지, 보통, 사람은 죽어. 그것이 비행기 사고야. 비행기 공포증을 비웃는 비행기 애호가도 이 점만큼은 불리하지. 사람은 죽어. 병으로도 사고로도, 수명으로도 감염증으로도, 굶주려도 목이 말라도 물에 빠져도, 반시뱀에 물려도 이리오모테 산고양이에게 잡아먹혀도, 보통, 사람은 죽어."

"…어?"

아뇨.

그야 그렇습니다만… 하지만, 그렇지만 카이키 데이슈인데요? 신이었을 무렵의 저를 막아 낸 전문가인데요?

"신경 쓰지 마. 그 녀석은 원래부터 한참 전에 죽었던 것이나 마찬가지인 존재야. 살아 있는 체를 하고 있던, 인형 같은 존재야."

시체 인형이 아니었을 뿐이지.

그렇게, 오노노키쨩은 교과서를 읽는 듯한 어조로 말했습니다. 아무런 감정도 담기지 않은 무뚝뚝한 어조로.

"너도 열다섯 살이야. 슬슬 친한 사람의 죽음을 접해도 될 무렵이겠지."

"그, 그그, 글쎄, 조금 아직 그건 이른 것 같은…."

"너보다 어려도, 가족을 돌보기 위해 일하는 아이도 있다고."

"영 케어러를 비극 취급하는 것도 안 좋지만, 미담 취급하는 것도 좋지 않대."

"이야기하지 않게 되는 것이 가장 안 좋잖아."

"아, 알았다, 그게 거짓말이지? 카이키 씨는 적의 책략에 빠져 죽은 척을 해서 아라운도 씨를 속이려 하고 있는 거지? 적을 속이려면 먼저 아군부터…."

"그렇게 생각하고 싶으면 그렇게 생각해도 아무 문제없어. 그렇게 해서 속고 속이기를 해도 문제없어. 생사의 경계를 애매하게 한다. 의외로 그것이 사기꾼이자 전문가, 카이키 데이슈의 최후의 거짓말인지도 몰라."

어디까지나 표표하게, 태도를 바꾸지 않은 오노노키짱. 그 무표정에서는, 역시 감정다운 뭔가를 읽어낼 수 없습니다.

"……."

사실로서.

이 2주 동안, 저는 언제 목숨을 잃어도 이상하지 않은 상황에서, 열다섯 살이든 아니든 간에 항상 죽음을 가까이에서 느껴왔습니다. 그러니까 오노노키짱의 말을 이해하지 못하지는 않습니다. 여기서 이해하지 못하는 척을 하는 것은 시치미 떼는 행동일 뿐이겠지요.

냉엄한 현실에서 눈을 돌리고 있습니다.

앞머리를 늘어뜨리고, 뒷머리가 잡아당겨지는 것처럼.

옛날처럼.

아무것도 모르는 척하며, 츠키히짱이나 나쿠나짱이 시키는 대로 행동하던 무렵처럼. 알고 있어도, 속는 편이 훨씬 편했던 무렵처럼.

하지만… 카이키 씨.

"모르겠네, 내 쪽이."

오노노키짱은 말했습니다. 교과서를 읽는 듯한 어조로.

그렇지만 정말로 모르겠다고 말하는 것처럼.

"확실히 너를 신의 자리에서 끌어내리기는 했어도, 딱히 카이키 오빠가 너의 생명의 은인인 것도 아닐 텐데 말야. 너는 그대로 계속 군림하고 있었어도, 행복하기는 했을 거야."

"그, 그렇지만… ."

"비행기 안에서 이러쿵저러쿵하며 등교거부아를 깔보는 발언을 했던 천벌이 떨어진 거라고 생각하면 될 텐데."

"그, 그것에 관해서는 오노노키짱도 상당히 가시 돋친 소리를 했던 것 같은데… ."

그렇다고는 해도 나쿠나짱이 저에게 걸었던 저주는 근본을 따져 보면 카이키 씨가 그 아이에게 팔았던 것이고, 그런 의미에서 그 사람은 오히려 은인이 아니라 원수입니다.

신의 자리에서 끌어내린 것도 저를 위해서, 저를 생각해서 해 준 일은 아닙니다. 카이키 씨에게는 카이키 씨의 사정이 있었을 뿐입니다.

그럼에도 불구하고 감사하거나, 그 일을 봐서 용서하거나, 신뢰하거나, 호감을 품거나 하는 것은 너무나도 어수룩한 행동이겠지요. 하지만 그렇다고 해서 그리 간단히 딱 잘라 구분할 수는 없습니다. 뱀을 죽인 것을, 태도를 바꾸더라도 개심하더라도, 완전히 잘라 낼 수 없는 것처럼.

받아들일 수 없습니다.

생각을 멈출 수 없습니다.

"뭐, 무리하지 않아도 괜찮아, 나데 공. 무리하게 이해하려고 하지 않아도, 어차피 프로페셔널의 영역이야. 네가 엄격해질 필요는 없어. 가루가 되었던 나를 이 이리오모테 섬에 소환한 시점에서 가엔 씨나 카이키 오빠가 바란, 네가 해야만 하는 역할은 백점 만점으로 끝났어. 의식도 돌아왔고 독도 다 빠져나간 것 같으니, 이대로 여기서 쉬어도 상관없어. 여기서 고독한 사기꾼을 추도하고 있어도."

"…오노노키짱은?"

마음을 가라앉히고 있을 수 없는, 슬퍼해도 될지 어떨지도 모르는, 애매모호한 불안정한 기분인 채로 저는 물었습니다.

"오노노키짱은, 어떡할 거야?"

"나의 일은 아직 끝나지 않았어. 조금도. 여기까지 왔는데 아라운도 우로코와 만나지 않고 돌아갈 수는 없어. 개인적으로는 아라운도가 가엔 씨의 친딸이라는 카이키 오빠의 말의 진위를 확인하고 싶어."

"…카이키 씨의, 원수를 갚는 거야?"

"네가 좋아하는, 네가 그리는 만화가 아냐. 오노노키 요츠기는 그런 이모셔널한 행동은 하지 않아. 프로로서, 나는 자기 일을 할 뿐이야."

프로로서….

조금 전에 제가, 딱 이 나무 구멍 안에서 했던 생각이기도 합니다. 그런 단어로 스스로를 고무했습니다. 만약 내가 거목의 구멍 안으로 유도되어 트랩에 걸려 반시뱀에게 물렸다면, 그 체험담을… 등줄기가 오싹해지는 그 괴담을, 전승해야만 한다고.

그러나 오노노키짱은, 제가 이미 자기 역할을 다했다고 합니다.

그렇다면 이대로 안정을 취하는 것이, 더욱 철저한 프로로서의 업무일지도 모릅니다. 이른바 '쉬는 것도 일'이라는 상황입니다. 액티브 레스트active rest입니다.

은근히 오노노키짱도 그렇게 의견을 내비치고 있는 것이겠지요.

무표정에 무뚝뚝한 말투를 쓰며 감정이 없는 것처럼 행동하고 있어도, 그러나 시체라는 소재를 사용해서 사람을 본뜬 인형인 이상, 생각이나 마음과 무연할 수 없는 이 아이가 카이키 씨에 대해 아무런 사상思想도 갖지 않을 리 없다는 것도, 저는 알 수 있습니다.

친구니까.

"…프로로서, 나는 할 일을 마친 거구나."

"맞아. 저쪽 집의 반년 정도의 집세와 생활비는 가엔 씨가 보증해 주겠지. 마음껏 만화를 그려도 돼. 뭐하면 다가오는 새로운 시대를 대비해서, 디지털 환경을 정비해도 괜찮아. 대형 액정 태블릿과 클립 스튜디오를 구매해도 돼."

좋네요, 그거.

저는 쓴웃음을 짓고… 아직 삐걱거리는, 녹슨 양철판 같은 상반신을 온 힘을 다해 일으켰습니다. 으직으직 하는 소리가 난 기분도 듭니다.

"전문가로서 할 일이 끝났다면, 이제부터는 만화가로서 할 일이야."

"……."

미심쩍다는 듯 침묵하는 오노노키짱.

"지금 이 타이밍에 이리오모테 섬에서, 아무런 취재도 하지 않는다니… 그런 호기심 없는 녀석은 만화가가 될 수 없잖아."

저는 그렇게 말했습니다.

카이키 씨.

분명, 제가 이런 식으로 결의하는 것까지 포함해서 계획한 사기이겠지요. …좋습니다, 알았습니다.

한 번만 더, 속았다고 생각하고, 믿어 드리겠어요.

마지막으로, 한 번만 더.

"무지도, 알려고 하는 한, 죄는 아니잖아."

"잘도 짖는구나."

이리오모테 산고양이처럼.

오노노키짱은 어깨를 축 늘어뜨려 보였습니다. 저의 선언에 특별히 반대하지도 말리지도 않고, 그저 빙글 하고 등을 돌렸습니다.

"자. 특별히, 업어 줄게."

"…으, 으응! 어이가 없어서 등을 돌려 버린 줄 알았어."

"어이없어하는 건 한참 전부터 그러고 있어. 하지만 동시에, 동일한 정도로 감탄하고 있기도 해. 가엔 씨는 둘째 치고, 어째서 언니가 너를 높이 평가하고 있는지 알 것 같다는 기분이 들어."

높이 평가받고 있는 건가요, 저는.

그 폭력 음양사에게… 조금 뜻밖입니다만.

"칭찬받는 것에 익숙해지라고. 장래에 1억 부를 팔 생각이라면."

"1억 부라니, 너무 주제 넘은 목표라…. 나 같은 건 단권 100만 부만 가도 충분해."

"겸허한 것 같으면서 은근슬쩍 말도 안 되는 소릴 지껄이네. 그 눈치를 보니 칭찬에 짓눌릴 걱정은 없을 것 같아. …이것도 프로로서, 좀 촌스럽지만 일단 만일을 위해서 확인해 두겠는데, 정말로 갈 거야? 이번에야말로, 너야말로, 죽을지도 몰라."

무인도는 아니었다고는 해도 서바이벌 생활에서 2주간 살아남고, 혈청도 없이 반시뱀의 독을 견뎌 낸 것은, 네가 선택받은 주인공이었기 때문이 아니라 그냥 어쩌다 보니 그렇게 된 건지도 모른다고… 그렇게 오노노키짱은 말했습니다.

어쩌다 보니.

그러네요.

어쩌다 보니, 운이 좋았던 것뿐이겠지요.

"그야, 만화가가 되려면 운도 중요하다고들 하지만. 그렇기에 그 운을 이런 곳에서 낭비하지 말고 장래를 위해 아껴 두자는 사고방식도 있다고."

"…나는 아마도 운이 아주 좋기도 하고, 아주 나쁘기도 한 인간이라고 생각하지만, 그걸 운으로 끝내고 있어서는 영원히 성장할 수 없다고 생각해."

이리오모테 섬에 표착한 것이 아라운도 씨가 꾀어 들인 게 아니라 단순히 운이 좋았을 뿐이라고 해도. 만약 물가에 밀려 올라온 시점에서 모든 것을 내팽개쳤더라면, 그 사실을 깨닫는 것조차 불가능했습니다.

"운이 아니라 확률로 파악해야 해. 꿈을 이룰 수 있는 확률이 1퍼센트밖에 없더라도 계속 끈질기고 집요하게, 저주받은 뱀처럼 마냥 반복하다 보면, 언젠가 반드시 꿈은 이루어져."

"자상한 말에 착지했네."

모바일 게임의 뽑기 같아, 라고 말하는 오노노키짱.

한도가 없는?

"그러면 확률을 조금이라도 올리기 위해, 취재여행에 동행하기로 할까. 그것조차 할 수 없게 되는 시대가 언젠가 올지도 모르니까."

"그것도 상권을 참조해야 해?"

"자, 얼른 업혀. 잡담을 하며 시간을 때워 줬으니까. 아니면 앞으로 안아 드는 쪽이 좋아?"

너무 어리광을 받아 주지 말았으면 좋겠네요.

그렇게 생각하면서 저는 오노노키짱의 작은 등에, 온몸으로 기댑니다. 시체 인형인 만큼 싸늘해서, 아주 기분 좋은 등이었습니다.

"특별한 거야. 언니도 귀신 오빠도, 업은 적은 없으니까."

그러고 보니… 평소에는 몸통에 달라붙게 하는데 업어 준다는 것은, 대체 어떤 심경의 변화일까요.

"설마 그러진 않을 거라 생각하지만, '언리미티드 룰 북'으로 이동하는 건 아니겠지? 떨어뜨리지 않으려고 업은 건 아니지?"

"일부러 죽을 확률을 높일 건 없잖아. 몸 상태가 나쁠 때는 비행기에 타지 않는 편이 좋아. 내가 산길을 어려워할 거라는 생각이라도 하는 거야? 이대로 걸어서 갈 거야, 아라운도 우로코의 본거지까지."

그 이야기를 듣고 안도하는 한편,

"거목의 구멍 같은 데는 아니어도, 어딘가 섬 중턱 부근의 종유동굴 같은 곳에 숨어 있는 걸까? 아라운도 씨는."

그렇게 저는 곧바로, 취재를 개시합니다.

스마트폰을 가지고 있었다면 여기서는 음성 메모 앱을 작동시키고 싶은 참이었습니다. 비경에 숨겨진 악의 소굴에 도전하는 탐험대 기분입니다.

"그 왜, 폭포수 뒤편에 숨겨진 보물의 동굴이라든가…."

"종유동굴 같은 것도 보고 싶지만, 관광은 모든 것이 끝난 뒤에 하자."

"관광은 할 생각이구나."

"네가 학교 수영복이나 알몸에 블루머 차림으로 액티비티하게 활동하고 있다고, 귀신 오빠를 상대로 상권에서 허풍을 떨어 버렸어."

대체 무슨 어리석은 소릴….

아무리 허풍이라지만 수치심에 몸이 떨립니다.

"원숭이도 나무에서 떨어진다잖아. 어쨌든, 그렇게 되었으니 에필로그까지는 어떻게든 부탁할게."

"엄청 기분 나쁜 부탁이야…."

그렇게 되어서, 라니.

이 상황에 와서 듣도 보도 못한 과중한 업무. 병을 핑계로 결석할 걸 그랬습니다. 그 정도 수준이 아닌 액티비티를 알몸으로 해 왔으니, 정중하게 거절하기로 하죠… 그건 둘째 치고.

"그러면 아라운도 씨의 은신처는 종유동굴이 아니야? 그렇다면 이 이리오모테 섬 어딘가에 숨어서…."

외딴 섬이라고 해도, 오키나와 본섬 다음으로 큰 이리오모테 섬입니다. 섬의 면적만 289제곱킬로미터. 한 명의 인간(인간이라고 말해도 될지 어떨지는 제 입장에서는 도저히 말할 수 없네요)이 숨어 버리면 찾아내기 상당히 어려울 거라고 생각합니다만. 하지만 이리오모테 섬의 9할은 정글이니까요.

9할….

"그러네. 지금 상황에서 어림짐작으로 산 수색을 시작했다간 이중 조난을 당할지도 몰라. 하지만 안심해, 나데 공. 산 수색을 하는 것도 산을 오르는 것도 아니니까."

"그런 거야?"

"오히려 탈출할 거야. 산을 내려가서, 사람이 사는 마을로 갈 거야."

사람이 사는 마을?

이리오모테 섬의… 나머지 1할?

"아라운도 우로코는, 오하라 항 근처의 리조트 호텔에 묵고 있어."

"뭐가 어째?"

020

제가 누디스트 비치에서 바짝 말라 가고 있을 때, 적의 두목은 리조트 호텔에서 우아하고 윤택하게 지내고 있었음을 알게 되자 눈앞이 캄캄해졌습니다만, 그러나 저도 결과적으로 격추되었다고는 해도 퍼스트 클래스로 오키나와까지 찾아온 신분이므로, 뭐라 이러쿵저러쿵 말할 수 없습니다.

하지만 이러쿵저러쿵 말하고 싶네요.

하긴, 사회로부터 모습을 감추고 지내는 끝판대장도 일부러 가혹한 환경에서 살고 싶지는 않을 테니, 아지트를 어디에 만들더라도 그건 자기 마음이겠습니다만… 사방팔방 화풀이를 하고 싶어지는 충동을 억누를 수 없습니다.

머리가 여덟 개인 야마타노오로치의 분풀이라고요.

"야마타노오로치가 되지 말라고. 10만 가닥의 뱀신이잖아, 너는."

"메두사 시절 이야기는 됐어. 그건 그렇고, 오노노키짱. 카이키 씨에 대한 일은 우리가 우리 나름대로 받아들이기로 하고, 사회적으로는 어떻게 받아들여지고 있어? 나라 안에서 비행기가 추락하는 사고는, 상당히 큰일이잖아?"

물론 해외에서 추락하더라도 큰일입니다만, 탑승객 명단이 공개되면 좌석이 비정상적인 형태로 독점되었다는 사실도 밝혀지게 될 것입니다. 그 문제를 제쳐 두더라도, 극장형 사기의 실태를 알지 못했던 저는 본명으로 탑승해 버렸기 때문에 텔레비전이나 인터넷 뉴스에 '센고쿠 나데코'라는 풀 네임이 오르내리게 됩니다.

"그러게 말야. 너의 이상한 이름이."

"이상한 이름이라고 하지 마."

"어떡하지, 그런 건, 귀가 밝은 츠키히짱을 기쁘게 만들고 말아…. '나의 옛 친구가 비행기 사고를 당해 버렸어! 나, 불쌍하지!'라고 말하고 다니게 될 거야."

"아라라기 츠키히의 이미지가 너무 나쁘잖아."

아뇨, 실제로 말할 거예요, 그 애는.

저는 알 수 있습니다. 옛날부터 알던 친구니까.

깊은 곳에서 서로 통하는 구석이 있습니다.

"안심해도 돼. 그런 친구와 서로 통하면서 한순간이라도 뭔가에 안심할 수 있을 경우의 이야기지만…. 가볍게 리서치해 보기로는, 비행기 사고에 대해서는 미리 이야기가 되어 있었는지 가엔 씨가 은폐하고 있어."

"은폐할 수 있는 거야? 비행기 사고를?"

이전에 저(와 저의 분신)이 고향 마을의 서점에서 난동을 피웠을 때도, 그분은 소동을 흔적도 없이 은폐해 주셨습니다만… 전 세계에서 레이더로 감시하는 하늘에서 벌어진 사건을, 어떻게 은폐하는 건가요.

"내가 죽어도, 은폐될 것 같아."

"하하하하."

우왓.

오노노키짱이 웃었어…. 무표정이라, 목소리뿐입니다만… 가짜 이야기 이래로, 처음 웃은 거 아닌가요? 의표를 찔러서, 얼버무리려고 하는 거 아닌가요…?

은폐를 은폐하려고 하고 있지 않나요?

실제로, 그것은 가엔 씨가 직계 후배인 카이키 씨를 은폐했다는 뜻이기도 하고… 상층부까지 미리 이야기가 되어 있었다는 것에는 놀랐습니다만, 과연 어디까지 이야기가 되어 있었던 걸까요.

뭐든지 알고 있는 언니.

이렇게 되면, 어느 쪽이 악의 보스인지 알 수 없게 되기 시작합니다. 정의란 무엇인가, 악이란 무엇인가.

만화로 도전하고 싶은 테마네요.

"나쁜 녀석을 박살 낸 뒤에 하라고. 만화니까."

"만화를 얕보지 마. 착한 녀석이 박살 나도 속이 후련해지는 게 만화니까."

"어쨌든 박살 내는 거냐."

그것도 요즘에는 그렇다고만은 할 수 없지만요.

과격한 폭력묘사도 대체 언제까지 허락될지… 어떻게 생각해도 만화를 옹호해야만 하는 만화가 지망생의 입장에서도, 반세기 정도 전의 만화를 읽다가 내용이 조금 뭐하다고 생각한 적이 없다고는 말할 수 없고요.

모럴이나 윤리관도 시시각각입니다.

"일부러 과거의 명작을 거론하지 않더라도 현대에서도 굉장한 거, 많이 있잖아. 네가 이상화하고 있는 만화와는 다른 장르의, 에로틱하고 그로테스크하면서도 부조리한 명작이."

"있지…. 그렇게 크게 다른 장르라고도 생각하지 않아. 빛도 있거니와 어둠도 있는, 흑이 있으면 백도 있는… 자신이 좋아하는 만화만 책장에 늘어놓으면, 강약과 장단이 없어져 버리는 법이니까."

"그러면 아라운도 우로코는 박살 내지 않는다는 방향으로 가면 되는 거지? 대화로 해결하는 것으로."

"…으음~"

박살 내고 싶은 것은 아닙니다만.

그러나 제가 친구에게 저주받은 것이, 근본을 따지면 카이키 씨의 장사 때문이라고 말한다면, 좀 더 따지고 들어가면 그 저주는 아라운도 씨에게서 시작되었다는 사정이 있습니다.

카이키 씨의 원수를 갚을 생각은 없다는 오노노키짱의 프로 의식에 석연치 않음을 느낀다면, 아라운도 씨와 아무런 앙금 없이 화기애애하게 이야기를 나눈다는 것도, 약간의 불공평한 느낌이 남네요.

아무리 제가 대화에 굶주려 있다고는 해도.

"그 부분은 분위기의 흐름일까. 괜찮아, 저주하지는 않으니까."

"분위기의 흐름 때문에 저주받으면 아라운도도 견딜 재간이 없을 텐데 말이야…. 의외로 저주라는 건, 그런 것일지도 모르지만."

소득 없는 논의에 질렸는지, 오노노키짱은 "조금 전에 확률 운운하는 이야기가 나오기도 했으니, 이야기가 나온 김에 말해 둘까."라며 말을 끊고, 화제를 바꾸었습니다.

맥락이 없네요.

"가능성이 낮으니까 입을 다무는 편이 너를 위해서 좋을 거라 생각했지만, 역시 설명할 책임이 있겠고, 알 권리도 있겠지."

양쪽 다 표현의 자유와 표리일체야.

그렇게 말하는 오노노키짱, 무엇을 말하려 하는 걸까요.

무엇을 표현하려고 하는 걸까요.

"전에 말했던 거, 기억해?"

"우후후. 오노노키짱에게서 들은 건 전부 기억하고 있어."

"나를 구워삶으려고 하지 마. 그런 방법으로 토오보에 나쿠나나 아라라기 츠키히의 마음을 얻었다면, 너에게 동정의 여지는 없겠네. 그 왜 가엔 씨가 대학생 시절에, 네 명의 후배와 나라는 시체 인형을 만들어 냈을 때의 에피소드야."

"아아…. 말했던가. 뭔가 들은 것 같기도 하고, 못 들었던 것 같기도 하고."

"그런 거야."

가엔 이즈코. 오시노 메메. 카이키 데이슈. 카게누이 요즈루. 그리고 한 사람은… 테오리 타다츠루, 였던가요.

아, 맞다, 목숨이 경각에 달렸을 때에 기억났었죠.

"지금 와서는 어디까지 진심이었는지 알 수 없는 자유연구인데, 결과적으로 시체 인형인 내가 태어났고, 다섯 명의 대학생은 저주받았어. 저주받은 대학생 대부분은 중퇴하게 되었지."

"어…. 중퇴의 이유도, 오노노키쨩을 만들었기 때문이야?"

"강렬한 저주였으니까. 그것을 짊어진 채로 학업의 길을 걷기는 거의 불가능했어. 가엔 씨라면 가능했을지도 모르지만, 리더로서 책임을 지는 형태였겠지. 지면을 걸을 수 없는 저주를 받은 채로, 박사 학위까지 딴 언니 쪽이 이상해."

등교거부아인 제가 말하는 것도 뭐합니다만 확실히 그건 카게누이 씨가 비정상이네요…. 박사 학위를 딴 건가요, 카게누이 씨. 사람은 겉모습으로도 성격으로도 행동으로도 판단해서는 안되는 법이네요.

"어느 쪽일까…. 그런 사람이라도 대학에 다녔으니 나도 노력해야겠다고 생각해야 될까, 대학을 졸업해도 그런 느낌이라면 무리하면서까지 갈 의미는 없다고 생각해야 될까."

"대학을 중퇴하면, 오시노 오빠나 카이키 오빠처럼 된다고."

"그건 절대 사양하고 싶네."

"그런 두 사람으로부터 특히 강한 영향을 받은 사람은, 역시 학업의 길을 단념한 하네카와 츠바사이기도 하지."

"악영향이야."

그래서, 이것은 무엇의 복습인가요?

제가 평소에 오노노키쨩과 나누었던 수다를 흘려들었는지 어떤지의 체크인가요? 나쿠나쨩이나 츠키히쨩이 잘 하는 거.

"그 두 사람은, 친구에게 일부러 같은 말을 몇 번이나 해서 충성심을 시험하거든."

"정말로 친구였어? 그게 아니라… 뭐, 과거의 대학생들이 몸에 짊어진 저주는, 지금은 완전히 정착되어서 다들 능숙하게, 적당히 함께 살아가는 방법을 찾았다는 느낌이지. 그중에는, 지옥에 떨어지는 것으로 저주를 강제로 해제한 녀석도 있어."

그중에는, 이라니.

소거법으로, 테오리 타다츠루 씨 이외에는 없지만요.

"말하자면 지병持病이라는 느낌이라, 이미 아무도 신경 쓰지 않아. 그러니까 그 문제를 여기서 꺼낸 것은 어디까지나 참고 사례로서야, 센고쿠 나데코."

"응… 아, 네."

탑승자 리스트도 아닌데, 풀 네임으로 불리면 긴장하게 되네요. 오노노키쨩에게는 거의 불린 적이 없었기 때문에 더욱 그렇습니다. '나데 공'으로 불리는 데 익숙해진 쪽이 더 이상합니다만.

"이번에 이야기를 듣기로는, 아무래도 의식적으로 한 일이 아니었다고 해도 너는 물고기밥이 되었던 나를 재구성했어. …말하자면 '죽은 시체를 되살렸다'는 거야. 어쩌면 이 행위는 룰에 저촉되고 있을지도 몰라."

"루… 룰?"

"세상의 이치에 반한다는 거야. 요컨대."

너는 저주받았을지도 몰라.

뭔가에.

"나의 부활을, 인형을 수리한 것으로 파악할지 아니면 새로운 생명을 낳은 것으로 파악할지는 신만이 알겠지. 아마도, 수리에 해당한다고 판단해서 가엔 씨나 카이키 오빠는 너를 플랜의 축으로 삼은 것이겠지만, 어쨌든 한 번 실패했던 다섯 명 중 두 명이니까."

그런 이야기를 하자면 저 따윈 실패한 게 한두 번이 아니라고요. 왠지 모르게 키타시라헤비 신사에서 토막 시체가 되었던 오노노키짱을 퍼즐처럼 조합한 행위의 연장선상이라고 이해하고 있었습니다만, 그러나 그 말을 들으니 저의 행동은 다섯 명의 오컬트 대학생들 쪽에 가까운 사례인지도 모릅니다.

애초에 물고기밥이 된 오노노키짱과, 제가 '그림'으로 재현한 오노노키짱이 동일 인물… 동일 인형이라고 볼 수 있는가 하는 철학적인 좀비 문제가 있습니다.

진짜 좀비인가, 철학적인 좀비인가.

제가 별모래를 촉매로 삼아 완전히 새로운 시체 인형을 만들었다고 판단되면, 제가 저주받지 않을 리가 없습니다.

저주받은 소녀입니다.

"그, 그러면 나도 카게누이 씨처럼, 지면을 걸을 수 없게 되는 거야?"

　그래서 지금, 이렇게 업혀 있는 걸까요? 최종적으로는 오노노 키짱에게 손가락 하나로 떠받쳐지거나 하는 걸까요? 그것은 카게누이 씨의 신체능력이 있기에 가능한 일이란 기분도 든다고 해도.

"아니면 가엔 씨처럼 모든 지식이 강제로 뇌 안에 쑤셔 넣어진다든가, 카이키 씨처럼 거짓말밖에 할 수 없게 된다든가, 오시노 씨처럼 주거지를 잃는다든가?"

"다섯 명은 다섯 명이 함께 금기를 범했으니까 걸린 저주도 5등분으로 분산되었지만, 너는 혼자서 이뤄 냈으니까. 그 전부일 수도 있어."

　말도 안 되네요.

　어째서 제가 그런 꼴을…. 전문가 다섯 명이 각자 나눠서 받게 된 저주를, 저 혼자서 전부 품을 수 있을 리가 없잖아요.

　책임 못 질 짐을 질 수는 없다고요.

"전문가 못지않은 실력이었는걸. 뭐, 어쩌면 전혀 다른 저주일지도 몰라. 두 번 다시 그림을 그릴 수 없게 된다든가."

"더욱 무서운 가능성을 제시하고 있어…."

"혹은, 그릴 수는 있지만 만화가 하나도 재미없다든가."

"그런 일이 생길 때마다 저주 탓으로 돌리는 녀석이 되고 말 거야."

　개그처럼 말하고 있습니다만, 진짜로 호러네요…. 지금 단계에서는 어디까지나 조심스러운 디메리트 표시일 뿐입니다만, 마음에 담아 두는 게 좋아 보이는 충고입니다.

돌아가면 가엔 씨에게 정밀검사를 받아 보는 편이 좋을지도 모릅니다. 아뇨, 가엔 씨가 그렇게까지 준비하고서 저를 이리오모테 섬에 파견했다고 한다면, 가엔파가 아닌 세컨드 오피니언을 요구해야 할까요.

이치에 반한다… 생명을 멋대로 조작하는 것은 그 정도로 죄가 무거운 행동으로 보입니다. 불사신의 괴이를 전문으로 하는 카게누이 씨의, 근원이 그 부분에 있는 것이겠지요.

유일하게, 자신의 길을 굽히지 않고 대학을 졸업한 카게누이 씨의….

"…애초에, 다섯 명은 왜 오노노키짱을 만든 거야?"

"그건 너에게 왜 만화를 그리는가를 묻는 것과 마찬가지일 거야."

"요컨대?"

"반쯤 재미로."

실례되는 소릴… 이라고 말하고 싶은 참입니다만, 극단적으로 말하면 '재미있으니까' 이외의, 나머지 절반의 이유를 찾는 쪽이 어려울 것 같네요. 굶어 죽을 상황에서도 그래도 한결같이, 그림을 그리고 싶다고 바란 저 따윈… 뒤집어 말하면 같은 열의와 같은 열량으로, 다섯 명의 대학생은 오노노키짱을 제작했다는 이야기가 됩니다.

아직 누구도 아니었을 무렵의 전문가들.

"그러네. 어쩌면 그 다섯 명도, 재미 외의 나머지 절반을 지금도 아직 모색 중인지도 모르겠어. 다만 비행기 안에서 카이키 오빠에게 들은 새로운 정보를 참고하면, 주모자인 가엔 씨의 동기 일부는, 보이지 않는 것도 아니야. 나는 딸의 대용품이었던 게 아닐까?"

"……."

"현재, 너에게 딸을 투영하고 있는 것처럼, 과거에 나에게도 그 관리자는 딸을 투영하는 경향이 있었어. 젊은 혈기의 소치라고 해야 할까. 그렇다면 그건 언니가 예전에 나에게, 불사신의 괴이에게 잡아먹힌 친여동생을 투영하고 있던 것처럼, 실패한 프로젝트일 뿐이야."

뒷설정을 툭툭 까발리네요.

이것이 끝이기 때문일까요?

친여동생, 친딸.

"가짜 여동생이고, 가짜 딸이지만. 내가 가짜 이야기부터 등장한 이유가 그 부분에 있어."

"아무리 그래도 그건 나중에 갖다 붙인 거지?"

"언니가 옛날에 나에게 친여동생을 투영하고 있던 것은 진짜지만. 뭐, 가엔 씨의 생각에 대해서는 적당히 추측해 본 거야. 그런 경향이 있다는 것도 짐작이야. 그냥 텅 빈 구멍일지도. 그 것보다 의외로 오늘, 이날을 위한 준비였다고 생각하는 편이 적당하다고 봐."

오노노키짱이 그렇게 말했을 즈음, 우리는 간신히 정글의 험한 구역을 빠져나왔습니다. 아직 조금 더 가야 합니다만, 간신히 포장도로가 보이기 시작했습니다.

도로. 자동차. 마을….

2주 만에 보는 인공물….

아뇨, 오노노키쨩을 인공물로 본다면 한참 전에 보았고, 제가 만들어 낸 교복 또한 인공물입니다. 그래도 이 풍경에는 감개무량할 뿐입니다. 별이 빛나는 밤하늘이라면 이해하지만, 이거 참, 사람이 사는 집들을 보고 감동하다니….

"버린 친딸을 언젠가 타도하기 위해, 충실한 후배들과 함께 가짜 딸을 제작해서, 장래에 찾아올 친자대결의 준비를 착착 진행하고 있었다. 그리고 너라는 절호의 법정화가가 모였을 때, 면회를 결의한 거야."

그렇군요, 가엔 씨답습니다.

어머니답지는 않습니다만.

021

아라운도 우로코 씨가 본거지로 삼은 리조트 호텔은, 생각보다도 리조트 호텔다웠습니다. 저의 상상력, 혹은 각오를 훨씬 뛰어넘었습니다. 게다가 대도시 같은 고층빌딩이 아니라 숙박객들이 각각 코티지 같은 보트 하우스에서 지낼 수 있는, 일종의 고급 주택가입니다. 해수욕부터 바비큐까지, 스쿠버부터 물소타기까지, 여차하면 플라이보드도, 전부 호텔 부지 안에서 즐길 수 있는, 이렇게 말해도 괜찮을지 모르겠습니다만 대형 어뮤즈먼트 파크 같았습니다.

"내, 내가 섬 뒤편에서 모래에 파묻혀 자고 있는 동안에, 섬 앞쪽에는 이런 우아한 리조트가…."

반시뱀의 독에 괴로워했을 때보다도, 몸이 부들부들 떨리는 전율이 멈추지 않습니다. 뭐였던 건가요, 미약한 불씨를 만들기 위해 반복했던 그 피칭 연습은… 야구장 같은 시설도, 여기에는 있잖아요.

마음껏 던질 수 있다고요.

"그렇게 르상티망ressentiment을 똬리처럼 틀지 말라고, 장래의 100만 부 작가가 말야. 어차피 너도, 장래에 큰돈을 번 뒤에는 그리는 만화에 설득력이 없어질 테니까."

"내가 잘 팔리게 된 뒤를 예측하고서 폄하하고 있어…."

"반대로 설득력이 생기는 경우도 있을까. 큰돈을 벌었기에, 세상은 돈이 전부가 아니라는 말에 실감이 담기는 거지."

"그런 말에 실감을 담기 위해서 큰돈을 벌지는 않아."

돈이 무엇보다도 소중하다, 좋아한다고 큰소리쳤던 카이키 씨의 의견도 꼭 좀 들어 보고 싶은 참입니다만, 이 호텔에 도착한 것은 저와 오노노키짱 둘뿐입니다.

서바이벌에서 살아남은 두 사람입니다.

"자, 얼른 가자. 여유를 갖고 나왔지만, 약속 시간에 늦어질 것 같아."

"만날 약속을 잡은 거야? 끝판대장의 대결을 앞두고?"

"응. 근처에 가면 연락하겠다고."

그래서 격추된 거 아닌가요, 그 비행기? 아무래도 오노노키짱은 산속에서 휴대전화 전파가 잡히자 지참한 어린이 휴대전화로 연락을 취한 것 같습니다만… 그런 이야기였군요.

전문가의 신사협정이 있는 걸까요.

아니면 의식일까요.

과거에 저는, 그런 의식을 학교 수영복을 입고 했던 적이 있습니다….

"이 호텔, 스파도 있지? 대면하기 전에 목욕을 하고 가면 안 될까?"

"어라라. 도라에몽의 이슬이 같은 소리를 하네."

"매너 이전의 문제야. 모래 목욕이라든가 멱감기 같은 건 했지만, 어쨌든 2주 동안의 유사 무인도 생활로 밴 체취는 호텔 출입을 거부당할 레벨이라고."

"평범한 분의 입장은 사양합니다, 라는 말을 듣는다고?"

그렇게나 평범하지 않은 호텔인가요?

이용객들도, 가격도.

참고로 작은 물고기만을 먹고 있던 저는, 공복에도 독과 같은 수준으로 고통받았습니다만, 산을 넘는 도중에 오노노키짱이 행동식으로 사타안다기*를 먹게 해 주었습니다.

※사타안다기(サーターアンダギー) : 오키나와의 전통 음식으로, 밀가루와 설탕과 달걀을 둥글게 반죽해서 만든 달콤한 튀김과자.

고마웠습니다만, 저를 구하러 오기 전에 어딘가에 들렀던 것이겠지요.

"아라운도에게 빌려, 욕실을."

"끝판대장에게 욕실을 빌리는 녀석이 어딨어?"

"좋은 방이라면 거품목욕 기능이 있는 쾌적한 목욕탕도 있을 거야. 스위트룸에는 작은 섬이 딸려 있는 모양이니까."

"작은 섬이라니."

스파 정도가 아니네요.

슈퍼입니다.

"네가 좋아 죽고 못 사는 무인도라고. 프라이빗 비치는 연예인들이 좋아하지. 뱀술사도 좋아하고."

"이런 비치 리조트를 근거지로 삼고 있으면서 어둡고 음습한 저주를 이쪽저쪽으로 난발하고 있다니, 그거야말로 설득력이 없어…."

거목의 빈 구멍에서 살라고 말할 수는 없습니다만.

완전히 짜게 식는다고요.

"귀한 집 아가씨 같은 자식. 어쩔 수 없지, 여기서는 인도어파스럽게 가자. 스파까지는 아니더라도, 프런트에 부탁하면 숙박객이 아니어도 잠깐 수영장용 욕실 정도는 빌려줄 테지… 올해까지는."

틈만 나면 냄새를 풍기네요, 상권의 내용.

실제로 별 마이너스 3개의 호텔에서도 문전박대를 당해도 이상하지 않았을 저의 프레그런스였습니다만 (향수로 판매할까요?) 그러나 입고 있는 중학교 교복의 덕을 본 것인지, 아니면 일류 호텔의 스탠더드한 대응인지, 웃는 얼굴로 흔쾌히 샤워룸을 빌려주셨습니다.

그 사이 오노노키짱이 기념품 숍에서 갈아입을 옷을 사 와 주었습니다. 저로서는 '사족의 스킬'로 두 번째 옷을 만들어 낼 수도 있었습니다만, 지역 경제에 공헌하고 싶다는 마음이 있었던 것 같습니다.

네, 서바이벌 생활로 환경에 부담만 주고 끝이면 확실히 좋지 않겠지요. 무인도라고 생각했으니까 물고기를 잡거나 돌을 깨거나 모닥불을 피우는 등, 살아남기 위해 생사를 건 갖가지 방법을 썼습니다만, 관광객이 기념촬영을 위해서 자연을 파괴했다고 간주하면 뭐라 할 말도 없습니다.

죽어 가던 여자 중학생이 이쪽저쪽에서 돌을 깬 것은, 역시나 그렇게 큰 책망을 듣지는 않겠습니다만, 그렇지만 이러니저러니 해도 산호초를 상처 입히지 않아서 다행이에요….

오노노키짱이 사 온 옷은 카리유시웨어였습니다.

이제 와서, 비행기 안에서 나누었던 대화가 실행된 것입니다. 카이키 씨의 카리유시 차림도 보고 싶었네요. 끝판대장과의 면회를 앞두고, 전투복이라면 교복 쪽이 강하겠습니다만, 대화의 가능성도 남기고 있다면 융화적으로, 로마에 갈 때는 로마법을 따르라는 드레스 체인지도… 뭐, 알몸보다는 낫겠지요.

오노노키짱도 카리유시로 갈아입었습니다.

실제로, 그 풍성한 드로어즈 스커트로 용케 산을 넘었네요.

샤워와 옷 갈아입기라는, 이제 와서는 아무런 서비스도 되지 않는 서비스 신을 끼워 넣고, 그리고 우리는 드디어 아라운도 우로코의 본거지로 들어갔습니다. 리조트 호텔의 스위트룸, 섬이 딸린 보트 하우스에.

과연.

"야아, 상당히 오래 기다리게 하잖아, 나데코. 나는 목을 길게 빼고 기다리고 있었어. 뱀이니까 온몸이 목이나 마찬가지지만 말야. 아하하."

그렇게.

아라운도 우로코는, 우리를 맞이했습니다. 아~ 그렇구나.

그렇구나, 그런 거구나.

이렇게 나왔나요.

이건 숨겨 봤자 무의미했겠네, 라고 저는 진심으로 납득했습니다.

오히려 미리 복선을 깔아 주지 않았더라면, 필시 패닉에 빠졌겠지요…. 카이키 씨의 악질적인 거짓말일 가능성을 저는 고집스럽게 버리지 못하고 있었습니다만, 오히려 그 가능성을 높게 보고 있었을 정도였습니다만, 그런 것이 아니었습니다.

그 사전 정보가 없었더라면, **가엔 씨 그 자체라고** 말해도 될 만한 눈앞의 여성을 어떻게 받아들여야 좋을지 도저히 결정할 수 없었겠지요.

무서울 정도로 똑같았습니다.

판박이 그 자체였습니다.

도플갱어가 아닐까 하고 생각할 정도로… 그렇다고 해도, 설령 제가 낳은 여러 명의 분신, 얌전나데코나 역나데코나 신나데코 같은, 그런 양상과는 조금 다르게 그야말로 부모와 자식의 비슷함이라고 할까요. 잘못 볼 리는 없습니다.

사람이 바뀌는 트릭이나 1인 2역의 의심은 없습니다.

마치 부모님 참관 수업 같은 불편한 분위기를 럭셔리하고 개방적인 남국의 공간에서, 저는 느꼈습니다. 친구네 집에 놀러 갔다가 친구의 가족에게 인사할 때 같은 불편함.

실제로 이건 츠키히짱의 집에 놀러 갔을 때의 경험담입니다만… 츠키히짱의 집에 놀러 가서 츠키히짱의 어머니나 언니나, 오빠를 만났을 때 같은.

불편함.

만약 가엔 이즈코 씨가 열다섯 살이었다면 딱 이런 느낌이겠지, 라고 생각되는 캐릭터 디자인. 숨을 삼키지 않을 수 없습니다.

그러나 친구의 가족이 대개 그렇듯이, 압도적인 차이도 부정할 수 없었습니다.

우선 앞서 말했던 대로 연령감이 다릅니다.

아무리 가엔 씨가 젊다고는 해도, 역시 이렇게 보니 그 사람은 확실히 어른이구나 하는 생각이 듭니다. 눈앞의, 등나무 의자에 등을 기대고 앉아 있는 아라운도 씨는 확실히 저와 동년배인, 열다섯 살의 여자아이였습니다.

게다가 그 팔다리가.

리조트 호텔 분위기가 풀풀 풍기는 나이트가운에서 뻗어 나온 팔다리가, **빽빽하게** 비늘로 덮여 있었습니다.

뱀처럼.

뱀에 달린 사족이, 비늘로.

아라운도洗人, 우로코迂路子.

"그리고 그쪽이, 나의 엄마가 만든 인형인가? 귀엽네."

아라운도 씨는 히죽히죽 웃으면서 저와 나란히… 아니, 무표정하지만 기분상 한 걸음 앞으로 나가서 이미 임전태세인, 카리유시 차림의 오노노키짱에게 그렇게 말했습니다.

가엔 씨가 오노노키짱에 대해, 그렇게 말할 때 같은 어조였습니다.

"그건 그렇고 엄마가 어째서 너를 만들었는지, 생각한 적 있으려나?"

"이런 우연도 다 있네, 방금 전에 생각했었거든."

오노노키짱도 교과서를 읽는 듯한 무뚝뚝한 어조로 태연하게 대답합니다. 가엔 씨에게 그런 질문을 받으면 그렇게 대답할 것처럼.

"나는 오늘, 이날, 너를 처치하기 위한 자객으로서 준비된 인형 폭탄이야."

딸의 대용품이라는 설은, 오노노키짱은 언급하지 않았습니다. 아라운도 씨는 "그건 아주 핵심을 찌르는 견해네. 너는 반항기일까?"라며 히죽히죽 웃었습니다.

여유를 보이고 있다기보다, 원래부터 그런 얼굴 형태인 것처럼.

"엄마가 귀여운 딸에게 귀여운 인형을 선물하는 건, 어느 지방에서도 지극히 흔한 문화일 텐데."

"……."

오노노키짱은 침묵했습니다.

그 발상은, 저에게도 없었습니다. 저도 과보호되던 무렵 부모님에게 다양한 인형을 선물 받았었는데도.

저 자신이 부모님의, 인형 같은 존재였으니까요.

"뭐, 모든 것을 아는 저주를 한 몸에 받기 위해서 일부러 터부를 범했을 가능성도, 음습한 뱀으로서는 생각하지 않을 수 없지만… 벌을 받는 것을 목적으로 죄를 범했을 가능성이지. 그렇다면 그것은 불가능 범죄가 아니라, 완전범죄로서 달성되었어. 그건 그렇고 나데코. 나데코, 라고 불러도 괜찮을까?"

"…마음대로 부르세요."

허물없이 구는 느낌은 별로 좋아하지 않습니다만, 그렇다고 해서 여기서 거절할 구실도 없습니다. 거침없이 들이대는 사람에게는 약합니다. 가엔 씨라거나, 나쿠나짱이라거나, 츠키히짱이라거나… 그렇다기보다 지금 저의 주위에는 그런 사람들밖에 없습니다.

도망칠 수 있는 상대로부터는 계속 도망친 결과, 주위에 강적밖에 남지 않았다는 무서운 시추에이션입니다.

"요츠기와 달리, 너를 귀엽다고 말하는 건 사교예절로도 자제하기로 할까. 아니, 두 사람 다 내 앞에 그렇게 서 있는 시점에서 정말 사교로도 예절로도 아니라 귀엽다고 생각하고 있지만…. 그런 말을 듣는 건 싫어할 것 같아. 게다가 지금 너는 귀여운 것 이상으로, 늠름해."

내가 준비한 어트랙션은 재미있게 즐긴 모양이네, 라고 아라운도 씨는 말했습니다.

"그야, 그 어떤 히키코모리라도 2주간의 서바이벌 생활을 하게 되면 씩씩하고 늠름하게 변하겠지…. 역시, 나의 조난은… 나의 수난은 당신 짓이었어?"

"모처럼 복잡하게 얽힌 인연으로 만났는데, '당신'이라고 생판 남처럼 부르지는 말아 줘. 우로코라고 불러도 돼."

장난치듯이 윙크를 하는 아라운도 씨.

음습한 뱀이라고는 생각되지 않을 정도로 싹싹하네요.

게다가 겉으로 보기에는 동년배 같고, 그렇게 되면 어떻게 행동해야 좋을지 좀처럼 결정할 수가 없습니다. 같은 세대의 여자애는 부담스럽습니다. 안 그래도 원래부터 사교적인 성격도 아닌데. 이런 첫 만남의 자리에 익숙할 리가 없다고요.

게다가 아무리 노력해도 아라운도 씨의 팔다리에 저절로 눈길이 가 버려서 대화에 집중할 수 없습니다. 비늘이 빽빽한 팔다리에.

제가 뱀에게 저주받았을 때는 비늘 자국이 온몸에 새겨졌습니다만… 아라운도 씨의 경우, 흔적 같은 게 아니라 명백히 맨살에서 비늘이 '돋아나' 있습니다.

"아아, 이거 말야? 신경 쓰지 마. 이건 이것대로 다른 사람을 저주하면 구멍을 두 개 판다는 속담대로의 결과야. 15년간, 낯선 타인을 계속 저주해 온 것의 앙갚음이지."

그렇다면 과거의 나보다는 입원 중인 나쿠나짱이 온몸이 구멍투성이가 되었던 것과 비교하며 이야기하는 것이 맞을 듯합니다. 애초에 나쿠나짱의 근원이, 이 아라운도 씨입니다.

저주의 원천.

주술의 폭포 웅덩이.

"그것보다도 축하해. 이것으로 나데코의 수업은 컴플리트야. 내가 있는 곳까지 도달하다니, 너는 이미 훌륭한 전문가야."

"…설마, 그 엉뚱한 서바이벌 생활이 수업의 최종시험이었다고 말할 생각이야?"

울컥한 것이 말투로 드러나 버렸는지도 모릅니다. 역나데코의 인격이 겉으로 나오지 않는 한 저는 제가 그렇게 화를 잘 내는 편은 아니라고 생각하고 있습니다만, 그러나 역시 완전히 억누를 수 없었습니다.

놀리는 것이라면 너무 악질이고, 그것이 진실이라면 더욱 악질이기 때문입니다.

사기의 피해를 입는 쪽이 그나마 낫습니다.

평생 모래 이불을 덮고 자도 괜찮으니, 가엔 씨가 소개해 준 연립주택에서 나가고 싶다는 충동에 휩쓸리기까지 했습니다. … 아뇨, 평생 모래 이불은 좀 아니죠, 아무리 그래도.

하지만… 그것이 수업?

"그렇게 흥분하지 마. 나하고 엄마가 이 상황의 이면에서 결탁해서 나데코의 비약적인 성장에 일역을 담당했다고 말하는 건 결코 아니야. 회의 따윈, 할 것도 없었으니까."

"……?"

"그러네. 이면이라고 말하자면, 확실히 이면은 있었어. 나데코에게 이 이리오모테 섬 서바이벌이 수업이었다고 한다면, 엄마에게는 수업이 아닌 업業이었다는 이면이."

업?

저는 오노노키짱 쪽을 엿보듯이 보았습니다. 카이키 씨가 비행기를 대절했던 것을 알고 있었던 것처럼, 지금 아라운도 씨가 하는 이야기에 대해서도 이 시체 인형은 어떠한 지견을 가지고 있지 않을까 생각하고 눈짓으로 물었던 것입니다.

물론 돌아오는 것은 무표정입니다.

그러나 그런 무표정에도, 오노노키짱은 웅변으로 '난 모르겠는데'라고 말하고 있었습니다. 신용하도록 하죠.

"…어떻게 된 일인지, 알려 줄 수 있어? 아라운도 씨…."

"우로코라고 편하게 불러 준다면야."

그렇게, 끝판대장은 말합니다.

과거의 저도 이면에서 끝판대장이라 불렸습니다만, 역시 진짜 끝판대장은 품격이 달랐습니다. 그러나 아라운도 씨를 우로코라고 부르는 건 간단한 일입니다만, 이 경우에는 그 간단함을 받아들이기가 몹시 힘드네요.

간단히 손에 들어오는 성과 따위 간단한 성과일 뿐이란 사실을, 저는 이 서바이벌 생활로… 아라운도 씨가 말하는 수업에

서, 배웠습니다. 노력을 하고, 그래도 손이 닿지 않는 것이야말
로 성과이며, 정답입니다.

아주 미약한 불씨를 얻는 것에도 어깨가 부서질 수준의 노동
이 필요했는데, 가엔 씨의 친자관계에 발을 들이는 것이 간단해
도 될 리가 없습니다.

저 같은 젊은이가 사기꾼이 사 준 퍼스트 클래스에 타면, 그
비행기는 추락하는 것입니다. 오시노 씨 스타일로 말하면 상응
하는 대가라고 할까요.

괴이에는.

그것에 상응하는 이유가 있다.

그러나 그렇다고 해서, 저에게 등가교환을 위해 내놓을 정보
는 없습니다. 정보도, 금전도, 재능도, 아무것도 없습니다. …아
뇨, 있네요.

있었네요. 저에게만 있는, 뱀의 다리가.

저 나름의 자급자족이.

"…아아, 그렇구나. 그랬구나."

그때, 저는 문득 깨달았습니다.

제가 이 이리오모테 섬에 온 이유가… 카이키 씨는, 어째서 아
라운도 우로코가 이 섬에 거점을 만들었는가를 알아내기 위해
가엔 씨가 우리 세 명을 파견했다고 이야기했고, 저도 그 추측
을 옳다고 생각했습니다.

적어도 사기꾼과 수습 전문가와 근신 중인 시체 인형으로 이
루어진 무법자 같은 팀에게, 적의 우두머리를 타도하는 것까지

바라지는 않을 것이란 근거에는, 순순히 고개를 끄덕일 수 있었습니다.

하지만… 그렇지 않을지도 모릅니다.

카이키 씨나 오노노키짱에게만 가능한 일이 있었던 것처럼, 저에게만 가능한 일이 있었던 게 아닐까요? 이 센고쿠 나데코에게만 가능한 일이.

그렇다면.

"…알았어, **우로코**."

저는 말했습니다.

이렇게 되면, 아라운도 씨를 우로코라고 부르는 것 정도야 아무것도 아니었습니다. 편하게 부르는 것 정도야, 생활필수품에 들어가는 소비세 같은 것입니다.

"그 대신 우로코가 준비해 줬으면 하는 게 있는데, 부탁할 수 있을까?"

"좋고말고. 친구의 부탁은 뭐든지 들어주는 게 엄마에게 물려받은 나의 스탠스야. 뭘 준비하면 되는 걸까. 저주의 부적일까?"

"종이와 펜."

단호하게, 저는 대답했습니다. 무인도에 뭔가 하나를 가져가야 한다면, 망설이지 않고 가지고 갈 한 세트를.

해변의 모래밭에 나무 막대기라도, 바위에 물이라도 괜찮았습니다만, 역시 그것이 가장 익숙합니다. 원고용지에 스푼펜이라면 불만은 없습니다.

"? 확실히 좀 긴 이야기가 되겠지만, 메모를 할 정도의 내용은 아닌데?"

우로코는 기기괴괴하다는 듯이 고개를 갸웃했습니다… 아뇨, 치켜들었습니다.

말할 것도 없이, 뱀처럼.

022

"엄마에 대한 이야기를 하려면, 우선 큰엄마 이야기를 해야만 한다는 것이, 사랑하는 딸로서는 괴로운 부분이야.

"알고 있지?

"가엔 토오에.

"가엔 이즈코의 언니이자 칸바루 스루가의 어머니고, 카이키 데이슈의 가정교사이기도 했지. 이렇게 프로필만 들어도 보통 인물이 아니지만, 실제로는 과장되었기는커녕 그 이상으로 대단한 인물이야.

"대인이라고는 말할 수 없지만, 뭐, 인물이지.

"고인이라는 것이 정말이지 아쉬워.

"다만, 어떤 위인이라도 병과 교통사고에는 이길 수 없다는 엄연한 교훈을 알려 주었다고, 카이키 데이슈라면 말할지도 모르지. 이리오모테 산고양이조차 보호할 수 없는 로드킬. 비행기 사고를 당한 직후의 나데코 또한, 통감하는 부분이기는 할 거야.

"아니, 아니. 잡담이 아니라.

"농담이 되지 않는 괴담이야.

"실제로, 아무리 잘라도 떼어 놓을 수 없어, 엄마와 큰엄마의 자매관계는… 엄마는 부끄럽게 생각하겠지만, 우수하고 스토익하고 망가지고 사기급 능력을 지닌 언니가 있다는 것은 여동생에게는 콤플렉스일 뿐이야.

"가엔 이즈코도 예외는 아니지.

"아라라기 코요미를 오빠로 둔 파이어 시스터즈를 가까이에서 보아 온 외동아이인 나데코에게는, 어떻게 예를 들어야 이해하기 쉬울까. 나데코가 보기에 우리 엄마는 완전히 어른이 되지 못한 자유분방한 어린아이, 어쩐지 미워할 수 없는 어른이라고 관찰할 수 있겠지만, 그런 행동거지는 죽은 언니를 자연스럽게 반면교사로 삼고 있는 부분도 있어.

"필연적으로 나도 그 성격을 물려받았지. 계승할 수밖에 없는 사정이라는 것이 있어서, 그것을 이제부터 설명할 거야. 나에게 엄마가 반영된, 그 사정을.

"나는 엄마와 달리 '뭐든지 알고 있는 언니'는 아니지만, 그 대가로서 '뭐든지 알고 있는 딸'이야.

"**'엄마에 대해서라면'**.

"'뭐든지 알고 있는 딸'이야.

"나데코 앞에서 아라라기 코요미의 이름을 입 밖에 내는 건

적절하지 않은 행동이란 건 알고 있지만, 사전준비라는 게 있으니 잠시만 참아 줘⋯ 이젠 그렇게 신경 쓰이지 않는다고?

"성장했구나. 수업의 성과일까?

"아니면⋯ 그 이전에, 한참 전에.

"네 명의 분신과 마주한 경험이 나데코의 피가 되고 살이 된 걸까. 부럽네, 엄마가 마주해 주지 않는 외동딸로서는.

"양육되고 있는 게, 부러워.

"그건 그렇고.

"아라라기 코요미와 오시노 오기의 관계, 혹은 칸바루 스루가와 오시노 오기의 관계에 대해서는, 나데코는 어느 정도, 깊은 사정을 들었을까?

"여자 고등학생으로서의 오시노 오기가 아라라기 코요미의 이면이고, 남자 고등학생으로서의 오시노 오기가 칸바루 스루가의 이면이라는 것부터 설명해야만 한다면, 이 코티지에서 하루 묵어 달라고 할 수밖에 없는데⋯ 그냥 이 부근은 드래스틱하게 생략해도 괜찮을까.

"상권 말고, 출간된 다른 책들을 참조해 줘.

"마블 시네마틱 유니버스를 처음부터 정주행하는 정도의 열의가 필요해지겠지만.

"중요한 것은, 그런 오시노 오기의 모습조차 가엔 토오에의 존재가 강한 영향을 미치고 있다는 점이야. 친구가 걸었던 뱀의 저주를 풀 때, 칸바루 스루가의 왼손이 원숭이의 손이라는 건, 본인에게 들었겠지?

"그런 사정을 처음 만나는 아이에게 선뜻 이야기해 버리는 부분이, 칸바루 스루가가 지닌 가엔 토오에의 딸 같은 부분이지만, 그 부분은 제쳐 두고.

"그 원숭이의 왼손… 왼손의 미라가 가엔 토오에에게 유래한다는 것까지는 들었을까? 그 왼손이 어머니의 유품이라는 도메스틱한 프라이버시까지는.

"엄밀히 말하면, 원숭이의 왼손이 아니라 악마의 왼손이야.

"레이니 데블.

"울보 악마.

"그리고 더욱 엄밀히 말하면 이 레이니 '어떤 소원이라도 그 이면을 읽고 이루어 주는' 데블은, 고등학생 시절의 가엔 토오에, 여자 고등학생 시절의 큰엄마가 **낳은** 괴이였어.

"젊은 날의 큰엄마의, 욕망의 권화야.

"완전무결한 큰엄마가 지닌 이면의 얼굴. 네 명의 분신을 가진 나데코에게는 친숙한 테마겠네. 이른바 '평소의 그것'이야. '평소의 그것'의 원조라고도 말할 수 있어. 말하자면 자화상이고, 초상화고, 추상화야. …아니, 자신에 대한 중상화中傷畵라고 말해야 할까. 다른 데도 아니고 자신 안에서 레이니 데블을 찾아내다니, 큰엄마도 제정신이 아냐.

"결국 큰엄마는 그 괴이를 퇴치했어. 즉결즉단. 스토익한 것에도 정도가 있어…. 자기 자신에게 너무 엄했지, 큰엄마는. 그리고 무인도 생활을 보낸 것처럼 바짝 마른 자신의 분신의 일부를, 그 후에 딸에게 남긴 것도 비정상적인 행위야.

"탯줄도 아니고 말야.

"무슨 생각으로 큰엄마가… 말하자면 나의 사촌인 칸바루 스루가에게 악마의 왼손을 남긴 것인지 지금 와서는 수수께끼일 뿐이지만, 결국 그런 왼손의 존재가 시시루이 세이시로를 통해서 아라라기 코요미에게 건너갔고, 끝내는 오시노 오기를 낳았어.

"아라라기 코요미의 이면으로서의 오시노 오기.

"그 남자는 큰엄마와는 달리, 자신의 단점의 상징인 오시노오기를 퇴치하지 않았어. 그런 오시노 오기를 반품당한 칸바루 스루가가 이후에 어떻게 할지는, 실로 흥미로워.

"분명히 그 여자도 고등학교를 졸업할 때까지는 답을 내겠지. 누마치 로카에 관한 일이나 미라의 다른 부위 수집, 여자 농구부의 소동도 있어서, 아라라기 코요미와 막상막하일 정도로, 상당히 파란만장한 고등학교 3학년을 보냈던 모양이고.

"뭐, 그런 대강의 상황은 됐어.

"그쪽 이야기의 흐름으로부터 리타이어한 나데코에게는 별 관계없는 일이야. 나데코가 뱀신으로 모셔진 것은 자업자득이지 오시노 오기 때문이라고는 말하기 어려우니까.

"다만, 그런 식으로 다음 세대의 이야기에 관해서 커다란 간접 원인이 된 큰엄마의 이면으로서의 레이니 데블이, **친여동생인 가엔 이즈코에게** 아무런 영향도 주지 않을 거라고 생각해?

"친언니가 자신의 분신을… 아니, 자기 자신을 낳은 것을 목도하고 아무것도 느끼지 않기에는, 당시의 엄마는 아직 세상일을 제대로 분별하지 못하는 다감한 나이였어.

"분리할 수 없었어.

"엄마도 옛날부터 '언니'였던 건 아니야. 그리고 태어났을 때부터 여동생이었지.

"이미 알았으려나? 아니면 알고 싶지 않은 걸까.

"요컨대 나는 가엔 토오에의 레이니 데블이고, 아라라기 코요미나 칸바루 스루가의 오시노 오기이며, 나데코의 얌전나데코나 역나데코나 교태나데코나 신나데코이고, 표면의 이면이며, 이면의 표면이야.

"럭셔리한 리조트에 대한, 하드한 서바이벌.

"언니에 대한 여동생이며, 여동생에 대한 언니라고 말해도 틀리지 않겠지만… 그러나 유감스럽게도, 나는 엄마의 여동생은 될 수 없었어.

"이상적으로는, 그렇게 있어야 했던 거겠지.

"오시노 오기가 아라라기 코요미의 약점이었다면, 아라운도 우로코는 가엔 이즈코의 젊은 날의, 언니에 대한 열등감의 상징이었으니까.

"그러나 엄마의 여동생이 되면, 그것은 곧 큰엄마의 여동생이 된다는 뜻이기도 하니까… 그러니까 엄마는 나의 언니가 아니라, 나의 엄마가 되었어.

"나는 엄마의, 용서받을 수 없는 딸이 되었어.

"십 대였던 엄마의, 용서받을 수 없는 딸.

"말할 것도 없이 내가 태어나기 몇 년 전에 큰엄마가 실제로

출산을 경험했던 것도 영향을 주었겠지. 어쩌면 레이니 데블보다 그쪽 영향이 더 강했을지도 몰라.

"언니가 칸바루 스루가를 낳고 어머니가 된 것이, 나의 탄생에 무관계할 리가 없어.

"언니가 어머니가 된 것처럼.

"자신도 어머니가 되어야만 한다고 생각했을지도.

"동경하는 언니. 견본.

"문자 그대로의 가정교사.

"뭐든지 언니의 흉내를 내려고 하던 무렵의 여동생의, 상상임신 같은 공상의 산물이라고 말하면 과언일지도 모르지만, 모든 것은 언니의 흉내를 내기보다 언니의 반대쪽 길을 가는 것이 자신의 길이라고 엄마가 깨닫기 이전의 일이야.

"위대한 언니는 가정교사가 아니라 반면교사라는 걸 깨닫기 전의.

"동일한 입장이 되었을 때에 자기 자신이 아니라 딸을 낳아 버린 부분이 이미 기회주의적이라고도 말할 수 있겠고 말이지. 열등감을 넘어서, 이렇게 되면 저주야.

"자기 자신이라면, 어쩌면 위대한 언니를 모방해서 스토익하게 퇴치할 수 있었을지도 모르지만, 딸이 되니 그렇게 일이 간단하지 않았어. 애증이 소용돌이치며 보다시피 이렇게, 15년이나 길게 이어지게 되었어.

"뱀처럼.

"솔직하게 말하면 인지되지 않은 딸로서, 이제 와서 새삼스레

엄마가 나와 결판을 내려고 해 준 것에 놀랐어.

"정말로? 란 느낌이야.

"이대로 이리저리 발뺌하며, 적당한 거리를 유지한 채로 평생 지낼 생각이겠거니 했는데… 그것이 전문가로서의 밸런스라고, 자기평가하고 있었겠지.

"오시노 메메가 밸런서로서, 그 위치에 신경질적일 정도로 신경 쓰고 있었던 것처럼, 엄마의 뛰어난 기량이 불균형한 불공평이 되지 않도록, 나는 저주해야만 했어.

"우정을, 연애를, 학업을, 동료를, 스포츠를, 취미를, 경제활동을, 의식주를, 보도報道를, 시간의 흐름을, 개발을, 자연보호를, 소문을, 도시전설을, 교제를.

"요괴를, 이매망량을, 백귀야행을.

"저주해야만 했어.

"엄마가 다른 사람을 구하려고 하면, 나는 그 반대로 행동해야만 했어. 엄마가 큰엄마의 반대로 행동하듯이.

"그렇게 함으로써 밸런스를 잡았어.

"아니, 밸러스트 수*야, 나는.

"약이 되지 못하면 독이 되어라. 그렇지 않으면 너는 그냥 물이다.

"이건 큰엄마의 입버릇이지.

※밸러스트 수(ballast water) : 선박 운항 시 평형을 유지하기 위해 선박 내 탱크에 싣는 바닷물. 선박평형수라고도 한다.

"그러나 물의 귀중함에 대해선, 나데코도 이 2주 동안 뼈저리게 깨달았겠지?

"엄마가 전문가들의 관리자이기 위해서는, 나는 뱀의 우두머리일 필요가 있었던 거야. 나는 지독한 불효녀인 한편으로 효녀이기도 해. 내가 있는 한, 엄마는 몰락하지 않아.

"불침항모不沈航母야.

"그렇기에, 자석이 서로 반발하듯이 항상 반항기인 이 딸에게 엄마는 다가오려고 하지 않았어. 현실적으로도 그게 편했을 테니까.

"나라고 하는, 손안의 패를 알 수 있는 상대가 악의 우두머리라는 상황은… 모든 것을 아는 엄마로서는, 잘 아는 외동딸이 적인 쪽이 상대하기 편했겠지.

"새빨간 거짓말의 짬짜미에, 기가 막힌 부정 레이스야. 내 입장에서 말하자면, 그 거리낌 없는 행동이야말로 오노노키, 너라는 테디베어를 낳았던 것인지도 모르지.

"조금 전에 한 말은 딱히 농담은 아니야. 나하고 너무 붙지도 떨어지지도 않고, 니어 미스 하지 않도록 거리를 두기 위해서는, 엄마는 '뭐든지 알고 있는 언니'가 될 수밖에 없었어. '뭐든지 알고 있는 엄마'는 될 수 없었다, 라고도 말할 수 있지만, 금단의 주술에 손을 댈 수밖에 없었어.

"그렇게 15년간 엄마는 나의 육아를 포기했어. 그걸로 족했던 거야. 자신의 콤플렉스와 마주해야만 한다는 사고방식은, 역시 오만해.

"콤플렉스의 상대가 고인이라면 더 말할 것도 없지. 엄마가 전문가들의 관리자가 되기 위해서는, 잘라 내야만 했던 열등감도 있었다는 얘기야.

"그럼에도 불구하고, 이 대결.

"심경의 변화가 있었던 거겠지.

"아마도, 아라라기 코요미가 오시노 오기를 퇴치하지 않은 것이 트리거가 되었을 거야. 엄마에게 그 종언은 일종의 대리전쟁이었어. 본인이 나와 결판을 지을 수 없었기 때문에, 엄마는 아라라기 코요미를 응원했겠지… 그렇지만, 그 기대는 완전히 빗나가고 말았어.

"결판을 내지 않기는커녕 아라라기 코요미는 오시노 오기를 구하는 루트를 선택한 거야.

"이것은 엄마의 가치관에서는 있을 수 없는 선택이었어. 어차피 평정을 가장하고 있었겠지만, 상당한 컬처쇼크를 받았을 테지. 새로운 세대의 사고방식에.

"신세대의 윤리관에.

"아무리 그래도 아라라기 코요미를 보고 배우려는 생각까지는 하지 않았겠지만. 그 남자의 성격이나 성적 기호는 제쳐 두더라도, 어른으로서 틴에이저에게 배울 수는 없어. 체면이란 것도 있고.

"게다가 팀에 끌어들이려고 접근했는데, 절교하는 꼴이 되거나…. 딸의 눈으로 보면 아라라기 코요미와 정당한 인간관계를 쌓을 수 있는 인간 따윈, 어느 세대에도 없지만 말이지.

"이것에는 나데코도 공감해 주겠지.

"오노노키도 그렇고.

"요컨대 아라라기 코요미를 수중에 넣으려고 했던 엄마의 계획이 실패한 상황에서, 무대에 남아 있던 것은 의외 중의 의외, 센고쿠 나데코였다는 흐름이야. 잔존자 이익의 결정판이라 할 수 있겠네.

"원래의 예정으로는 오시노 오기를 보호하는 데 성공한 아라라기 코요미를, 실전으로 정성껏 단련시킨 뒤에 나에게 보낸다는 계획이 아니었을까…. 이거 참, 이것도 딸의 눈으로 보면 무서운 계획이야.

"보통, 열다섯 살의 딸에게 아라라기 코요미를 붙이려고 하나?

"과거에 들은 적도 없는 학대야.

"그 플랜이 돈좌頓挫되었을 때는 정말로 가슴을 쓸어내렸다고, 나는… 뭐, 철혈이자 열혈이자 냉혈의 흡혈귀, 괴이 살해자인 키스샷 아세로라오리온 하트언더블레이드를 앞에 두었다면, 이 아라운도 우로코는 한 줌도 남지 않았으리라는 것도 확실히 인정하고 넘어가야겠지.

"실제로 엄마가 나데코를 가장 높이 평가한 것은, 네 명의 분신을 의도적으로 나눠서 그려 낸 부분이니까… 이 '의도적'이라는 부분이 핵심이야.

"왜냐하면 그건 위대한 언니인 가엔 토오에조차 할 수 없었던 일이니까. 엄마에게 내가 바라지 않는 아이였던 것처럼, 아라라

기 코요미도 칸바루 스루가도, 의도적으로 오시노 오기를 낳은
건 아니야.

"그 상상력.

"그리고 묘사력은 아주 높이 평가되어 마땅해. 겸손해 할 것
도, 자학할 것도 전혀 없어.

"정말 순수하게, 자랑스러워해도 돼.

"엄마는 나데코에게 나를 투영하고 있지 않아. 오히려 반대
야. 오랫동안 대립했던, 얼굴을 마주하지도 않았던, 육아를 포
기했던 친딸에게 그림자를 던지는 게 아니라 빛을 던지기 위한
스카우팅이었던 거야.

"물론 그것을 위해서는 단련이 필요했어. 아라라기 코요미와
달리, 있는 그대로 아라운도 우로코 앞에 보낼 수는 없었어. 알
몸으로는 말이야.

"그렇기에 키워야만 했어.

"친딸과는 달리, 친딸처럼, 몸소 키워야만 했어.

"때로는 엄하게, 때로는 자상하게, 눈을 떼지 않고, 때로는 전
혀 돌보지 않고.

"이렇게 되면 할당받은 것은 어느 쪽이냐는 이야기도 되겠네.
나데코가 나에게 할당된 것인가, 내가 나데코에게 할당된 것인
가. 반시뱀과 몽구스의 관계라기보다, 이건 반시뱀과 반시뱀과
의 관계야.

"마치 생존 로프처럼, 풀리지 않도록 서로를 묶는.

"어떻게 된 인연의 신이냐고.

"이해하셨으려나? 그것이 수업이라는 말의 진의야, 나데코. 나라고 하는, 엄마의 업을 진정시키기 위해서는… 진정시키고, 치유하기 위해서는 나데코가 눈을 뜰 필요가 있었어.

"각성해야만 했어.

"이렇게 나데코가 내 눈앞에, 내 뱀의 눈 앞에 나타났다는 것은, 그것은 곧 가엔 이즈코의 전문가 필수 코스를 네가 다 이수했다는 뜻이야.

"그래서 나는 축하한다는 말을 하는 거야.

"저주詛呪를 다스리는 나는, 축복祝福하는 말을 하지 않을 수 없어.

"너는 엄마가 인정하는 훌륭한 전문가이니까. …나와 달리, 인지된 딸이야. 아이를 키우는 건 자기 자신을 키우는 것이라고들 하는데, 나데코를 키워 낸 것으로 엄마도 한 단계 성장한 게 아닐까. 어른도 성장한다는 구원이 있는 이야기고, 못난 딸로서 나는 축복의 말과 함께 감사의 말도 하지 않을 수 없어.

"고마워, 나데코.

"엄마를 구해 줘서.

"너의 임무는 이렇게 나와 대면한 시점에서야, 빠짐없이 완결되는 거야. 나의 제물 중 한 명일 뿐이었던 여자아이가, 비늘 한 장일 뿐이었던 여자아이가, 용케 여기까지 도달했어.

"유혹에 굴하지 않고, 신성에 우쭐하지도 않고, 몰락에 낙심하지도 않고, 시련에 두려워하지도 않고, 구악舊惡을 부끄러워하지 않고, 죄업에 태도를 바꾸지도 않고, 무이해를 증오하지도 않고, 운명을 저주하지도 않고.

"뱀에 중독되지도 않고.

"내가 있는 곳에 도달했어.

"자신의 품에 도달했어.

"과거의 자신에게도, 현재의 자신에게도, 그리고 장래의 자신에게도 승리했어.

"그것은 가엔 토오에도, 가엔 이즈코도, 아라라기 코요미조차도 불가능했던 위업이야. 짝짝짝.

"센고쿠 나데코는 전문가가 되었어.

"남은 건 만화가가 되는 것뿐이야."

023

후일담.

3년 후, 18세가 된 저는 상경 준비를 마치고 가엔 씨에게 소개받은 연립주택을 뒤로했습니다. 현청 소재지인 주요 도시로 외출하는 것을 장난스럽게 상경이라고 부르고 있는 것이 아니라, 진짜 상경입니다.

일본의 수도, 도쿄로 가는 것입니다.

아직 공표해서는 안 되므로 구체적인 이름은 감추고 있습니다만, 어느 신의 이름을 딴 만화상의 준입선에 4년 만에 어떻게든 입상할 수 있어서, 회의를 겸한 부동산 찾기입니다.

아슬아슬한 나이라고요. 18세.

성인연령, 정말로 낮아졌네요….

이제부터 단편 만화를 그리거나, 어시스턴트로 들어가거나, 연재를 위해 콘티를 짜거나, 단행본을 내거나 하는 긴 여정을 생각하면, 전문가 수업이나 서바이벌 이상으로 고생스러울 것 같습니다만, 앞으로는 더 이상 가엔 씨의 신세를 지지 않아도 된다고 생각하니 마음이 많이 편합니다.

…라고 말하고 싶은 참입니다만, 아마도 도쿄에서도 가엔 씨가 보증인이 되어 주셔야만 하겠지요…. 3년 뒤인 지금도, 딱히 부모님과 잘 지내지 못하는 저입니다.

괜찮지만요.

가엔 씨의 신세를 지는 것은, 이래저래 싫지는 않습니다.

뭐… 게다가 잘 지내지 못하는 것치고는, 부모님과도 조금은 이야기를 할 수 있게 되었을까요. 우로코에 관한 일이 있은 이래로 아주 조금씩이긴 합니다만.

가령 제가 꿈을 이루고 만화가가 되었다고 해도, 태도를 바꿀 만한 분들은 아닙니다만… 친자관계의 수복은 완만히 흐르는 시간에 맡기도록 하죠.

제가 환갑을 맞이할 무렵에는 함께 차라도 마실 수 있게 되지 않을까요. 효도하고 싶을 때가 되면 이미 부모는 없다는 말이 있습니다만, 부디 오래 살아 주세요.

도쿄에는 비행기를 타고 갑니다.

확실히 말해서 기차 쪽이 빠릅니다만, 그날 오키나와의 바다에 추락하게 된 이래로 전혀 타지 않았으니까요. 어디쯤에서 열등의식을 불식해 두지 않으면, 평생 비행기에 탈 수 없게 되어 버립니다

그때와는 달리, 물론 분수에 맞는 이코노미 클래스입니다만… 어라?

공항에 도착해서 체크인을 위해 자동 카운터의 터치패널을 조작하고 있는데, 예약해 둔 저의 좌석이 퍼스트 클래스로 업그레이드되어 있네요?

일정 자격이 있는 승객의 경우, 인발런터리 업그레이드Involuntary upgrade라고 해서 드물게 그런 서비스가 이루어지는 경우도 있다고 합니다만… 어쩐지 의미를 알 수 없는 상황이라 무서워져서, 가까이에 있는 자율주행식 안내 로봇에 말을 걸어 보았습니다. 요즘에는 공항 안에 이런 AI 로봇이 당연하게 기능하고 있다는 것도, SF적으로는 충분히 위협이었습니다만….

[저쪽의 손님께서 보내셨습니다.]

로봇으로부터 멋진 목소리로 그런 말이 돌아와서 시키는 대로 뒤를 돌아보았더니, 새로운 생활을 향한 출발에는 너무나도 어울리지 않는 불길하고 불온한 분위기를 몸에 두른 남성이, 정말 뻔뻔스럽게 대기석에 앉아서 빤히 이쪽을 보고 있었습니다.

"여어, 센고쿠. 잘못 볼 뻔했다."

"카이키 씨…. 역시 살아 있었구나."

그렇겠지요.

어차피 그럴 거라고 생각하고 있었습니다…. 서프라이즈란 ㄴ

낌이 전혀 없습니다. 원래부터 교통사고로 죽을 타입이 아니겠지요. 침대 위에서 편히 죽을 수 있는 타입도 아니겠습니다만.

"흥. 교통사고로 죽을 수 있다면 좋았겠지만 말이다. 토오에 선생님처럼."

"? 아아, 가정교사였던가요? 가엔 씨의 언니가, 카이키 씨의. 우로코에게 들었어요."

"여러 가지를 배웠지. 순진한 아이를 속이는 법을 말이다."

그다지 출항(?)의 때에 듣고 싶은 추억 이야기가 아니네요⋯. 멋대로 저의 항공권을 업그레이드하다니, 혹시 안내 로봇을 속인 걸까요? 최근의 사기꾼은 IT기술에도 정통한 모양이네요.

"신경 쓰지 마라. 내가 보내는 전별餞別이다. 이번에는 비행기째로 대절하지는 않았으니 안심해라."

안심할 수 있겠나요.

일부러 상상하게 만들지 말아 달라고요. 추락의 때를.

그렇다고는 해도 타인의 호의는 순순히 받아들여 두기로 하죠. 간신히 수상했을 뿐이고, 아직 데뷔도 하지 않은 저에게는 지나친 좌석입니다만, 오노노키짱에게 평소부터 듣는 것처럼 뜻은 높이 가져야만 하니까요.

항공기처럼, 높게.

"호오. 역시 변했구나, 센고쿠. 겉모습도 그렇지만⋯."

"아아. 이 옷? 옷은요, 츠키히짱이 골라 줬어요⋯. 오노노키짱과 함께, 최근에 완전히 츠키히짱의 옷 갈아입히기 인형이에요."

헤어스타일도 포함해서, 맡기고 있습니다.

그 부분의 센스는 발군이라고요, 츠키히짱.

앞머리를 너무 자르거나 하지는 않으니, 안심하시길.

"그것을 그대로 받아들이게 된 것만으로도, 참 대단해. …그건 그렇고 센고쿠. 여행을 떠나기 전에 한 가지, 나의 고민을 해결해 줄 수 있을까?"

전문가로서.

그렇게 그런 말을 들으면 거절할 수 없겠네요.

좌석을 업그레이드해 줬으니 거절할 수 있는 상황이 아니긴 합니다만…. 사기꾼 용어로 말하는, 반보성反報性의 법칙이란 것일까요.

"3년 전, 이리오모테 섬에서 아라운도 우로코와 조우했을 때, 너는 대체 무엇을 했지? 대체 어떻게, 그 뱀을 은퇴로 몰아넣었지?"

몰아넣었다니, 남이 들으면 오해하겠네요.

나쁜 소문이 퍼져 버린다고요.

"대단한 일은 하지 않았어요. 그것을 위해 가엔 씨는 나를, 이리오모테 섬에 보낸 거니까… 나를 딸과 만나게 한 거니까."

"…요컨대?"

"그림을 그렸어요. 우로코의."

작품으로 삼았습니다. 그 아이를.

요컨대 무엇을 한 것이냐 하면, 요컨대 나쿠나짱이나 사조 군에게 했던 일과 똑같습니다. 그 애들이 몸에 받고 있던 반사된 저주를, 저는 스케치북에 표현하는 것으로 해주解呪했습니다.

그것과 같은 일을 저주의 근원인 우로코에게도 한 것뿐입니다. 우로코의 팔다리에 빽빽하게 나 있는 그 비늘들을, 한 장 한 장 정성껏 벗겨 냈습니다. 10만 가닥의 머리카락을 그리는 것처럼⋯ 지금 떠올려 봐도, 그야말로 점묘화를 그리는 기분이라 미쳐 버릴 것만 같았다고요.

"직전의 서바이벌 경험이, 의외의 상황에서 도움이 되었어요. 뱀의 비늘은 물고기처럼 깨끗하게 떨어지지 않거든요. 뭐랄까, 퇴화라고 할까, 일체화되어 있어서."

"말하자면 뱀의 다리를 뜯어내는 모양새인가. 다섯 머리를 가진 뱀의, 사지를 절단했다⋯."

"절단은 하지 않았어요. 어디까지나, 비늘을 벗겼을 뿐."

구현화의 반대지요.

그 애가 15년간 계속 받아 온 당연한 응보로서의 저주 반사를, 반보反報를, 종이에 펜으로 그려 픽션으로 만들었습니다.

거목의 구멍 같은, 허구로.

동시에 그것은, 저주 자체의 소실을 의미하기도 합니다.

결과를 제거함으로써 원인도 배제했습니다.

"가엔 선배가 너를 딸 곁으로 보낸 것은⋯ 딸을 속박하는 저주를, 끊어내기 위해서였다고 말하는 거냐. 타도하기 위해서가 아니라, 구하기 위해서였다고 말하는 거냐."

"말하지 않았어요, 가엔 씨는, 그런 소린. 사전에도 사후에도⋯."

하지만 부정도 하지 않았습니다.

그것만은 의외였습니다.

아니라고 말하면 간단하게 부정할 수 있을 텐데, 그 수다스러운 언니가 아무 말도 하지 않았던 것입니다.

"딸 자체가, 가엔 선배에게는 완고한 주박이었으니 말이야. 딸이자 언니 같은 존재였어. 도저히 솔직해질 수 없었을 테지. 그렇지만 동시에 잔혹하기도 해. 사지의 저주를 빼앗아 버리면, 아라운도도 장사는 접어야 할 거 아냐."

"그러네요. 요컨대 저를 이리오모테 섬에 보낸 것은 뱀의 다리를 그리게 하기 위해서였다는 거예요. 정말로, 단지 그것만을 위해… 쓸데없는 짓. 어쩌면 그 전 단계인, 저주 반사를 받은 나쿠나쨩의 스케치를 시킨 것도 거처를 밝혀내기 위해서라기보다는 최종목적을 위한 연습… 아니, 습작을 위해서였을지도."

진위는 알 수 없습니다.

가엔 씨 본인도 알 수 없을지도 모릅니다…. '뭐든지 알고 있는 언니'는, 몇 년이 지나도 '뭐든지 알고 있는 언니'인 건, 아니니까요.

"모르겠네. 전혀 모르겠어."

그렇게 우로코는 말했습니다.

3년 전.

모델이며 모티프인 그 아이는 저의 행위를 멈추려고 하지는 않았습니다. 마음만 먹으면 그럴 수 있을 만한 실력 차는 있었을 텐데, 등나무 의자에서 내려오려고 하지 않고 그저 이해할 수 없다는 반응을 보였습니다.

"너에게 괴롭고 간단하지 않은 작업이라면, 그런 일을 하지 않으면 되잖아. 어째서 나를 구하려고 하지?"

나는 너의 적이고, 엄마의 적이기도 해.

그럼에도 불구하고, 어째서 나데코는 나의 비늘을 벗기려고 하는 거야?

"나는 너의 적이지만, 아라라기 코요미의 오시노 오기처럼 반드시 마주해야만 하는 적은 아니야. 그냥 도망치면 되는 뱀일 뿐이야. 먼 인연이라고는 해도 나 때문에 너의 인생이 크게 꼬여 버린 것을 생각하면 원한을 품고 증오해도 될 텐데. 그게 아니더라도 나는 악인이고, 악한 뱀이야. 가만히 놔두면 자연소멸할 멸종 위기종인 독사를 구해서 어떡하려고?"

"그런 문제가 아니야."

저는, 적어도 당시 15세였던 저는 그렇게 대답했습니다. 솔직히 말해서 그냥 대충 적당히 대답한 것이었습니다. 한창 집중해서 비늘을 그리고 있는 중이었기 때문에 성의가 없어도 어쩔 수 없습니다.

다만 그런 와중에 한 말이었기에, 얼버무림이나 부끄러움이나 허세도 없었던 것으로 생각되기도 합니다.

"나는, 누군가 나에게 해 줬던 일을, 하고 있을 뿐이니까."

"……."

"너의 엄마나, 너의 엄마의 친구에게."

붓을 멈추지 않고 저는 계속 그렸습니다.

떠오르는 말을 바로바로, 그림물감처럼 늘어놓았습니다.

"난 말이지, 많은 사람들의 도움을 받아 왔어. 무인도의 서바이벌 상황에서조차, 그 사람들과의 추억에 구원받았어. 그건 내가 착한 아이였기 때문도, 선한 사람이었기 때문도, 성실하게 살아왔기 때문도, 불쌍했기 때문도, 하물며 귀여웠기 때문도 아니야."

구해 준 사람이.

특별히 착한 사람이었던 것도 아닙니다.

로리콘이거나, 사기꾼이었습니다.

"착한 아이가 아니면 다른 사람을 구해서는 안 되는 건 아니고, 착한 아이만 구하면 안 되는 것도 아니야. 오히려 나쁜 아이가 나쁜 아이를 구하는 편이, 느낌이 있고, 그림이 된다고 생각하지 않아?"

다정한 사람에게만 다정하게 대할 수 있다면, 그렇게 엄한 사회도 없겠지요. 분명 저 같은 건 한참 전에 죽었을 테지요.

츠키히짱이 정의의 사자를 표방하고 있던 것이나 나쿠나짱이 그룹의 리더를 맡고 있던 것처럼, 저도 적성에 맞지 않는 일을 할 뿐입니다.

"구할 가치가 있으니까 구원받는다고 생각하지 마. 구해 줘서 고맙다는 말은 하지 않아도 돼… 이런 거, 좋아서 하고 있을 뿐이니까."

"좋아서 하고 있을 뿐이라니, 마치 엄마에게 물려받은 듯한 대사네."

엄마에게 물려받은 프로이즘이야.

우로코는 쓴웃음을 지었습니다. 그것이야말로 엄마에게 물려받은 미소였습니다.

"…나데코가 가상의 무인도 생활에서 통절할 정도로 체감했던 것처럼, 인류가 인류가 된 것은 '불'을 발명한 이후라는 설이 주류인데, 그러나 나는 그 흐름에서 크게 벗어나 있어. 항상 남들 몰래 뒷길로 다니는 것이 나의 모습이고, 그런 식으로 태어났고, 그런 식으로 저주받았어."

그렇겠지요.

무리에서 홀로 떨어진 미아라는 점에서는, 저도 다른 사람에게 뒤처지지 않는다고 생각합니다만…. 그러나 그렇게 말해도, 인류가 '불'의 발명으로 인류가 되었다는 것은 주류파의 의견이라기보다 이미 정설이 아닌가요? 뭐든지 반론하고 역설을 제창하면 되는 것도 아니겠지요.

말씀하신 대로 저의 무인도 생활은 '불'을 사용하는 것부터 시작되었습니다…. 바위에 돌을 계속 던진다는 아주 원시적인 방법으로. 그것이 인간미 넘쳤는지 어떤지는 제쳐 두고, 그곳에서 스타트를 끊은 것은 틀림없습니다. '불'을 피울 수 없었으면 저의 인류사는 시작되지 않고, 센고쿠 종種은 맥없이 멸종되었겠지요. 다만, 그 이외의 유명한 답을 말하자면… 뭐, '도구'를 사용하게 되어서 사람은 사람이 되었다는 흐름일까요?

요컨대 '불'을 피우는 데에 저는 '돌'이라는 도구를 사용했고… 그다음에는 워터프루프 비슷한 화덕이라든가, 깎아 낸 바위로 그릇 같은 것을 만들거나, 그리 잘 만들지는 못했습니다만 작살을 만들기도 했지요.

흔히, 도구를 사용하는 것은 인류뿐이라고 말합니다.

"그렇지는 않아. 도구를 사용하는 동물은 많이 있어…. 도구를 만드는 동물도 있고. 집단생활을 하는 사회를 구성하는 것조차, 인류의 필수조건이 아니야. 개미나 벌집을 관찰하면 말할 것도 없겠지."

그렇다면 무리에서 떨어진 저는 개미나 꿀벌 이하라고 말할 수 있을 것 같습니다…. 다만, 개미나 꿀벌의 사회에서도 미아가 되어 버리는 이단자는 있겠지요.

생각해 보면 무수한 식물들로 형성된 광대한 정글도, 무리라고 말하면 무리지요…. 푹푹 찌니까 들어가는 게 무리라는 뜻이 아니라, 생태계를 이룬다는 이야기입니다.

종種이라기보다는 속屬일까요.

그 무리 안에서 사람의 무력함은 제가 증명했습니다.

그러면 '불'도 '도구'도 혹은 '사회'도 아니라고 한다면, 인류는 어떻게 진화했을까요? 역시나 가엔 씨의 딸이라고 해야 할까요, 수업을 받고 있다는 기분이 들게 만듭니다.

하고 많은 사람 중에서 저에게 수업을 받게 하다니, 꽤 하네요.

"뜸을 들일 만큼 의외성 넘치는 답도 아니야. 나데코가 지금, 하고 있는 일이야. 인류가 인류일 수 있는 것은 '그림'을 그리게 된 뒤부터라고, 나는 생각해."

"? 무슨 뜻이야?"

그림을 그린다…. 이상한 소리를 했습니다.

의외성에 넘치고 있다고요. 그림 같은 건, 누구라도 그릴 수 있잖아요?

"천재의 대사를 하고 있잖아. 나의 시선을 받은 개구리처럼 말을 잃었다고. 그러나 그렇기에, 라고도 할 수 있어. 맞아, 누구라도 그릴 수 있지… 인류라면 말이야."

"…아직 잘 모르겠습니다, 선생님."

확실히 제가 '불'을 피울 수 있었던 것은 바위에 돌을 계속 던진다는 행위가 서바이벌 상황에서 적절했기 때문이 아니라, 그때 이미 저의 '사족의 스킬'이 발동된 상태이기 때문이라는 가설도 있었습니다…. 무의식중에 저는 바위 표면에 엘리먼트를 그리고 있었다고.

도구 만들기에는 전부 실패했습니다만, 최종적으로는 '그림'을 그린다는 방법으로 의복을 겟했고요…. 그렇지만 그 기술들이야말로 누구나 할 수 있는 일은 아닙니다. 집단에 속할 수 없는 이단의 기술입니다. 서바이벌 교본에 실을 수 없는 독자성입니다.

우로코를 그리는 것이.

누구에게나 가능할 리가 없는, 저의 역할인 것처럼.

"정보, 혹은 지혜의 셰어라는 의미야. '그림'을 그리는 것으로, 그리고 '그림'을 보는 것으로 인류는 사회를 전 세계로 확장시켰어…. 개미나 꿀벌을 초월한 것은 그 순간이야. 그렇게 말하면 보통은 '글자'라고 생각하겠지만, 그러나 '글자'의 원점이 '그림'

이라는 설에는 주류파도 이단도 없겠지."

그것은 그렇습니다.

그야말로 상형문자가 딱 그것이고, 한자의 성립에서도 사람이 서로를 지탱하는 형태에서 '사람 인人'자가 만들어졌다고도 하니까요. 알파벳은 어떻게 성립되었을까요?

기호라는 것도 일종의 그림입니다.

그렇다면 유선도 무선도 무인도 생활에는 바랄 수 없었습니다만, 인터넷이라는 것은 그 행선지에서 갈 수 있는 모든 곳의 끝인지도 모릅니다. 그림이든 동영상이든, 설령 텍스트였다고 해도 몇 인치로 잘라낸 '한 장의 그림'으로서 액정화면을 포착하고 있는 것이니까요.

"지상화나 동굴벽화를 그릴 때, 인류는 어떤 마음이었을까. 역시 그건 '다른 사람이 봐 줬으면 좋겠다', '남에게 보여 주고 싶다'라는 마음이지 않았을까?"

다른 사람에게 전하고 싶다는 마음.

문화는 그렇게 확산되어 왔어, 라고 우로코는 말했습니다. 우회로 같은 그 이름처럼 조금 간접적인 표현이라 그야말로 무엇을 말하고자 하는지 전해지기 어려운 구석도 있습니다만, 그러나 그런 그 아이의 마음조차, 이렇게 제가 그림으로 그리는 것으로, 이해할 수 있을까요.

확산.

정보화 사회가 형성되기 이전부터 인류는 그렇게 다양한 사상을, 사건을, 혹은 감정을 공유해 왔다고 한다면… 그런 셰어야말로 인류사회를 형성했다고 한다면, 확실히 그림을 그린다는 행위는 그 근간을 이루고 있다고도 말할 수 있을 것 같습니다.

대륙에 인류사를 계속 묘사해 왔다.

바다에까지도… 앞으로는 우주에까지도.

인류라는 초상화를 그린다.

"…하하."

말하고 웃어 버렸습니다.

그런 어마어마한 것은 아니라고, 실제로 손을 움직여 그리는 입장으로서는 생각되지 않았기 때문이었습니다…. 그야말로 그림쟁이로서, 천재의 대사를 할 생각도 자신의 행위를 비하할 생각도 없었습니다만, 아무리 그래도 겸허함이 부족합니다.

그러나 어린아이가 새 집의 벽에 크레용으로 낙서를 하는 것이 사람으로서의 본능이라면, 역설이 아닌 가설을 세울 수는 있을 것 같습니다…. 그 정도 레벨이라면 찬성해도 괜찮습니다.

종이와 펜을 요구하는 것은.

만화가 지망생의 본능이라기보다 인류의 본성일지도….

"…무인도 생활로 곤궁해졌을 때, 누구의 시선도 누구의 의견도 없어졌을 때, 나는 그래도 그림을 그리고 싶다, 만화를 그리고 싶다고 생각했는데, 그것은 특별히 나의 의지가 강했다든가 꿈을 포기하지 않는 불굴의 근성이 있었다든가 하는 게 아니라, 그건 단순히 야생화의 일환이었다는 이야기가 되는 걸까?"

제가 보기에는 그 갈망하는 마음에 구원받았다는 기분이 듭니다만, 그런 식으로 노골적으로 체면이고 뭐고 상관없이 해석되면, 살짝 낙심하게 되는 느낌도 있고 동시에 묘하게 납득해 버리는 것도 사실입니다.

"그건 그렇고. 나는 오히려 그런 나데코의 모습을 보고 나의 해석에 자신을 갖게 되기도 했어. 전부 상실하고, 모든 것을 잃고, 먹는 것도 마시는 것도, 이야기하는 것도 만족스럽게 할 수 없게 되었을 때, 사람은 어떤 행동을 하는가…. 나데코가 나에게 알려 주었어."

저를 인류의 기준으로 삼으면 짐이 너무 무겁다고요.

오히려 저처럼 모자란 녀석조차 그랬다고 이해해 줬으면 좋겠네요.

"음. 나에게는 그림의 소질 같은 건 전혀 없지만, 그래도 무인도 생활로 곤궁해지면 사람을 저주하는 게 아니라 사람을 그릴지도 모르겠어."

"리조트 생활을 해 놓고 잘도 말하네."

"리조트 생활이라도 사진 정도는 찍으니까. 인스타에 올리기 위해서이지만 그것도 역시 한 장의 그림이야."

인스타를 하고 있었나요.

저주를 파는 것도 요즘 시대에 맞게 하고 계시네요.

거기서 일감을 모집하고 있었다면 젊은이에게 보급될 만도 하지요. 그것도 역시 보급이 아니라 확산일까요.

"배우지 않으면 글씨는 쓸 수 없지만, 그림은 배우지 않아도 그릴 수 있잖아. 교육을 받을 것도 없어. 먹거나 마시거나 자거나 하는 것과 마찬가지이거나 그 이상이야. 엄마처럼 말한다면

'누구라도 알고 있는' 것이지… 결국 그렇게 '누구라도 알고 있는' 흔한 것이 나데코를 구하고, 그리고 나까지도 구하려 하고 있으니까 주술사로서는 정말 뜻밖이기도 해. 주술의 부적을 흩뿌린 나의 종착역이 순백의 도화지로의 봉인이라면, 자업자득이라고 말할 수 있겠지만."

자업자득? 그 말이 누구보다도 어울리는 것은 센고쿠 나데코라고요.

자신의 업입니다.

그리고, 스스로 얻은 것입니다.

"주술이라는 것도 일종의 공유되는 환상이니까. 인류가 진화한 끝이 현실이 아닌 환상이라는 것도 우스운 이야기고, 하지만 진실이지. 다만 이런 식으로 '알고 있었던 것'을 이야기하고 있지만, 역시 나에게는 그림도 만화도 그려서 기록하는 것이 아니라 읽고 해독하는 것이야. 정보를 공유하기 위해서. 사진을 찍는 일은 있어도 스스로 솔선해서 그림을 그리고 싶다고 생각한 적은 아직 없어."

그것도 역시 가엔 씨의 이면이고, 딸이기 때문일까요. 가엔 씨에게는 '그림을 그린다'라는 이미지는 전혀 없었지요. 십 대 무렵에는 어땠을지 알 수 없습니다만… 책은 많이 읽었을 것 같습니다. 만화도 포함해서.

"그렇지. 엄마도 완전히 독자였어. 독자이고, 그렇기에 식자였지. 그렇기에 지휘자로서 지금은, 자주 '그림'을 그리고 있는 모양이지만."

작전을 짠다든가 기획을 세운다든가 하는 의미의 '그림을 그린다'로군요. 그러면 제가 우로코를 스케치하는 것도, 가엔 씨가 그리는 그림이란 뜻입니다.

작전이 아닌 작품.

"캐릭터가 멋대로 움직인다는 기분도 들긴 하지만. 작전으로서도 작품으로서도 결코 머릿속에 그린 대로 실행할 수 있는 건 아니야. 엄마는 배우의 애드리브에 맡기는 타입이고, 그 딸인 나도 이것저것 면밀하게 기획하는 편이기는 해도, 그랬는데도 이 결말이 예상 밖인 것처럼."

"예상 밖의 상황이란 게 있어? 가엔 모녀에게."

"예상 밖의 상황이 우리 모녀의 기쁨이야."

우로코는 여기서도 웃었습니다.

가엔 식으로, 엄마의 의견을 대변하는 것처럼.

"내 직장의 할당 범위 내에서 말하자면, 흩뿌린 주술도 예상 밖의 확산을 보이는 경우가 대부분이야… 식상할 정도로 말이지. 정보나 지혜가 많은 인원에게 공유되면, 퍼지면 퍼질수록 기하급수적으로 증대되는 일도 내용이 변질되는 경우도 있어. 지구 규모의 말 전하기 게임은 AI조차 다 파악할 수 없어. 그림이 문자로 변화해 가는 것처럼… 정보 그 자체가 일종의 기호화, 상징화되는 경우도 있어. 주저하지 않고 말하겠는데, 그것도 저주야. 고속의 저주야."

"혹시 '저주'와 '주저'를 엇걸어 말하고 있는 거야? '직장'과 '식상'을 재치 있게 말한 건 알았는데…."

"이거 봐, 벌써부터 말 전하기 게임에 실수가 생겼어. 마치 무수히 반복되는 동안에 발생하는 유전자의 카피 미스 같아. 전 인류에게 계속 공유되는 이미지는, 집단성으로서 개성을 없애버리는 경우가 있어. 나데코는 '사랑'이라는 말이나 '꿈'이라는 요소, 또는 '모성'이라는 이미지가 인류에게 공유되지 않는다면 사는 것이 얼마나 편했을까, 하는 생각하지 않아?"

"그건… 편했겠네."

편했겠지요.

하지만, 그것도 역시 획일적인 이미지입니다.

사회의 틀이나 공유된 룰이나 상식에 오염되고 싶지 않다는 마음조차도, 전부 포함해서 한 장의 그림이니까요. '사랑'도 '꿈'도 '모성'도, 그 이미지들이 뚜렷하기 때문에 반대되는 안티테제도 생겨납니다.

태어납니다.

순서의, 혹은 시계열의 문제일 뿐입니다. 안티테제는 안티테제를 낳고, 그것이 새로운 안티테제를 낳고, 그래도 이면의 이면은 표면과는 다른 그림입니다. 정보나 지식을 모두가 저항 없이 받아들이고 계승하는 것은 아니니까요…. 개성도 그저 없어지지만은 않습니다. 유전자의 카피 미스가 있기에, 그곳에서 새로운 것도 탄생합니다.

집단에서도 모두 고민하고 있고, 모두 저주하고 있습니다.

저에게 중학교는 그런 곳으로, 실제로 그곳은 괴짜를 허용해 주는 장소이기도 했습니다. 물론 저희들을 열심히 틀 안에 맞추려고 했습니다만, 적어도 괴짜라는 이유만으로 문전박대하지는 않았습니다. 기세가 과해서 그 우리 밖으로 뛰쳐나가 봤자, 괴짜를 용서하지 않고 배척하는 보다 엄한 사회가 정글처럼 펼쳐져 있을 뿐입니다. 뛰쳐나가고 나서 깨닫더라도, 이런 이해는 단순한 콤플렉스입니다만.

"그 콤플렉스도 나데코는 창작의 양식으로 삼는 걸까. 무법자인 것이나 헝그리한 것은 반골정신을 배양하니까. 그건 나의 존재가 증명하고 있어."

"글쎄. 무법자란 건 둘째 치고 헝그리한 건 이제 지긋지긋해. 그야 노력은 해야만 하겠지만 '역경을 발판으로 삼아 성장한다'라는 거, 별로 좋아하지 않아."

물론 만화의 스토리로서는 아주 좋아하고, 감동도 하고, 위대한 선인의 에피소드로서라면 역경에서 기어 올라오는 느낌은 순순히 마음에 스며듭니다만, 그러나 자기 자신의 등신대 스토리로 이야기하면 조금 썰렁한 느낌이 들어 버린다는 것이 솔직한 심정입니다.

"그렇다면 그 솔직한 심정이야말로 콤플렉스의 근간을 이루고 있어."

딱 잘라 말하는 우로코.

이렇게 되면 수업이 아니라 카운슬링을 받고 있는 기분이 들기 시작합니다. 그림을 그리는 것도 카운슬링의 기초적인 커리큘럼 같습니다.

"역경에 대한 부정적인 마음이 나데코에게 그렇게 말하게 만들고 있는 거야. '불행하니까 성공했다'라는 사실을 인정하고 싶지 않아. 열등감에 대한 열등감이야. '낳아 달라고 부탁하지 않았다', '이런 부모에게서 태어나고 싶지 않았다'라고 말하는 듯한 상황이지. 태어나지 않았으면 그런 불만은 말할 수 없다는 불모한 패러독스야. 한 번 지옥을 봤던 나 같은 게 설령 미래에 아무리 성공했다고 한들, 역경이 없어도 제대로 성공한 녀석들에게는 져 버리는 게 아닐까 하는 어찌할 수 없는 마음은, 결국 과거의 역경으로부터 눈을 돌리는 것에 지나지 않아."

"…혹시, 나에게 저주를 걸려고 하고 있는 거야? 우로코."

이 이상으로 팔다리의 비늘을 늘리려고 하는 걸까요. 그리고 또 그려도 한없이 늘어나는 저주 따윈, 참아 줬으면 좋겠네요. 디지털이 아니니까, 복사 & 붙여넣기로는 그릴 수 없다고요, 무수한 비늘은.

"설마 그럴 리가. 일반론을 이야기하고 있을 뿐이야. 지론을 전개하고 있는 게 아니야. 이 점에 한해서는 엄마를 대변하는 것도 아닌, 사회적인 목소리야. 생각해 봐, 그 아라라기 코요미조차 그 부분은 갈등이 있었잖아? 죽어 가는 흡혈귀를 포함해서 수많은 '불행한 소녀들'과의 만남이 없었더라면 지금의 그 사람은 없다고 할 수 있는데, 보기에 따라서는 다른 사람의 불행을 먹잇감으로 성장했다고 말하지 못할 것도 없지. 흡혈귀를 어린 아이로 만들어 기르는 것으로 행복해졌다는 사실을 인지한다는 것은, 상상하는 수밖에 없지만 간단하지는 않았을 거야. 나데코가 '친구에게 저주받은 덕분에, 만화가가 될 수 있었다'라고 해도, 혹은 '좋아하는 오빠에게 실연당한 것을 계기로 만화가가 되었다'라고 해도, 그것을 공인하고 싶지 않은 것처럼."

붓을 멈추게 만들려 하고 있네요.

혹은 제가 다음에 그리려고 하는 한 장의 비늘이, 나쿠나짱에게 걸렸던 저주의 비늘일까요. 나쿠나짱이 거부하고 있는 걸까요, 저를.

아니면, 제가… 거부하고 있는 걸까요.

역경을, 콤플렉스를, 과거를, 나 자신을.

뭐, 굳이 말하자면 인정하고 싶지 않은 것은, 저주받았던 일보다 저주했던 일 쪽일지도 모릅니다. 신으로서 산 정상에 군림하고 있던 시절이야말로 저에게는 이야기하고 싶지 않은 치부이겠지요. 일이 이 마당에 이르러서도, 저는 죄와도 저주와도 마주하지 않고 있는 걸까요.

그러니까, 어쩌면 그리기 가장 힘든 한 장의 비늘은.

저의 비늘이겠지요.

나중으로 미루고 싶은, 우로迂路. 멀리 돌아가지 않을 수 없는, 우로雨露.

텅 빈 구멍 같은… 거짓말.

"하지만 그리고 싶지 않은 그 비늘은, 나데코를 지키는 갑옷임과 동시에 벗겨 내야만 하는 딱지이기도 해. 딱지는 상처 그 자체가 아니라, 상처가 아문 증거이기도 하거든."

"……."

"꿈을 꾸기 힘든 세상이 된 것과 동시에, 꿈을 이루기 쉬운 시대가 되었지. 사회가 풍요로워졌다고는 도저히 말할 수 없지만, 그러나 그것과 반비례하는 것처럼 어떤 미래도, 한 세대 전에는 믿지 못할 정도로 영역이 넓어졌어."

장래에 되고 싶은 직업에 '만화가'라고 써도, 현대에는 그렇게 야단맞지 않게 되었다는 의미일까요? 츠키히짱은 초등학교 때 '장래의 꿈은?'이라는 질문에 '학교를 세우고 싶다'라고 대답했지만요⋯. 무난하게 '신부'라고 대답한 저와의 격차를, 그러기는커녕 격의 차이를 느낍니다.

"현대라면 '신부'라고 쓰는 쪽이 무난하지 않겠지. 그렇다기보다 안정된 장래상이라는 것이 행복한 환상이었다는 걸 깨닫고, 그렇다면 좋아하는 일을 하는 편이 좋다고 자포자기하는 듯한 모티베이션이 일반화된 거야. 그런 초상이 아닌 장래상, 이 아닌 허상이 한 장의 그림으로서 퍼졌어. 완전히 생각대로는 되지 않더라도 좀 더 나은 어떠한 형태로 꿈을 이루는 것은, 툴tool적으로도 환경적으로도 그렇게 어렵지 않게 되었어. 실로 축복받은 사회라고 말할 수 있겠지."

축복?

저주를 파는 자에게 어울리지 않는 말이네요.

"아니, 아니. 어울려. 왜냐하면 내가 걱정하는 것은, 저주가 아닌 축복에 의해 나데코가 못쓰게 되어 버리지 않을까 하는, 새로운 속박이니까. 축복도 또한 속박이야. 내가 생각하기에 어떠한 수상식의 스피치에서 '제가 여기까지 올 수 있었던 것은, 사랑하는 부모님과 길을 이끌어 준 친구들 덕분입니다'라고 아무런 감정도 없이… 즉, 아무런 저항도 없이 말할 수 있게 되어야 비로소 사람은 성공했다고 말할 수 있으니까."

한 번, '아무런 감정도 없이'라고 확실하게 발언했다고요…. 널리 보급된 스피치를, 해석을 통해 저주의 말로 바꿔 버리고 있는 것 같기도 합니다만, 그렇다고는 해도 우로코가 말하고자 하는 바가 전혀 이해가 안 되는 것은 아니었습니다.

그림처럼 전해집니다.

저로 말하면, 첫 단행본의 헌사로 '부모님에게 바친다'라든가 '첫사랑에게 바친다'라고 쓴다면, 그것이 성공으로 가는 길잡이가 된다는 걸까요. …상당히 허들이 높아 보이네요.

고맙다, 라는 말….

옛날에는 좀 더, 솔직하게 할 수 있는 말이었습니다.

감정이 없는 감사는 아니었을 텐데.

"성공하더라도, 이번에는 그 성공이 콤플렉스가 되어 버리는 케이스도 있어. 어설프게 꿈이 이루어져 버리는 바람에, '이럴리가 없어'라는 말을 하게 되는 미래도 있지. 주위에서 떠받들어 주니까 성격이 꼬이고 아무도 믿을 수 없게 되어서, 풍족해진 인생에 불만을 품게 될지도 몰라. 무인도에서 굶주리고 있을 때 쪽이 살아 있다는 실감이 있었을지도 몰라. 성공이 트라우마가 되다니 사치스러운 고민이지만, 그러나 그런 건 흔히 볼 수 있는 성공자의 패턴임에는 틀림없겠지? 아무리 히트작을 내더라도 언젠가는 낡아서 쇠락하게 돼. '옛날에는 귀여웠는데'라는 말을 듣는 것처럼, '옛날에는 재미있었는데'라는 말을 듣기 위해서, 나데코는 열심히 하는 것이나 마찬가지야."

"엄청 기분 나쁜 소릴 하네."

"구하려고 하고 있는 나에게도, 이런 식으로 기분 나쁜 소리를 듣고 있어. 봐 줬으면 하는 그림을 봐 주지 않고, 재미있어해 줬으면 하고 생각했는데 저주받게 돼."

그래도 나데코는 말할 수 있을까?

좋아서 하고 있을 뿐이라고.

"…말할 수 있어."

저는 그렇게 대답했습니다.

즉답은 할 수 없었습니다만, 꾹 깨물듯이… 한 장의 비늘을 그렸습니다.

뱀처럼, 깨물듯이, 포기했습니다.

여기가 저의 마감입니다.

"말할 수 있어. 그렇게 하는 걸로, 상처도 치유되니까."

급격한 변동에는 익숙합니다.

난기류에도 익숙하고요.

"귀엽지 않네, 나데코."

별말씀을.

그런 말을 듣는 것이 저의 기쁨이에요.

"나쁜 아이가 나쁜 아이를 구하는 쪽이 그림이 된다, 란 말이지."

그렇다면, 하고.

등나무 의자에 앉은 채로 우로코는 가운을 벗었습니다. 마치 탈피하듯이.

"이러는 편이 그리기 쉽지 않을까?"

아뇨, 누드 쪽이 그리기 쉽다고는 말했습니다만… 매끈한 열다섯 살 여자아이의 알몸은 그릴 수 없다고요.

비늘보다도 그리기 힘든 우로코.

엄마에게 물려받은, 멋진 성격이네요.

"…그래서 우로코는 폐업 후에 리조트에서 학교를 다니고 있어요. 지금, 고등학교 3학년이었나."

그 이야기를 하자면 결국 저는 그 뒤에도 하루도 학교에 다니지 않았으니… 중학교 졸업식에도 나가지 않았고, 고등학교 입시도 치르지 않았고…. 그 애의 학교에 대해서는 확실치는 않습니다만, 아마도 배를 타고 학교에 다니고 있을 것입니다.

반시뱀을 잡으며 생계를 꾸리고 있습니다. 아마도.

졸업할 때까지, 언젠가 수업 참관이 있으면 좋겠네요.

"흥. 시시하군. 고등학교 생활 쪽이 훨씬 저주에 가득 차 있을 텐데."

"어떤 고등학교 생활을 보냈던 건가요, 카이키 씨."

가엔 토오에 씨라는 가정교사에게 수업을 받고 있던 것이, 혹시 그 무렵이었을까요? 십 대인 카이키 씨라는 존재가, 좀처럼 상상되지 않습니다만…. 저도 언젠가 그런 이야기를 듣게 되는 걸까요.

영원하다고도, 영구하다고도 생각되었던 이 미숙한 십 대가 상상하기도 어려워질 만한 15년 후가.

"참 대단해. 가엔 선배도 아라라기도, 그 둘은커녕 토오에 선생님조차도 불가능했던 저주에 대한 대처를, 너는 해냈으니까…. 정규 루트에서 벗어난 내가 할 말은 아니지만, 센고쿠 나데코는 누구에게도 부끄럽지 않은 전문가야."

"뱀의 전문가? 칭찬해 봤자 아무것도 안 나온다고요."

"그것은 내가 한 일이긴 하지만, 막대한 손해를 입고 말았어. 다시 한번 말하는데 이런 평가를 정직하게, 그리고 솔직하게 받아들이게 된 것만으로도 성장을 느낀다. 그렇지만, 그거다. 센고쿠. 그거라고. 나로서는 그 부분도 역시 이상해. …가엔 선배의 진의가 그곳에 있었다, 그것은 좋아. 네가 그 진의를 극복한 것도 나의 짐작이 빗나간 것도, 나는 내 나름대로 받아들이겠어. 하지만 빗나갔더라도 그 의문은 의문으로서 여전히 잔존하고 있다고 생각하지 않나?"

"잔존? 뭐가요?"

"애초에 어째서 아라운도 우로코는 이리오모테 섬에 거점을 만들었는가 하는 최초의 의문이야…. 그것을 밝혀내기 위해서 가엔 선배가 우리를 파견했던 것은 아니었다고 해도, '어째서'의 부분은 남아 있겠지."

아아.

그렇군요, 그러네요. 듣고 보니 그럴지도 모르겠네요. 다른 답이 보인 것 때문에, 스스로 떠올린 것이 아닌 그쪽의 의문을, 3년 전에 딱히 분명히 밝히지 않았습니다.

빈틈투성이네요, 저는.

"…하지만 그것은 카이키 씨가 이리오모테 섬에 도착하지 않았으니까 아직 계속 품고 있던 의문이라고 생각해요. 나처럼 2주간의 바캉스를 즐기지 않았으니까."

"호오? 빈정거리며 사람을 씹을 줄도 알게 되었나, 센고쿠?"

"빈정거리는 게 아니라, 추억 이야기를 하고 있어요."

씹는다면 산양 고기일까요.

뱀 고기라고는 말하지 않겠습니다.

"이리오모테 섬에 사는 데 이유 따윈 필요 없어요. 지상 낙원이라고요, 그 섬은."

여기서만 하는 이야기인데 수상작의 무대로 삼기도 했습니다. 이리오모테 산고양이를 모티프로 삼는다는, 아주 약삭빠른 짓을 했습니다.

"역시 말 좀 하게 되었군… 좋은 말을. 그리고 말하는 건가, 추억을. 이야기를."

"표현자니까요."

"납득했다, 센고쿠. 그리고 안심했다. 그 산에서 무책임한 소릴 둘러대며 너를 꼬드겼던 것은 나였으니까. 지금 와서는 그것만이 마음에 걸렸었다."

사기꾼이 무슨 소릴 하는 건가요.

납득이라니, 납세도 하지 않으면서.

하지만 그때 카이키 씨가 저를 속여 주지 않았다면 분명 지금의 저는 없었습니다. 평생, 비행기에 타지도 못했겠지요.

"카이키 씨도, 사기꾼을 은퇴하고 싶어지면 언제라도 말해요.

내가 작품으로 삼아 줄 테니까."

"미안하군. 나는 사기꾼으로서 살고, 사기꾼으로서 죽을 거다."

죽어도 사기꾼.

그것이 나의 저주다.

또 그런 소리만 하고…. 그러고 보면 이쪽에서도 다음에 만나면 물어보고 싶다고 생각한 게 있었지요. 이제 와서 촌스러운 질문이기는 합니다만, 이걸 먼저 해명해 둘까요.

"저기, 카이키 씨. 3년 전 비행기가 추락했을 때, 카이키 씨는 어떻게 살아났나요? 대체 어떤 속임수 테크닉으로…."

그때.

막 질문하려는데 안내 로봇이,

[탑승 30분 전이 되었으므로 보안검사장으로 이동해 주십시오. 또한 위탁할 수하물이 있는 경우에는….]

그렇게 등 뒤에서 저를 재촉했습니다.

역시나 AI는 분위기 파악을 못 하네요. 그런데 벌써 그런 시간인가요…. 늦어서 비행기에 타지 못하다니, 비행기가 추락하는 것과 같은 수준으로 전조가 안 좋습니다. 퍼스트 클래스니까 기다려 준다거나 하는 일은 없겠지요, 비행기의 경우에는.

"미안해요, 카이키 씨. 저, 이제 가 봐야…."

안내 로봇에서 대기석으로 다시 시선을 돌리자, 어라, 이미 불길한 사기꾼의 모습은 사라져 있었습니다. 우왕좌왕하며 잠깐 눈을 뗀 사이에 이건가요.

범죄자는 도망치는 것도 빠르네요.

속임수 테크닉은 그리 간단히는 밝힐 수 없다는 모양입니다. 따져 물으려고 해도 연락처를 알 수 없습니다만, 뭐, 괜찮겠지요. 제가 잘 팔리는 작가가 되어서 재산을 모으면 또다시 저쪽에서 찾아와 줄 테지요.

그때는.

또 속아 줄까요.

3년 만의 보안검사, 그리고 비행기 안에는 계속 긴장했습니다만, 퍼스트 클래스로의 출발은 럭셔리한 스페셜이라서 좌석에 앉으니 곧 릴랙스할 수 있었습니다. 어쨌든 저의 신발보다 비싸 보이는 슬리퍼가 구비되어 있었으니까요. 너무나 편안해서, 하마터면 스마트폰을 기내 모드로 하는 것을 깜빡할 뻔했습니다.

이왕 비행기에 타기도 했으니 기내에 설치된 모니터로 영화를 볼까 싶어 전원째로 꺼 둘까 하던 타이밍에, 마치 계산한 것처럼 메시지의 착신이 있었습니다.

계산했던 것처럼, 이라기보다는 어디서 감시하고 있는 게 아닐까 싶은 타이밍에 메시지를 보낸 사람은, 물론 저의 신원보증인입니다.

[나뎃코, 도쿄 진출 축하해 (:-)

도내에서 지네 퇴치 업무가 있는데, 참가하지 않을래?

요츠기도 있어☆]

이쪽의 심정이나 불안함까지 훤히 들여다본 것 같은 초대에, 저도 모르게 웃어 버렸네요. 정말이지, 그 스승과 제자에게는 못 당하겠습니다. 이 부모이기에 그 아이. 개구리의 자식은 개구리, 뱀의 자식은 뱀. 알겠습니다. 모처럼의 기회이니 앞일을 대비해서 집세를 벌어 둘까요. 거스름돈이 남는다면 연재 준비를 위해 남국의 섬으로 취재여행을 가는 것도 괜찮겠지요. 아직 앞으로 할 일이 많습니다만, 그렇기에 즐겨야지요.

천리길도 일방통행.

뱀의 길을 걷는 다리를, 계속 그리도록 하죠.

죽음 이야기 下 끝

  본문 중에도 센고쿠 나데코가 언급하는 심리 테스트, '무인도에 하나만 가지고 간다면 무엇을 가지고 가겠는가?'라는 질문은 일반화된 지금 와서는 일종의 쇼 같은 성격도 가지고 있어서, 어떻게 대답해야 다른 사람에게 인정받을 수 있을까, 하는 시점으로 임하게 되는 경향도 있습니다. 너무 특이한 소리를 해도 특이한 소리를 하려고 기를 쓴다는 시선을 받는 비극을 겪게 되는 케이스도 있고요. 그렇다면 어떤 답을 하는가, 보다는 오히려 문제를 바꿔 보고 싶어지기 시작합니다. 요컨대 '하나만 가지고 간다면'이란 부분을 '무엇을, 얼마만큼 가지고 가도 괜찮다고 한다면'으로 변경하고, '무인도에, 무엇을, 얼마만큼 가지고 가도 괜찮다고 한다면, 무엇을, 얼마만큼 가지고 가겠는가?'입니다. 식량이라도 물이라도 텐트라도 날붙이라도 갈아입을 옷이라도, 물론 책이라도, 가지고 갈 수 있을 만큼 가지고 가도 된다고 한다면…. 초청할 수 있을 만큼 친구를 초청해도 좋고, 데리고 갈 수 있을 만큼 가족을 데리고 가도 된다고 한다면, 과연 사람은 어떻게 대답할까요? 뭔가 하나만이라고 한정적인 말을 듣는 것보다도, 오히려 좁힐 수 없게 되어 버릴 듯한 질문인 것처럼 생각됩니다. 할 수 있다면 필요 없는 것은 가지고 가고 싶지 않은 것이 인지상정이겠고, 여행을 갈 때는 짐을 줄이고 싶다고 생각하는 것도 당연합니다. 늘 곁에 두고 보는 책이기에, 가끔씩은 그 책으로부터 해방되고 싶다는 마음으로 여행을 떠나는 것은…. '무엇이라도 얼마만큼이라도'라는 말을 들어도 결국 물리적으로 무거우면 어찌한들 가지고 다닐 수 없으니까요. 데이터도 펑크가 나게 됩니다. 그렇다면 처음에 물어봐야 할 것은 '무인도에 가고 싶은가, 가고 싶지 않은가'인지도 모릅니다.

그렇게 되어서 이야기 시리즈, 몬스터 시즌은 센고쿠 씨가 매조지, 즉, 마무리해 주었습니다. 어떤 의미에서 그 아이는 아라라기 군보다도 성장한 캐릭터이며, 본래 몬스터 시즌의 서브 스토리로서 스타트한 아라운도 편이 이렇게 한 권의 책으로 만들어질 거라고는 생각도 하지 않았습니다. 이런 일이 있으니 이야기를 쓰는 것을 그만둘 수 없네요. 무엇을 얼마든지 써도 괜찮다는 말을 듣는다면, 센고쿠 나데코와 아라운도 우로코의 이후 이야기일까요. 그런 느낌으로 이 책은 100퍼센트 취미로 쓴 소설입니DIE. 『죽음 이야기(하)』 최종화 「나데코 어라운드」였습니다.

당연하지만 표지는 센고쿠 씨가 장식해 주셨습니다. 은근히 표지에 등장하는 건 오래간만일까요? VOFAN 씨, 감사합니다. 어쩐지 앞이 보이지 않는 세상이므로 어설픈 예고는 피하고 싶습니다만, 센고쿠 선생님의 다음 작품을 기대해 주세요. 그리고 끝으로, 이리오모테 섬의 세계 유산 등록, 축하드립니다!

니시오 이신

FAUST BOX

죽음 이야기 下

2024년 1월 10일 초판 발행

저자	니시오 이신
일러스트	VOFAN
옮긴이	현정수

발행인	정동훈
편집인	여영아
편집 팀장	황정아 김은실
편집	노혜림

발행처	(주)학산문화사
등록	1995년 7월 1일
등록번호	제3-632호
주소	서울특별시 동작구 상도로 282 학산빌딩
편집부	02-828-8838
영업부	02-828-8986

ISBN 979-11-411-0047-6 04830
ISBN 979-11-411-0045-2 (세트)

값 12,000원